THE PRISONER

프리즈너

THE PRISONER

프리즈너

B. A. 패리스 장편소설

이나경 옮김

내 인생의 두 남자,
캘럼과 헨리에게

차
례

I

납
치

1. 현재

코 밑에 낯선 느낌이 드는 순간, 무언가 입을 막아 내 비명을 누른다. 두꺼운 테이프다. 눈을 번쩍 뜬다. 검은 윤곽선만 보이는 몸뚱이가 침대에 누운 나를 내려다보고 있다.

아드레날린이 솟구친다. **움직여! 칼을 쥐어!** 베개 쪽으로 팔을 꺾어보지만, 손목이 꽉 틀어 잡힌다. 침대에서 끌려 나가며 발버둥을 친다. 하지만 두 발은 허공만 걷어찰 뿐, 쓸모가 없다. 집중하려고 노력해보지만 머릿속이 빙빙 돈다. 어째서 잠든 걸까? 이런 일을 예상했어야지. 남자가 내 양팔을 등 뒤로 당겨 손목을 묶는다. 나는 몸을 비틀어 빠져나가려고 하지만 머리에 거칠고 꽉 죄는 복면 같은 것이 덮인다. 당혹감이 산불처럼 온몸으로 번진다. **이러지 마. 진정해, 아멜리. 무슨 일인지 알잖아.**

남자는 나를 방에서 밀어내고, 내가 발이 얽혀 비틀거리자 똑바로 세운다. 복면에 덮인 머릿속이 정신없는 심장박동으로 가득하다. 두려움을 참아본다. **저자를 속일 수 있어. 전에도 해봤으니까.**

발에 닿는 부드러운 카펫이 차갑고 매끄러운 계단 바닥으로 바뀐다. 발가락이 카펫 끝에 닿는다. 머릿속에 녹색과 붉은색으로 수놓은 정교한 나뭇잎과 동물 문양이 떠오른다. 테이프 접착제의 화학약품 냄새를 들이마시자 기침이 나오다가 막혀 목이 따갑다. 숨을 들이쉬니 복면 보풀이 콧구멍으로 들어온다. 어디로 데려가는 걸까?

어깨를 쥔 손에 힘이 조금 들어가더니 살짝 당긴다. 본능적으로 계단을 감지한 나는 떨어질까 봐 머뭇거린다. 앞으로 밀려 첫 계단을 찾고 발뒤꿈치에 복도의 차가운 체크무늬 타일이 닿을 때까지 아래로 내려간다. 왼쪽 복도를 따라 걸어가면서 헉헉거리는 내 숨소리가 으스스한 침묵 속에 퍼져나간다. 어디로 가는지 안다. 남자는 나를 지하실로, 차고로 데려간다.

내가 돌아서며 남자에게서 몸을 떼어내자, 순간 그의 손힘이 약해진다. 그러나 그것으로는 충분하지 않다. 남자가 다시 나를 당기고 양팔에 통증이 내달린다. 오른쪽으로 돌아 계단을 더 내려가고 공간이 좁아지니 공기가 바뀐다. 더 차가워진다.

그리고 소리가 들어온다. 복면으로 막혔어도 여전히 알아들을 수 있다. 발을 끄는 소리, 흐느끼는 소리가 들린다. 누군가를 기다리는 느낌이 든다. 나는 밀치다가 멈춘다. 발 끄는 소리, 흐느끼는 소리는 내가 낸 소리가 아니다. 머리가 빙빙 돈다. **그럴 리가. 그럴 수 없다.**

하지만 복면을 뒤집어쓴 채 저항하는 또 한 사람은 내가 아는 이다. 네드다.

이것은 내가 생각했던 상황이 아니다.

2. 현재

복면 아래로 여기저기 살핀다. 이 악몽에서 벗어날 길을 찾는다. 아멜리, 생각해, 생각! 하지만 머릿속이 마비됐다. **무슨 일이지? 누구 짓이지?**

자동차 트렁크가 덜컹 열리는 소리가 들린다. 버둥거리는 소리, 네드가 입이 막힌 채 저항하는 소리가 더 커진다. 앓는 소리와 쿵 떨어지는 소리. 그를 트렁크에 넣은 건가? 몸이 긴장한다. 그와 함께 거기 들어갈 수는 없다. 그리고 나는 불쑥 차 안에 밀어 넣어진다. 시트 사이에서 고개를 숙이고, 파자마의 얇은 천에 닿은 무릎을 구부리고 있다. 일어나려고 하니 묵직한 신발이 내 등을 누른다.

처음에는 어디로 가는지 알아보려고 집중한다. 하지만 곧 방향감각을 잃는다. 대신 공기를 조금씩 폐에 흡입하는 데 집중한다. 숨을 너무 빨리 쉬어 속이 울렁거린다. 눈을 감고 바깥에서 시원한 밤

공기를 마시며 하늘을, 별을, 무한한 우주를 바라본다고 상상한다. 차츰 호흡이 진정된다.

나중에, 느낌상으로는 몇 시간 뒤, 차 속도가 느려지고 비포장도로를 달린다. 딴생각을 하고 있었다. 억지로 집중한다. 살아남기 위해서는 1초가 소중하다. 차가 흔들리고, 바퀴 아래 흙길과 주위의 숲이 떠오른다. 정신을 바짝 차려야 한다. 하지만 나는 이제 죽는 것이 두렵지 않다. 온갖 일을 다 겪고 난 뒤라서.

트렁크에서 갑자기 쿵 소리가 나고 네드가 아프다고 비명을 지른다. 그는 겁에 질려 있다. 하지만 이런 상황을 예상했어야 하지 않을까? 경호원 헌터가 며칠 전 잔인하게 살해당했고, 정체를 알 수 없는 칼이 그 자리에 들어왔다. 우리가 납치될 때 칼은 어디 있었을까? 이런 일이 일어나다니 보안에 엄청난 구멍이 뚫린 것이다. **모든 정황이 칼을 가리키고 있다.**

차가 멈춘다. 문이 달칵 열리고 내 등을 누르던 발이 떨어져 나간다. 나는 바닥에서 일으켜 세워진다. 선선한 8월의 밤공기가 다리를 감싸고, 팔에 소름이 끼친다. 흙과 수목, 수액의 냄새가 난다.

네드가 트렁크에서 끌려 나오는 소리가 들린다. 우리는 떠밀려 간다. 앞에 선 네드가 중얼거린다. 맨발에 닿는 땅바닥은 날카롭다. 돌이 부드러운 살갗을 해변의 조약돌처럼 파고든다. 부드러운 고사리가 밟히고 나뭇가지가 발에 부러질 것이라고 예상한다. 하지만 돌길은 평평하게, 일종의 오솔길로 바뀐다. **그렇다면 처형은 아니다. 적어도 숲속에서의 처형은 아니다.**

우리는 멈춘다. 문이 끼익 열리면서 목재가 바닥에 끌리는 소리가 들린다. 집이 아니라 외부 건물로 들어가는 것 같다. 차가운 공기가 밀려오자 몸이 떨린다. 창고가 아니라 지하 감방이나 지하실 같다. 두꺼운 벽으로 햇빛의 온기를 차단한 곳이다.

주위에서 여러 명의 몸이 밀어대지만 나는 떨고 있다. 어딘가 앞에서 문이 열리고, 네드가 당황해서 발걸음을 빨리하자 사람들이 그를 붙잡으려 움직이면서 내 발을 밟는다. 나는 숨을 죽이고 기다린다. 문이 닫히고 네드가 재갈을 문 채 화를 내며 몸을 그 문에 부딪는 소리가 쿵쿵 들려온다. **조용히 해. 그래 봐야 도움이 되지 않아.**

우리는 계속 이동해 돌계단을 오른다. 세어보니 전부 열두 개다. 그리고 맨 위에 다다르자 발밑의 차가운 석재는 따뜻한 목재로 바뀐다. 살갗에 닿는 느낌이 부드럽다. 문이 열리고 나는 앞으로 밀려간다.

뒤에서 움직임이 느껴져 나는 충격에 대비한다. 대신, 복면이 머리에서 벗겨진다. 정전기에 머리카락이 바스락거리고 나는 코로 숨을 깊이 들이쉬고서 눈을 깜빡이며 어둠에 적응하기를 기다린다. 하지만 아무것도 보이지 않는다. 깜빡이는 빛도, 옅은 어둠도 없다.

갑자기 누군가가 손을 당기고, 강한 힘으로 손목을 잡는다. 놀라 비명이 목구멍으로 차오른다. **이러지 마.** 발길질을 하자 살과 근육이 발에 닿지만, 내 뒤의 사람은 손아귀에 더 힘을 준다. 그리고 톱질 소리와 칼로 거칠게 긁는 소리가 실내에 울리더니 문득, 무언가가 뚝 끊어진다. 손목의 압박이 풀리자 팔을 당기던 나는 앞으로 고꾸라질 뻔한다. 미처 돌아서기도 전에, 문이 쾅 닫히더니 열쇠가 달칵 잠긴다.

그제야 나는 깨닫는다. 남자가 내 방에 들어온 순간부터, 납치범들은 한마디도 하지 않았음을.

3. 과거

"고모는 언제 오시니?" 의사가 아버지 병상에서 일어나며 물었다.

"오늘 중에요. 파리에서 오시는 중이라."

의사는 안심한 표정이었다. "다행이구나."

병상의 아버지는 너무 작아 보였다. 누런 피부는 종이처럼 얇았고 팔은 나뭇가지처럼 가늘었다. 암이 온몸에 퍼지는 속도가 무시무시했다. 아버지는 6개월 전 진단을 받았는데, 그 전주만 해도 걸어 다니고, 식사를 하고, 물도 마셨다. 일주일 만에 아버지는 혼자서는 아무것도 할 수 없게 됐다. 내가 먹이고 씻겨야 했다. 아버지가 내 아이 같았다.

"어떻게 할 거니?" 의사가 물었다. "나중에 말이야."

아버지가 돌아가시고 난 이후를 묻는 것임을 알고 마음속에서 눈물이 왈칵 솟았다.

"고모랑 파리에 갈 거예요." 나는 눈물을 삼키며 말했다.

거짓말을 좋아하지 않지만 아버지를 돌볼 사람이 나뿐인 것을 알면 의사가 호스피스 병원에 보내려고 할까 봐 겁이 났다. 아버지는 호스피스 병원에 가는 것을 원하지 않았다. 집에서 지내고 싶어했다. 그렇지만 내게는 고모도, 그 누구도 없었다. 나는 열여섯 살이었고 곧 세상에 혼자 남을 처지였다.

아버지가 세상을 떠나고 나면 나는 집에서 지내고 싶었다. 혼자살 수 있었다. 직접 장을 보고, 식사를 준비하고, 청소를 한 지 몇 년째였다. 아버지가 술 때문에 집안일을 할 수 없게 되자 내가 도맡아야 했다. 하지만 집은 빌린 것이었고 데려가줄 친척이 없으니 나는시설에 들어가야 했다. 그런 상황이 일어나길 원하지 않았다.

처음에는 친구 섀넌과 그 애 어머니에게, 내가 다음 해 학교를 마칠 때까지만 함께 살아도 될지 물어볼까 싶었다. 그러면 분명히 그러라고 할 것 같았다. 하지만 여름에 그들은 섀넌 어머니의 고향인 아일랜드로 이사할 예정이었다.

섀넌과 그 애 어머니는 내가 아버지를 혼자 돌보는 것을 알지 못했다. 그들이 물었을 때 나는 프랑스 고모를 만들어냈다. 그들의 염려를 원하지 않았으니까.

"친척이 없다고 하지 않았어?" 섀넌이 물었다.

"아마 고모랑 아버지 사이가 예전에 멀어졌나 봐." 내가 설명했다. "하지만 아버지가 아프니까 고모에게 전화를 건 거지." 머뭇거리며 말했다. "파리에서 고모랑 함께 살 거야."

섀넌이 나를 끌어안았다. "좋은 분이야, 너희 고모?"

"상냥해."

학교는 2주째 결석 중이었다. 상관없었다. 어쨌든 학기 말이니까. 선생님들은 아버지가 편찮으신 걸 알고 있었고 선생님의 질문에 나는 섀넌에게 말한 것처럼 고모와 파리로 떠나 다음 학년은 다니지 않을 거라고 대답했다.

하지만 나는 파리가 아닌 런던으로 갈 생각이었다. 그리고 런던에 도착한 뒤, 서빙 일자리를 찾고 대학 등록금을 저축할 계획이었다.

4. 현재

나는 떨리는 손을 얼굴에 대고 입에 붙은 테이프를 떼어내다가 얼어 붙는다. 방 안에 누가 있다. 그 사람이 색색거리는 숨소리가 들린다.

숨을 크게 들이쉬다가 손으로 얼굴을 가린다. 너무 두려워 비명을 지르고 싶다. 숨을 참으니 조용해졌고, 그것이 내 숨소리였음을 깨닫는다. 아무도 없다. 나 혼자다.

제대로 숨 쉬고 싶은 마음에 테이프를 한 번에 떼어내고, 입가에 불붙은 듯 따가움을 느끼면서 심호흡을 시작한다. 접착제 맛에 구역질이 난다. 심호흡을 하고 마음을 진정시킨다. 정신 차려야 한다.

어둠 속에서 돌아서서 앞으로 손을 뻗은 뒤 문이 있다고 생각하는 지점으로 천천히 걸어간다. 손끝에 벽이 닿는다. 멈춘다. 차가운 벽면은 벽지가 아니라 페인트칠이 돼 있다. 서서히 손바닥을 내밀어 살갗으로 작은 돌기와 긁힌 곳을 구별하며 더듬어보니 문틀과 거친

문이 닿는다. 손을 아래로 내려 둥글고 매끈한 손잡이를 찾는다. 움켜쥐고 돌린다. 문은 움직이지 않는다.

문 옆의 벽을 더듬어 전등 스위치를 찾는다. 하지만 없다.

문을 두드린다.

"저기요?" 내가 외친다.

아무도 오지 않는다.

"저기요!" 이번에는 고함을 지른다.

대답이 없다.

나는 무릎을 꿇고 손가락으로 열쇠 구멍 윤곽선을 더듬어본 뒤 눈을 댄다. 캄캄할 뿐이다. 두려움이 증폭된다.

"나가게 해줘요! 제발!"

이러지 마. 자제심을 잃지 마. 두려움에 져서는 안 돼.

네드가 내 머릿속을 채운다. 어젯밤 그의 목소리, 그가 한 말. 이 아래, 그가 잡혀 있는 지하실에 내가 외치는 소리가 들릴까? 가슴속 깊은 곳에서 두려움이 솟는다. 문의 나무판에 이마를 대고 손바닥을 그 표면에 바짝 붙인다. 나무판을 고정시킨 리벳이 느껴지고 캐럴린이 떠오른다. 런던에 있는 캐럴린의 아파트와 그곳의 나무판으로 장식한 문이. 캐럴린이 내게 열어준 집이 떠오른다. 또 한 번 숨을 들이쉰다. 포기할 수 없다. 전부 바로잡아야 한다.

"움직여, 아멜리." 내가 속삭인다. "전등 스위치를 찾아. 분명히 있을 거야."

벽을 마주 보고 서서 손바닥이 닿는 곳까지 높이 올렸다가 바닥 쪽으로 내리며 벽을 따라 왼쪽으로 걸어간다. 문 근처에 스위치가 있을 줄 알았는데 모서리까지 가도 없다. 다음 벽을 따라 움직이다가 서너 발자국 걸어가자 바닥 쪽에 콘센트가 있다. 일어나서 손을 벽에 붙이고 계속 찾다 보니 왼손이 튀어나온 무언가에 걸린다. 그위를 쓰다듬어본다. 합판 뒤에 창문이 있다. 창틀이 느껴진다. 합판 가장자리를 손으로 잡아 뜯어보는데 나무에 깊이 박힌 쇠못 머리가 만져진다. 너무 깊이 박혀 뽑아낼 수 없다. 하지만 창문이 있다는 사실을 알고 나니 희망이 생긴다.

합판을 덧댄 창문을 지나가자 곧 다른 단단한 것이 나온다. 생김새를 따라 더듬어본다. 매트리스가 구석에 세워져 있다. 조심스레 냄새를 맡아본다. 새것 냄새다. 매트리스에 잠시 머리를 대고 있으니 아드레날린이 빠져나간다. 하지만 쉴 수 없다. 스위치를 찾아야 한다.

매트리스 뒤 벽에는 아무것도 없다. 돌아서 다음 벽으로 다가간다. 네 발자국 걷고 나니 문이 있다. 어둠 속이라 잠시 방향감각을 잃고 원래 자리로 돌아간 줄 알았다. 하지만 아니다. 다른 문이 틀림없다.

"저기요?" 불러본다.

침묵뿐이다.

손잡이를 찾아 돌린다. 그러자 문이 스르르 열린다.

깜짝 놀라 재빨리 뒷걸음질 친다. 소리는 없다. 움직임도 없다. 양팔을 내밀고 살그머니 안으로 들어가자 곧바로 무릎에 무엇이 부딪힌다. 앞으로 고꾸라지다가 벽에 손이 닿고, 나는 비명을 지르며 바닥에 주저앉는다. 어디에 부딪힌 걸까? 몸을 비틀어 손으로 더듬어보니 차가운 에나멜 변기다.

몸을 일으켜 돌아서서 문을 찾은 뒤 전등 스위치가 있는지 더듬는다. 안에는 없는 듯하고, 바깥 벽에 있는 것이 분명하다. 조심스레 방으로 돌아가 문을 닫고 벽을 더듬어 찾는다. 아무것도 없다. 불빛 없이 좁은 공간에 갇혀 있으려니 몸이 떨린다. 화장실을 쓰려면 문을 열어두어야 할 것이다.

온몸을 떨며, 이를 딱딱거리며 욕실 문을 지나 벽을 따라 계속 옆으로 움직인다. 모서리에 닿자 다음 벽을 따라 왼쪽으로 돈다. 머릿속에서 그 벽은 합판을 덧댄 창문이 있는 벽과 평행하다. 여전히 스위치는 찾을 수 없고, 바닥 쪽 콘센트뿐이다. 그리고 또 한 번 왼쪽으로 돌아 다시 문으로 돌아온다.

잠시 멈추고 생각을 정리한다. 이 벽에는 복도로 난 문이 있고 다음 벽에는 막아놓은 창문이 있다. 이 벽과 평행인 세 번째 벽에는 화장실이 있다. 네 번째 벽은 비어 있다. 콘센트는 둘이지만 전등 스위치는 없다. 어둠 속에서 지내야 한다.

새로운 공포가 차오른다. 헉헉거리며 무릎을 꿇고 눈을 감은 뒤 그동안 겪은 일을 되짚어본다. 이번에도 견딜 수 있다. 그래야 한다.

발에 힘을 주고 등을 문에 댄 다음 조심스레 마룻바닥을 가로질러 일직선으로 걷는다. 양손을 뻗고서 걸음 수를 센다. 짧게 일곱 걸음을 걷고 나니 손끝이 나무에 닿는다. 또 짧게 세 걸음을 걷고 나니 온몸이 닿는다. 손을 내려 손잡이를 찾는다. 내 생각대로다. 화장실 문이 복도 문의 바로 맞은편에 있다. 만족감을 느끼며, 무릎을 꿇고 힘들여 바닥을 기어다니면서 실내에 다른 것은 없는지 확인한다. 매트리스 이외에는 아무것도 없다.

기운이 쭉 빠진다. 매트리스로 기어가 바닥에 깐 뒤 앉는다. 잠시 후 문 쪽을 본다. 보이지는 않지만 문이 어디 있는지 안다. 매트리스에 대해서, 그 위치에 대해서, 그리고 문에 대해서 생각한다. 문을 마주 보고 서면 손잡이는 왼쪽에 있었다. 그렇다면 문은, 바깥에서 열면 안에서는 왼쪽으로 열린다는 뜻이다. 처음으로 납득되는 일이 있다. 매트리스를 방의 오른쪽에 둔 것은 문을 열면 내가 거기, 잠자코 먹잇감처럼 있기를 바란 것이다.

나는 일어나서 매트리스를 잡아끌고 화장실 문을 지나 방 반대편 구석으로 가져간 뒤 벽에 붙여 깔았다. 이제 들어오는 사람은 열린 문을 돌아서 방을 가로질러 걸어와야 나를 볼 수 있을 것이다.

앉아서 무릎을 감싸안고서 내가 할 수 있는 단 하나의 일을 한다. 기다리는 것.

5. 과거

천천히 커피를 마시며 배고픔이 가시기를 기다렸다. 벌써 카페에 한 시간째 앉아 있다. 밖이 너무 추워 도저히 나갈 수 없었다. 하지만 커피를 무료로 받는 것도 한계가 있었다. 언젠가는 새로 커피를 주문하거나 나가라고 할 것이 분명했다. 아직까지는 아무도 내게 뭐라고 하지 않았다.

런던에 온 지 7개월 되었고, 몇 주 전까지는 모든 것이 순조로웠다. 레스토랑에 일자리를 구했고 처음에는 유스호스텔에서 지냈다. 하지만 숙박이 2주로 제한돼 있었기 때문에 2주마다 새로운 곳으로 옮겨야 했고, 호스텔을 옮기는 것은 일하는 곳에서 점점 멀어진다는 의미였다. 교통비가 너무 비싸지자, 레스토랑 웨이트리스 가운데 집세 내기를 힘들어하던 사람이 하루에 10파운드를 내면 자기 집 바닥에서 자도 된다고 했다. 그렇게 드디어 대학 등록금을 저축

할 수 있게 됐다.

3주 전, 나는 레스카르고 레스토랑 매니저의 호출을 받았다. 크리스마스 시즌이 끝나고 손님이 너무 줄어들어 급료를 줄 수 없게 됐다고 했다. "시급 5파운드밖에 안 주잖아요!"라고 외치고 싶었다. 하지만 다시 채용되기를 바라며 말을 삼켰다. 다른 일자리를 찾아보려고 했지만, 석 달 뒤 봄이 오기 전까지는 아무 데도 채용 계획이 없었다.

모아둔 돈은 거의 떨어졌다. 지난주에는 바닥 매트리스에서 자는 값도 낼 수 없어 아파트에서 나와야 했고, 그 후로 노숙 중이다. 첫날 밤에는 젊은 사람들이 모인 곳 근처에 앉아서 무사히 보냈다. 그들은 내게 말을 걸더니 록 콘서트에 가려고 런던에 왔다가 집으로 가는 마지막 기차를 놓쳤다고 했다. 하지만 그날 밤 이후로 겪은 일은 좋지 않았다. 지난밤, 소지품을 깔고 벤치에 누워 있다가 서너 차례 성가신 일을 겪었고, 나를 벤치에서 끌어내리려는 다른 노숙자와 싸워야 했다. 내 자리를 탐낸 것인지, 소지품을 탐낸 것인지는 모르겠다. 그리고 밤이 추워서 떨며 보내야 했다.

다시 노숙하기는 두려웠다. 노숙하려면 침낭이 필요했고, 그렇다면 남은 돈을 다 써야 한다는 뜻이었다. 노숙자를 위한 호스텔이 있었지만, 허리춤에 찬 전대에 100파운드가 있는데 양심상 거기 갈 수는 없었다. 그래도 가야 할 것 같았다.

커피를 한 번 더 홀짝였다. 카페 안은 따뜻하고 편안해서 잠시 눈이 감겼다.

문이 열리는 소리에 잠에서 깨어나, 들어온 두 여자를 보고 눈을 깜빡였다. 한 명은 큰 키에 팔다리가 길쭉했고, 잡티 하나 없는 피부와 짧은 탈색 금발이 아름다웠다. 허리끈을 조인 검은 코트, 붉은 부츠와 세트인 가방은 모두 고급 같았다. 키가 작고 예쁘장한, 검은 머리의 다른 여자는 베이지 레인코트를 입고 있었다. 그들은 내 옆 테이블로 와서 외투를 빈 의자에 걸쳐놓았다. 안감이 인조 모피인 레인코트가 부러웠다. 안에 진청색 정장과 흰 실크 셔츠를 입은 그 모습에, 청바지와 스웨터 차림인 내가 끔찍이 남루하게 느껴졌다.

웨이트리스가 그들의 주문을 받고 커피와 케이크를 가지고 돌아오는 과정을 나는 홀린 듯 바라봤다. 곧바로 블루베리 머핀에 눈길이 갔다. 금발 여자는 섬세한 손끝으로 머핀을 작게 잘라 입에 넣었다. 친구는 머핀을 밀어놓고 건드리지 않았다.

대화 내용은 들리지 않았지만 갑자기 검은 머리 여자가 눈물을 글썽였다. 친구가 하는 말에 끄덕이는 모습을 보니, 눈물을 참는 것 같았다. 몇 분 뒤, 가녀린 손목에 차기에는 너무 커 보이는 커다란 금시계를 확인하더니 금발 여자는 테이블 위에 올려놓은 친구의 잘 관리한 손을 잡고 나서, 떠나려고 일어섰다.

"괜찮을 거야, 캐럴린. 약속할게." 여자의 목소리에서 살짝 외국 억양이 느껴졌다.

그녀가 붉은 가방을 어깨에 가볍게 걸치고 카페에서 나가는 사이, 다른 손님들이 감탄하는 눈빛으로 바라봤다. 혼자 남은 검은 머리 여자는 가방에서 휴대전화를 꺼내더니 화면을 스크롤하기 시작했다. 눈물이 흘러내리자 황급히 냅킨 끝으로 닦고는 의자를 뒤로 밀고 일어났다. 나가면서 뜻밖에도 거의 다 남은 머핀을 챙기지 않았다.

"저기요." 나도 모르게 말해버렸다. "케이크 안 드실 거면, 제가 먹어도 될까요?"

그 사람이 돌아섰다. "네, 물론이죠." 여자가 빠르게 말했다. "드세요." 그러더니 내게 눈물을 보인 것이 부끄러웠는지 고개를 숙이고 카페에서 나갔다.

웨이트리스가 테이블을 치우기 전에 머핀을 냅킨에 싸서 챙긴 뒤 그 사람을 따라 밖으로 나왔다. 왜 그랬는지 알 수 없었지만, 따라가야 할 것 같았다. 지하철역이나 버스 정류장으로 갈 줄 알았는데 그녀는 계속 걸어가더니 워런스트리트의 현대식 아파트 단지 앞에 섰다. 인터콤 비밀번호를 누른 뒤 안으로 사라졌고, 나는 현관 거울에서 승강기를 기다리는 그녀의 실루엣을 볼 수 있었다. 아마 그 사람도 반짝이는 승강기 문에 비친 내 실루엣을 본 것 같다. 돌아서더니 창문을 통해 나를 봤기 때문이다. 한순간, 우리 눈이 마주쳤다. 그리고 승강기 문이 스르르 닫혔다.

6. 현재

잠이 들었던 모양이다. 열쇠가 철컥거리는 소리에 눈을 번쩍 떴으니까. 잠시 여기가 어딘가 싶다. 칠흑처럼 어두운 방 안, 나는 매트리스에 앉아 있다. 문이 휙 열리는 소리가 들리기에 바깥 복도에서 희미한 불빛이라도 들어오는지 살핀다. 하지만 누군가 있다는 느낌이외에는 아무것도 없다. 숨이 가빠진다. **지금인가? 이제 끝인가?**

그들이 내게로 다가오고 나는 구석으로 몸을 움츠린다. 무섭다. 보이지 않으니 무슨 일이 벌어질지 알 수 없다. 숨소리가 들린다. 나와 네드를 데리고 온 남자들 중 하나인지 다른 사람인지 모르겠다. 그가 가장 먼 구석에 앉아 있는 내 위치를 정확히 짚어내는 것을 보면, 야간 투시 안경을 쓰고 나를 보는 것이 틀림없다. 무엇이 바닥에 놓이는 소리가 들린다.

"부탁이에요. 난 여기 있으면 안 돼요." 쉰 목소리로 내가 말한다.

그가 나가는 느낌에 그의 주의를 어떻게 분산시킬지, 내가 위협이 되지 않는다고 여기게 할 방법이 무엇인지 찾는다. "물 좀 줄래요?"

어둠 속에서 움직이는 소리가 들리더니, 그는 내 어깨를 잡아 일으킨다. 내 방에 침입해 나를 납치한 사람일까? 그가 나를 밀어 벽을 따라서 화장실로 간다. 예리한 공포가 즉각 내 몸을 찌른다. **나를 가두려는 거야!** 남자가 문을 열자 당혹감을 통제할 수 없다.

"싫어요." 나는 몸을 비틀며 사정한다. "거기 가두지 말아요." 벗어나려고 하지만, 그가 나를 뒤로 밀어 넣는다.

온몸에 아드레날린이 차오른다. 문을 통해 나가려고 버둥거리지만, 남자는 내 어깨를 한 손으로 잡고 나를 민다. 양팔을 쓸데없이 흔들어보지만, 허공뿐이다. 갑자기 아무 말 없이 남자가 내 어깨를 잡은 손을 뗀다. 내가 반응하기도 전에 문이 쾅 닫힌다.

"열어줘요!"

나를 가두는 달칵 소리를 기다리는 사이 점점 더 두려워진다. 하지만 그 소리가 들리지 않으니 희망이 솟는다. 열쇠가 없을지도 모른다. 열쇠 구멍이 있었던 기억이 없다. 밖으로 나갈 수 있을지도 모른다. 더듬어 손잡이를 찾는다. 손잡이는 쉽게 돌아가지만 문을 밀어 열 수 없다. 어깨를 써서 온 힘을 다해 문을 밀친다. 문이 살짝 밀리더니 다시 닫힌다. 그러자 깨닫는다. 남자가 내가 못 나오게 밖에서 문을 밀고 있는 것이다.

나는 당황해서 밀기를 멈춘다. 나를 가둘 수 없다면, 왜 여기 넣은 걸까? 문을 양손으로 두드리자 손바닥 끝에 무엇이 닿는다. 걸쇠 같은 것이다. 반사적으로 걸쇠를 옆으로 밀어 잠근다. 그리고 문이 잠기면서 불이 켜진다. 희미하지만 불빛이다.

눈을 깜빡이고 천천히 돌아서자 아까 부딪혔던 변기가 보인다. 그 옆에 작은 에나멜 세면대와 온수와 냉수 수도꼭지가 있고 아래는 작은 벽장이 있다. 남자는 물을 마시라고 나를 여기 밀어 넣은 것이다. 바닥을 기어다니느라 더러워진 손을 온수를 틀고 최대한 씻는다. 냉수를 틀고 손에 물을 받아 마신다.

주위를 둘러본다. 벽에는 크림색 페인트칠이 되어 있고, 목재는 흰색이다. 세면대와 변기 말고는 아무것도 없다. 변기 뚜껑을 열고 안을 들여다본다. 깨끗하고 살균제 냄새가 난다. 재빨리 변기를 사용한 뒤 바닥에서 화장지를 발견한다. 변기와 벽 사이에 끼어 있다.

변기 물을 내리고 손을 다시 씻은 뒤 파자마에 닦고 벽장을 열어본다. 화장지 정도가 들어 있을 것이라고 기대하면서. 놀랍게도, 화장지 이외에 수건과 샤워 타월이 개어져 있고 그 옆에는 지퍼가 달린 가방이 있다.

가방을 꺼내 세면대에 올려놓고 내용물을 살핀다. 작은 치약, 칫솔, 부드러운 흰 종이에 싸인 비누가 들어 있다. 보물이라도 발견한 듯 빤히 보고 나서 다시 벽장을 들여다보니 아래 칸에 생리용품 상자가 있다. 심장이 내려앉는다. 여기에 얼마나 있어야 하는 걸까? 처음 생각한 것처럼 보복 살인은 아니다.

문득 좁은 공간이 답답해져 문 쪽으로 돌아선다. 남자가 아직 문밖에 있을까? 나는 걸쇠를 오른쪽으로 젖힌다. 그러자 화장실은 곧바로 어둠 속으로 곤두박질친다. 당황해 불이 또 켜지기를 바라며 걸쇠를 다시 민다. 불이 켜진다. 진정하려고 숨을 들이쉰다. 방이 아닌 화장실만 불을 켤 수 있도록 설계된 것이 분명하다. 재빨리 문을 열고 민다. 저항이 없다. 쉽게 열린다. 전과 다름없는 어둠이 맞이한다. 기다리며 귀를 기울인다. 아무 소리도 없다. 남자는 가고 없다.

방으로 몇 발자국 들어간 뒤 욕실 문을 닫는다. 벽을 더듬어가며 앉아 있던 구석 자리를 찾아간다. 발에 무엇인가 단단한 것이 닿는다. 쪼그리고 앉아 만져본다. 플라스틱 그릇과 숟가락, 플라스틱 컵이 놓인 쟁반이다. 컵을 들어본다. 비어 있다. 물을 마시고 싶으면 화장실에서 물을 받아 마셔야 한다. 하지만 그릇은 채워져 있고, 음식 냄새가 난다.

매트리스에 앉으며 숟가락을 들고 다른 손에 쥔 그릇에 넣는다. 그렇게 간단한 동작도 오로지 감각과 느낌에 의존해야 한다. 숟가락을 넣은 뒤 조심스레 입에 가져가며 머리를 숙인다. 입술에 끈적한 질감이 느껴진다. 죽이다. 맛은 없지만 먹을 수 있다. 천천히, 조심스레, 이상한 것이 숨겨져 있지 않은지 주의하며 먹기 시작한다. 먹으면서 네드를 떠올린다.

그는 죽을 싫어한다.

7. 과거

너무 깊이 생각에 잠겨 있느라 접시가 놓이기 전까지 누가 테이블 앞에 서 있는 줄도 몰랐다. 블루베리 머핀을 보고 나서야 내가 시킨 것이 아니라고 말하려고 눈을 들었다. 하지만 눈에 들어온 건 웨이트리스가 아니라 일주일 전, 우는 모습을 보고 뒤따라갔던 그 사람이었다.

"여기 앉아도 될까요?" 그 사람이 내 앞 빈 의자를 가리키며 물었다.

나는 끄덕이면서도 머핀은 무엇인지, 그 사람이 그것을 왜 사주는지 의아했다.

"배고플 것 같아서요." 그 사람은 의아해하는 내 눈빛을 보고 말했다.

"감사합니다." 아닌 척해 봐야 무슨 소용인가.

"그럼 어서 먹어요."

머핀을 입에 쑤셔 넣지 않으려고 애썼다.

"이 근처에 살아요?" 그 사람이 물었다.

고개를 끄덕였다.

"아파트에서?"

"유스호스텔이요." 거짓말이었다.

그 사람은 잠시 나를 살폈다. "몇 살이죠?"

"열여덟 살이요." 내 나이에 한 살을 더했다.

"그럼 가족은 어디 있어요?"

"돌아가셨어요." 그 사람 표정을 보고 나는 서둘러 설명했다. "아버지는 올해 초에 암으로 돌아가셨고, 어머니는 제가 어릴 때 돌아가셨어요."

"슬픈 일이네요, 유감이에요." 그 사람이 내 팔을 잠시 건드렸다.

"고맙습니다."

"무슨 일을 해요?" 그 사람이 커피를 한 모금 마시며 물었다.

"주로 주방 일을 해요. 하지만 얼마 전에 잘렸어요." 나는 어깨를 살짝 으쓱였다. "손님이 없대요."

"어떤 일자리를 찾죠?"

"아무거나 할 수 있어요. 대학 등록금을 모으는 중이거든요."

그 사람이 끄덕였다. "집안일은 잘하나요?"

"잘해요." 내가 말했다. "아버지가 편찮으실 때 제가 집안일을 다 했어요."

그 사람은 잠시 나를 보더니 눈썹을 치켜올리며 말했다. "지난주에 내 뒤를 따라왔죠."

"어디 사시는지 보거나 그러려던 건 아니었어요." 나는 도둑질하려던 건 아니라며, 황급히 대답했다. "속상해하시는 것 같아서 별일 없는지 확인하고 싶었어요."

그 사람이 슬픈 미소를 지었다. "참 친절하군요. 소개를 할까요. 나는 캐럴린 블레이클리라고 해요. 남편이 얼마 전, 어린 여자랑 살겠다고 떠났어요. 우스운 일이죠. 난 이제 서른셋이고, 그 여자가 스물다섯이라는 말을 듣기 전까지 내가 나이 들었다는 생각은 한 적 없으니까요." 그 사람은 핸드백에서 은색 립스틱을 꺼내 손톱처럼 빨개지도록 입술에 문질렀다. "나는 홍보 일을 하느라 바쁘고, 내 사업체도 있어요. 전에는 남편이 요리를 주로 맡아서 좋았죠. 장도 남편이 주로 봤고, 청소도 했어요. 그래서 한마디로 말하면, 그 사람이 하던 일을 도맡아주면서 징징거리지 않을 사람을 찾고 있어요."

"징징거리지 않을게요, 약속드려요." 내 말에 캐럴린이 웃었다.

"저녁 늦게 일해야 할 수도 있어요. 언제 퇴근하든 저녁이 준비되어 있어야 하는데, 그게 10시일 수도 있거든요. 하지만 장 보기와 청소, 식사 준비를 마치면 나머지 시간은 마음대로 써요."

"정말요?" 그런 행운을 믿을 수 없었다. "그것만 하면 되나요?"

캐럴린이 미소를 지었다. "그래요, 그럴 거예요. 이름이 뭐죠?"

"아멜리예요. 아멜리 러몬트."

"예쁜 이름이네요. 프랑스 쪽 이름인가요?"

나는 끄덕였다. "아버지가 프랑스 분이셨어요."

"그럼 우선 급료 이야기를 할까요?" 나는 블루베리 머핀 포장지를 작은 삼각형으로 접고 끄덕였다. "주급 150파운드로 하면 괜찮을까요?"

믿기 어려운 행운이었다. 재빨리 계산해보니, 유스호스텔에 영영 살 수는 없고 일주일에 120파운드를 내야 하는 방을 빌리면 식료품과 교통비, 그 밖의 꼭 필요한 비용에 쓸 돈이 30파운드밖에 남지 않았다. 그래도 그 일을 거절하고 싶지 않았다. 다른 일도 할 수 있을 것 같았다. 아니면 아파트를 아주 깨끗이 청소하고 정말 맛있는 식사를 준비하면 급료를 올려줄지도 모른다고 생각했다.

"네, 좋아요." 내가 말했다. "감사합니다. 후회하지 않으실 거예요."

"좋아요! 그럼 지금 나랑 함께 가서 방을 봐요. 혹시 마음에 안 들면 안 되니까, 이사하기 전에 방을 먼저 보는 게 좋겠어요."

나는 정확히 이해한 것이 맞는지 몰라서 여자를 뚫어져라 봤다. "입주해서 하는 일인가요?"

"맞아요. 그래도 괜찮죠?"

"그럼요, 그럼요. 괜찮고말고요."

"한 달 시험 삼아 해볼까요? 언제 시작할 수 있어요?"

눈에 눈물이 차올랐다. "지금요." 나는 눈을 깜빡이며 말했다. "당장 시작할 수 있어요."

8. 현재

여기 얼마나 있었을까? 시간 감각을 완전히 잃어서 밤인지 낮인지도 알 수 없다. 숨을 참고 아주 작은 소리라도 들릴까 귀를 기울인다. 적막뿐이다. 이곳에 버려졌다고 생각하면 심장이 두근거린다.

억지로라도 침착함을 유지하려고 노력한다. 음식을 받았고, 욕실도 있다. 납치범들이 나를 죽게 버려둘 것이라면 그런 수고를 하지 않았을 것이다. 음식 생각을 하니 죽 맛이 기억난다. 그것이 아침 식사였을까?

적막 속에서 여러 가지 모습이 모자이크처럼 떠올랐다. 일곱 살때, 파리에서 백합과 장미 장식을 떼어낸 어머니의 관이 천천히 땅속으로 내려가는 모습을 지켜보는 나, 그리고 아홉 살 때 아버지와 영국에 도착해 영국인 할머니가 사시던 곳 근처 갈색 문이 달린 집으로 들어가는 나. 그로부터 2년 뒤 할머니의 장례식과 3년 전 아버지 장례식의 내가 보인다. 더 많은 기억이, 사랑하고 잃었던 사람들의 기억이 몰려들지만 눈물이 나기 전에 모두 밀어낸다. 너무 가까운 일이라서 아직 마음이 너무 아프다. 그들을 생각하면 나는 무너지고 말 것이다. 그럴 수는 없다. 지금 여기서는 그럴 수 없다.

매트리스 위에서 어쩔 줄 몰라 몸을 뒤척이다가 벽을 보고 눕는다. 이제는 네드가 실종된 것을 누군가가 알아차렸을까? 칼은 알아차릴 것이다. 그가 우리 납치에 개입한 것이 아니라면. 그는 매일 아침 8시에 네드에게 보고를 한다. 네드가 없어지면 칼은 무슨 문제가 생겼다는 사실을 알 것이다. 하지만 칼이 우리 납치에 개입했다면, 우리를 여기 가둬둔 사람 중 하나라면, 몇 시간 동안, 어쩌면 그보다 더 오랫동안 아무도 우리가 사라진 것을 모를 것이다.

내 한숨이 어둠을 채운다. 이 상황은 나 때문이 아니다. 네드 때문, 네드의 신분 때문이다. 네드 호소프, 호소프 재단 설립자인 억만장자 자선가 제스로 호소프의 아들. 그에 비하면 나는 보잘것없는 사람이다. 그들이 나를 곧바로 죽여버리지 않은 이유를 모르겠다. 나를 죽였다면 그들이 진지하다는 경고가 됐을 것이다. 나를 죽이고, 네드는 납치하고. 하지만 이것이 보복 살인이 아닌 납치라면 우리 둘의 몸값을 더 높이 부를 수 있을 줄 알 것이다. 제스로 호소프가 나를 돌려받기 위해 동전 한 닢 더 내지 않으리라는 것을 알 리 없다. 내 몸값을 내줄 사람은 아무도 없다.

나는 처음으로 부모님이 돌아가신 것이 다행이라고 여긴다. 그분들이 내 소재를 알지 못해 발을 동동거리며 걱정했다면 얼마나 끔찍했을까? 아버지가 캄캄한 방에 갇힌 내 모습을 본다고 생각하니 목이 멘다. 3주 전만 해도 내 삶은 완벽했다. 아파트와 직장, 친구들이 있었다. 친구들…… . 눈물이 차오르며 목이 멘다. 떨리는 숨을 깊이 내쉬며 눈물과 싸운다. 여기서 살아남으려면 지난 며칠에 대한 기억은 차단해야 한다. 누워서 울며 다 포기하지 않기 위해 긍정적인 일을 찾는다. 캐럴린. 내게는 아직 캐럴린이 있다.

손을 들어 손가락으로 벽을 훑는다. 기자회견 뒤 캐럴린이 네드의 집에 찾아와 나를 만나자고 하지 않은 이유를 여전히 알 수 없다. 캐럴린이 꼭 올 것이라고, 내 입장을 이해했으리라고 확신했었다. **네 말 못 믿겠어!** 캐럴린은 자기 휴대전화를 가리키며 내게 고함을 질렀다. 하지만 마음을 바꾸고 네드가 꾸며낸 이야기를 믿었던 모양이다.

그것이 여기서 빠져나가야 하는 또 하나의 이유다. 나는 탈출할 것이다. 캐럴린에게 내가 한 행동을 해명해야 한다. 결정할 시간이 없었다고, 시간을 되돌릴 수 있다면 그럴 것이라고. 그러면 이런 일은 일어나지 않았을 테니까.

문에서 열쇠 돌아가는 소리가 들리자 심장이 다시 두근거린다. 남자가 다가오는 사이 나는 꼼짝 않고 누워 있다. 그가 무엇인가 바닥에 놓고, 다시 지익 끄는 소리를 낸 뒤 말없이 나간다.

일어나 앉아 손으로 더듬어 쟁반을 찾는다. 조금 더 더듬으니 긴 빵과 사과 같은 것이 있다. 새 쟁반이다. 손으로 바닥 여기저기 건드려보니 죽 그릇이 놓인 쟁반은 없어졌다. 그가 그 쟁반을 드느라고 지익 끄는 소리를 낸 것이다. 토마토 냄새에 손을 멈춘다. 토마토를 좋아하지만 안에 무엇이 들었는지 모르는 샌드위치는 솔직히 먹고 싶지 않다. 내용물을 분리해 확인하려다가, 쟁반을 화장실로 가져가면 무엇이 들었는지 볼 수 있다는 생각이 든다.

매트리스에서 몸을 움직여 쟁반을 밀며 기어간다. 화장실 문을 열고 쟁반을 안으로 밀어 넣는다. 일어나서 화장실로 들어가 문을 향해 돌아선다. 안이 비좁아 쟁반과 내 발로 꽉 찬다. 문을 당겨 닫고, 걸쇠를 밀자 불이 켜진다. 서툰 몸짓으로 쪼그리고 앉아서 흰 냅킨에 놓인 빵을 들어 올린다. 갈색 빵에 치즈와 토마토가 들어 있고, 갓 만든 것 같다.

초록 사과와 흰 플라스틱 컵이 있다. 그리고 쟁반 가장자리에 작은 초콜릿 바가 놓여 있다.

초콜릿을 보자 기운이 난다. 맛있는 것을 주려는 노력, 친절한 행동처럼 느껴진다. 하지만 덫일 수도 있다. 나를 회유하려는 미끼일 수도 있다. 마음을 단단히 먹는다. 그들은 나를 납치했고 나는 그들의 인질이다. 초콜릿 하나 때문에 변하는 것은 없다.

9. 현재

또 한 번의 식사가 같은 사람 혹은 다른 사람의 손에 들어온다. 누군지 보지 못하니 정확히 알 수 없다.

"고마워요." 내가 말한다. 하지만 남자는 대답하지 않는다.

전에 먹은 치즈토마토 샌드위치가 점심인지 저녁인지 알 수 없다. 결국 쟁반을 다시 구석 자리로 밀고 와 매트리스에 앉아서 먹는다. 변기에 앉아서 먹는 것보다는 어둠 속에서 먹는 것이 낫기 때문이다. 곧 잠이 들었고, 일어나니 긴 시간이 흐른 것 같았다. 그러니 밤새 잔 것일지도 모른다.

쟁반을 당겨 오른손으로 더듬는다. 그릇이 있다. 코에 가져가니 죽 냄새가 난다. 손가락으로 찍어 맛을 본다. 죽이다. 아침뿐 아니라 저녁에도 죽을 주는 것이 아니라면, 오늘이 이틀째인 모양이다. 날짜를 세야 할 것이다. 네드와 나는 8월 17일 토요일 새벽에 잡혀 왔으니 오늘은 18일 일요일이다.

손을 멈추고 쟁반을 화장실로 밀고 가서 무엇인지 확인해야 할까 생각한다. 하지만 죽은 죽이다. 쟁반 주위를 더듬으니 바나나가 있다. 어제는 바나나를 놓친 것일까? 좀 더 더듬으니 5센티미터 길이 정도의 종이 포장이 있다. 들어서 손가락으로 눌러보니 작은 결정이 느껴진다. 설탕일까? 종이 끝을 잘라 손바닥에 내용물을 털어놓고 손가락으로 찍어 입에 가져온다. 설탕이다. 결정이 조금 큰 것을 보니 갈색 설탕이다. 이것도 어제는 놓친 것일까? 그릇을 찾아 설탕을 붓고 숟가락을 찾아 젓는다.

죽을 먹고 컵을 가지고 화장실에 가서 물을 마시며 방 안의 숨막히는 어둠에서 벗어나 작은 변화를 누리는 것에 감사한다. 파자마를 벗고 손에 비누 거품을 내어 몸을 씻고 수건 끄트머리를 적셔 피부를 닦은 뒤 나머지 부분으로 몸을 말린다. 깨끗하고 상쾌한 기분으로 파자마를 다시 입으며 그것을 못 빠는 것을 아쉬워한다. 바닥을 기어다니느라 파자마가 더러워졌다. 하지만 갈아입을 옷이 없다. 손가락으로 머리를 빗으며 어깨 길이 정도로 짧아서 다행이라고 생각한다. 이를 닦은 뒤 변기 시트를 내리고 앉는다.

마음은 다시 과거로 돌아가고 싶어 하지만, 주먹을 쥐고 펴길 반복하며 그 생각에서 벗어난다. 문득 화장실이 어둠 속으로 곤두박질친다. 두근거리는 가슴으로 벌떡 일어나 다음 위협을 기다린다. 하지만 아무 일도 없다. 다른 문이 열리는 소리는 들리지 않는다. 이 문을 두드리는 소리도 들리지 않는다.

나는 떨리는 손으로 걸쇠를 찾아 연다. 아무 일도 일어나지 않는다. 천천히 걸쇠를 다시 잠그니 잠시 후 전등이 켜진다.

나는 문에 이마를 대고 숨을 크게 들이쉰다. 전등에 타이머가 있는 모양이다. 내게서 통제력을 앗아가는 또 하나의 방법이다.

걸쇠를 다시 열고 문을 민 다음 재빨리 방으로 들어선다. 어둠은 같을지 모르지만 공간은 다르다.

나는 잠시 서서 심장박동이 가라앉기를 기다린다. 지금까지 나는 비교적 침착함을 유지했다. 그들은 나를 해치지 않았다. 하지만 언제라도 해칠 수 있다. 그렇게 생각하니 속이 쓰리다. 달아나야 한다. 그러나 인내심을 가지고 그들이 실수할 순간을 기다려야 한다. 그런 때가 올 테니 대비하고 있어야 한다. 다시는 덫에 걸리지 않을 것이다.

매트리스가 있는 구석으로 옮겨 간 뒤 벽에 손을 짚어 길을 찾으며 걷기 시작한다. 걸으면서 수를 센다. 열 발자국이면 모서리에 닿을 것이다. 하지만 어느새 어둠에 적응해 길어진 보폭은 일곱 발자국 뒤에 벽에 부딪친다. 나는 계속 다음 벽을 따라 걸으며 문을 지나친다. 일곱 발자국 만에 모서리에 닿는다. 돌아서 다음 벽을 따라 걷다가 창문을 막은 합판에 손끝이 닿는다. 일곱 발자국 만에 모서리에 닿는다. 돌아서 화장실 문을 지나 내 자리로 돌아온다. 일곱 발자국이다. 이 방은 정사각형이다. 방을 빙글빙글 돌면서 벽에 손을 대고 발자국 수를 센다. 5백 발자국째에 걸음을 멈춘다. 너무 어지러워 주저앉아서 매트리스까지 기어간다.

절반쯤 기어가는데 그 소리, 아주 작은 소리가 들린다. 목소리다. 숨을 멈추고 다시 들리기를 기다린다. 들리지 않자 재빨리 돌아서 문 쪽으로 기어간다. 문에 딱 붙어 무릎을 꿇고서 페인트칠한 목재에 귀를 갖다 댄다. 하지만 바깥 복도에서는 아무 소리도 들리지 않는다. 말을 한 사람이 누군지 몰라도 이미 지나간 것이 분명하다.

내 자리로 기어 돌아오다가 그 소리를 다시 듣는다. 아래에서 들리는 소리 같다. 납작 엎드려 귀를 마룻바닥에 대고 소리를 좇는다. 불분명한 음성이 내게 닿는다. 눈을 감고 집중하며 앞으로 기어나가 듣고, 다시 움직이며 최적의 위치를 찾는다. 그 소리는 방의 왼쪽, 내가 앉은 자리 근처에서 나는 것 같다. 나는 계속 엎드린 채로 기어가 매트리스를 치운다. 그러자 목소리가 구석에서 더 크게 들린다. 주위를 더듬자 두 벽이 만나는 곳에 작은 구멍이 있다. 그곳에 귀를 최대한 바짝 대자, 네드가 사납게 외치는 소리가 들린다.

처음에는 내용은 들리지 않는다. 그가 혼잣말을 하는 것인지, 누구와 함께 있는 것인지 알 수 없다. 그러다 뺨을 때리는 듯한 소리가 들리자, 네드가 마치 독백하듯 말을 시작한다. 몇몇 단어가 들린다. **이름, 네드 호소프, 인질, 협상, 경찰, 죽임.** 그가 오늘 자 신문을 들고 공포에 질린 눈으로 카메라를 바라보는 모습이 떠오른다. 네드는 용감한 남자가 아니다.

아래에서 문이 쾅 닫힌다.

"이봐, 기다려!" 네드가 외친다. 하지만 침묵뿐이다.

슬픔이 파도처럼 밀려든다. 우리가 다른 부부라면 나는 구멍에 입을 대고 그에게 내가 여기 있다고, 함께 달아날 방법을 찾자고 조용히 말했을지 모른다. 하지만 우리는 그런 부부가 아니다. 내가 달아난다면 납치범뿐 아니라 그에게서도 벗어나기 위해서일 것이다.

10. 과거

"아멜리, 깜짝 놀랄 소식이 있어!"

캐럴린이 퇴근한 것이 반가워 나는 미소를 지었다. 다섯 달째 이 집에서 일했지만, 캐럴린은 나를 단 한 번도 가사도우미 취급하지 않고 귀한 손님처럼 대했다. 나는 아름다운 침실과 내 전용 욕실을 썼고 아파트를 깨끗하게 치우고 퇴근하는 캐럴린의 식사만 준비해 놓으면 나머지 시간을 마음대로 쓸 수 있었다.

나는 결국 캐럴린에게 우리가 만난 때 내 나이가 열여덟이 아니라 열일곱이었다고 밝혔다. 생일이 지나 공식적으로 성인이 된 다음이었다. 노숙을 하며 남은 돈이 10파운드밖에 없었다는 사실도 털어놓자, 캐럴린은 하얗게 질렸다.

"이 일을 주시지 않았으면 전 어떻게 되었을지 모르겠어요." 내가 말했다. "제 생명의 은인이세요."

"다행이야." 캐럴린은 나를 끌어안으며 말했다. "그리고 사실, 아멜리도 내 생명의 은인이야. 전남편과 헤어진 뒤 너무 우울해서 며칠씩 침대에서 일어나지도 못했어. 아무 데도 집중할 수 없어서 일은 엉망이 되고 다 포기하고 싶었지. 하지만 카페에서 아멜리를 본 날, 머릿속에 자꾸 떠올랐어. 너무 어리고, 너무 배고픈 사람 같아서 무슨 사연인지, 왜 나를 따라왔는지 자꾸만 궁금해졌어. 대단해, 아멜리. 불굴의 의지를 가졌어. 네가 겪은 일들을 생각하면 존경하게 돼."

그 후로 우리는 정말 좋은 친구가 되었다. 캐럴린은 내가 가져보지 못한 언니 같은 존재였고 나는 캐럴린을 위해서라면 무엇이든 할 수 있었다.

손에서 밀가루를 털어내고 복도로 들어갔다. "저녁 준비 거의 다 됐어요." 나는 이렇게 말하고는, 캐럴린이 혼자가 아닌 것을 보고 걸음을 멈췄다. 리나 밀쿠테, 캐럴린과 그날 카페에서 함께 봤고 그 후로도 서너 번 만난 아름다운 리투아니아 여성이 와 있었고, 또 다른 여성이 나를 등지고 서 있었다. 그들이 내 목소리에 돌아섰고, 리나는 다가와서 양 뺨에 키스했다.

"아멜리, 여긴 저스틴 엘런드야. 《익스클루시브스》에서 함께 일하는 동료."

저스틴은 미소를 지었고 나는 굉장히 친근한 느낌을 받았다.

"리나에게 말씀 들었어요." 내가 다가가며 외쳤다. "저처럼 절반은 프랑스인이시라고요!"

"네, 어머니가 프랑스 사람이에요." 저스틴이 나를 포옹하며 말했다. "그럼 이제 우리 함께 프랑스어로 말할 수 있겠군요." 저스틴이 프랑스어로 말했다.

"이제는 프랑스어 하는 것이 그립네요." 나도 프랑스어로 그렇게 말했다. 아버지가 돌아가신 뒤로 프랑스어는 한마디도 하지 않았기 때문이다.

"그래요, 리나에게서 들었어요." 저스틴이 영어로 대답했다. "걱정 말아요. 원한다면 매주 만나서 함께 프랑스어로 이야기해요."

"그러면 캐럴린과 나는 못 알아듣는 이야기를 서로 할 수 있겠군요." 리나가 내 옆구리를 쿡 찌르며 웃었다.

"저스틴이랑 리나에게 저녁 먹고 가라고 했어. 먹을 것이 부족하면 배달시키면 되니까." 캐럴린이 현관문 옆 옷걸이에 코트를 걸며 나와 눈을 마주치려고 했다.

"충분해요. 프랑스 가정식인 뵈프 부르기뇽을 만들었어요."

저스틴이 손뼉을 쳤다. "잘됐다!" 그리고 가방에서 병을 하나 꺼냈다. "와인을 가져왔는데. 마실래요, 아멜리? 보르도 와인이에요, 내 고향."

"저는 술은 안 마시는데요." 이렇게 말하니 너무나 촌스러운 느낌이었지만, 아버지의 위스키 중독 때문에 알코올을 조심하게 됐다.

"음료를 갖다줄게." 캐럴린이 주방으로 들어가며 말했다. "그리고 저녁 식사도 확인하고. 맛있는 냄새가 나네!" 캐럴린이 어깨 너머로 말했다.

"코르크 따개랑 잔을 가져와야지." 리나가 제안했다.

나는 저스틴을 따라 응접실로 가서 안락의자에 앉았다. 내가 프랑스어 하는 것이 그립다고 말한 것을 리나가 기억하고 저스틴을 소개해준 것에 감동을 느꼈다. 저스틴을 잠시 살폈다. 길고 검은 머리와 검은 눈, 보송보송한 피부를 보니 나 자신과 조금 비슷하다는 생각이 들었다.

"있잖아요, 아멜리. 자기 이야기 좀 해봐요." 저스틴이 마주 보고 앉으며 말했다. "리나랑 캐럴린에게서 아버지가 돌아가신 뒤 런던에 왔다는 이야기는 들었고, 캐럴린을 돕는 일을 한다는 건 알아요. 또 뭐가 있죠?"

"공부하고 있어요." 내가 말했다. "대학에 가서 법 공부를 하고 싶어요."

"그러려고 런던에 왔나요? 고향에선 공부할 수 없었어요?"

"네. 아버지가 돌아가신 뒤에는 떠나야 했어요. 셋집이라 계속 살 수가 없어서 런던에 오게 됐어요."

"곧바로 대학에 갈 순 없었어요?" 리나가 잔 네 개와 코르크 따개를 들고 응접실로 들어오며 물었다. 그것들을 테이블에 올려두고는 다가와 큰 소파에 앉았다.

나는 얼굴을 붉혔다. "돈이 없었어요. 아버지가 편찮으셔서……." 나는 시선을 돌렸다. 잠시 예전에 살던 집의 담배와 위스키 냄새가 떠올랐다. "아버지가 고생하셨어요."

"아멜리도 힘들었겠네요." 저스틴이 부드럽게 말했다.

나는 고개를 끄덕였고 저스틴은 손을 뻗어 내 손을 꼭 쥐었다. "다른 이야기 해요. 이제 아멜리가 물어볼 차례예요."

"왜 프랑스를 떠나셨어요?"

"영국의 혈통도 물려받았으니 여기서 적어도 1년은 살아보고 싶었어요. 그러다가 《익스클루시브스》 잡지사에서 일자리를 얻었는데 너무 즐거워서 프랑스로 돌아갈 수 없게 됐네요." 저스틴은 연기하듯 손을 휘저었다. "런던이 날 유혹했어요!"

나는 웃었다. "그럼 리나처럼 회계사인가요?"

저스틴과 리나가 마주 보더니 웃음을 터뜨렸다.

"미안해요." 저스틴이 웃으며 말했다. "질문 때문에 웃는 게 아니라, 내가 워낙 수학을 못해서 그래요. 리나랑 작년에 함께 살았는데, 나는 관리비도 나누질 못했다니까요! 나는 피처 에디터예요. 유명인 인터뷰를 하는 사람이죠. 그들이 인터뷰에 응하도록 설득하는 것도 재미있는 부분이에요."

"재미있을 것 같아요."

"그래요. 즐거워요."

"네드 호소프 밑에서 일하는 건 확실히 **재미있지**. 그건 분명해." 리나가 말했다.

캐럴린이 접시와 커틀러리를 들고 들어와 대화가 멈췄다.

"제가 할게요." 내가 벌떡 일어나며 말했다. "제가 해야죠."

"아냐, 앉아. 오늘은 내가 차려줄게."

우리는 테이블로 옮겨 갔고 캐럴린은 주방에 가서 내가 준비해둔 음식을 가져오겠다고 우겼다.

"캐럴린." 캐럴린이 돌아오자 저스틴이 말했다. "아멜리에게 일주일에 한 번씩 둘이서 만나 프랑스어로 대화하자고 했어. 매주 목요일, 내가 퇴근한 뒤가 어떨까 싶어."

"그래도 괜찮을까요?" 내가 물었다.

"물론이지!" 캐럴린이 검은 머리카락을 뒤로 넘기며 말했다. "좋은 생각이야."

그러자 저스틴이 다가와 나를 안았다. 내 인생이 더 이상 완벽할 수 없다고 생각했다.

11. 현재

눈을 뜨고 재빠르게 깜빡인다. 눈을 뜨든 감든 보이는 것에 차이가 없는 데 아직 익숙하지 않다. 그때 열쇠 돌아가는 소리가 들린다.

남자가 들어오는 소리 쪽으로 고개를 돌린다. 그 남자 뒤로 어둠이 바뀐다. 어둡지만 새카맣지 않고 짙은 회색에 가깝다. 빛이 있는지 찾아봐도 아무것도 안 보인다.

그가 방으로 들어오는 걸음걸이와 풀 향에 아마도 시트러스 향을 더한 것 같은 냄새에 어제와 같은 남자라고 생각한다. 그가 내 옆 바닥에 쟁반을 놓는다. 나는 팔꿈치에 힘을 주며 몸을 일으킨다.

"담요 좀 얻을 수 있을까요?"

남자는 대답하지 않는다. 들리는 것은 그가 지난번 식사 쟁반을 집어 드는 소리뿐이다.

"부탁이에요." 내가 말한다. "추워요."

하지만 문이 닫히고 열쇠 잠그는 소리밖에 들리지 않는다.

나는 머리를 다시 바닥에 댄다. 방 안이 춥지 않기 때문에 그는 내가 담요를 달라고 한 이유를 이해하지 못할 것이다. 하지만 몸속이 춥다. 따뜻한 것으로 몸을 감싸고 싶어 견딜 수 없다. 어째서 그는 말하지 않는 것일까. 어째서 그들은 나를 완전한 침묵과 어둠 속에 두는 것일까? 답답함이 쌓이고, 비명과 고함을 지르고 싶다.

"침착해." 내가 속삭인다.

왼쪽 팔을 뻗어 쟁반 주위를 만져본다. 그릇을 찾아 손가락으로 찍어 입에 넣는다. 죽이다. 사흘째가 시작됐다. 8월 19일 월요일이다.

아래서 소리가 들린다. 쟁반을 치우고 매트리스를 벽에서 떼어낸 뒤 모서리에 머리를 들이밀고 듣는다. 네드가 변기에 대해서 뭐라고 외치고 있다. 거칠게 받아치는 소리에 이어 네드가 고함을 지른다. 아마 나처럼 화장실이 없고 양동이뿐인 듯하다.

네드가 웅얼거리기 시작한다. 듣기 싫어서 매트리스를 다시 구석에 밀어 넣어 소리를 막는다. 자동적으로 숟가락으로 죽을 떠서 먹다가 어제 발견한 설탕을 떠올린다. 손가락으로 쟁반 위를 더듬어 설탕을 찾은 뒤 죽에 넣는다. 바나나도 있다.

죽을 다시 먹으며 네드의 부모님을 생각한다. 아들이 실종된 것, 납치된 것을 알면 그들 심정이 어떨까? 그가 사라진 것이 헤드라인 뉴스가 될까? 그의 잘생기고 거만한 얼굴이 전 세계 텔레비전 화면에 나올까? 아니면 제스로 호소프가 적어도 당분간은 경찰에 신고를 안 하지 않을까?

먹고 난 뒤 화장실로 간다. 걸쇠를 밀고 전등이 켜지기 직전 아주 짧은 순간은 늘 당황스럽다. 전등이 켜지지 않고, 문이 열리지 않아 좁고 어두운 공간에 갇히게 될 것 같은 무의식적 공포가 찾아오기 때문이다. 하지만 불이 깜빡이다가 켜지면 안도한다.

변기를 쓰고 파자마를 벗고 씻은 뒤 옷을 입는다. 칫솔에 치약을 짜면서 한 가지 생각이 떠오른다. 무엇이 먼저일까, 치약이 먼저 떨어질까, 내 목숨이 먼저 떨어질까?

화장실을 나와 방 안을 걷기 시작한다. 어린 시절 부르던 동요를 부르려고 하지만, 프랑스어를 말하니 잃어버린 모든 것이 생각나서 대신 수를 세기 시작한다. 삼백일곱 걸음을 걷는데 열쇠 돌아가는 소리가 들린다.

나는 무릎을 꿇고, 두근거림을 느끼며 매트리스로 기어간다. 낮 동안, 두 번의 식사 사이에 사람이 찾아오기는 처음이다. 문을 밀어 열고, 남자가 내게 다가오는 동작에서 다급함이 느껴진다. 같은 청결한 냄새에 같은 남자라고 확신하지만 어쩐지 다른 점이 있다. 무엇일까? 그가 내 앞에 버티고 선 것을 느끼고, 본능적으로 최대한 구석으로 몸을 붙인다.

그래도 달라지는 것은 없다. 어깨를 잡은 손이 나를 일으켜 세워 벽을 보게 하고, 팔을 뒤로 돌려 양손을 모으더니 손목을 탄성 있는 것으로 묶는다. 머리에 복면을 씌우자 전과 다른 어둠과 답답함, 숨막힘이 느껴진다.

모든 것이 너무 빠르게 일어난다. 당혹감이 차오르지만 억누른다. 그 방에서 밀려 나간 뒤, 어디로 가는지 집중한다. 왼쪽으로 돌아 복도로 가면 지하실로 이어지는 계단으로 향하는 것이다.

미리 경고 없이 그들은 내 몸을 당겨 세운 뒤, 살짝 왼쪽으로 민 다음 다시 앞으로 몰아간다. 본능적으로 비언어적 신호를 읽은 나는 다리를 뻗어 빈 공간을 느끼고 발을 내디뎌 계단의 첫 단을 찾는다.

열둘. 돌계단이 열두 개 있었다. 네드의 집 계단 수의 절반이다. 나는 내려가며 그 수를 세고, 열두 단째 바닥이 편평해지자 작은 성취감을 느낀다. 팔 부위 맨살에 좀 더 차갑고 신선한 공기가 닿는 느낌이 들자, 복면을 벗고 그 공기를 들이쉬고 싶다. 오른쪽으로 돌아 더 걷는다. 집중력을 잃어 몇 걸음인지 알 수 없다.

걸음을 멈춘다. 열쇠로 문을 여는 소리가 들린다. 네드가 갇혀 있던 방일까? 가슴에 차오르는 당혹감을 밀어내려고 하지만 소용없다. 나는 앞으로 밀려 들어가고, 등 뒤에서 문이 닫힌다. 다른 사람이 나를 붙잡더니 아래로 당긴다. 다리가 아래 시트에 닿아서 앉으니 등에 단단한 목재가 느껴진다. 무엇인가를 가슴에 묶어 몸을 의자에 고정시킨다. 심장이 두근거린다. 지금일까, **지금이 끝일까?**

복면을 벗기자 한순간 밝은 빛이 눈을 찌르더니 재빨리 눈가리개가 묶인다. 한 손이 내 뒷덜미를 잡아 앞만 똑바로 보도록 단단히 고정시킨다.

"이름을 말해." 등 뒤에서 남자 목소리가 말한다. "남편 네드 호소프와 인질로 잡혀 있으며 그들에게 곧 다시 연락할 것이라고 해. 그들이 우리가 시키는 대로 하면 너는 무사히 풀려날 것이다. 경찰은 개입하면 안 된다. 우리 요구에 그들이 응하지 않으면 너희는 둘 다 죽을 것이다." 나를 잡은 손아귀에 힘이 들어간다. "말해."

나는 숨을 들이쉰다. "내 이름은 아멜리 러몬트입니다." 내가 시작한다.

"아니." 그 목소리가 말한다. "결혼한 뒤 성으로 말해."

"내 이름은 아멜리 호소프입니다." 이제 목소리가 떨린다. "남편 네드 호소프와 인질로 잡혀 있습니다. 곧 다시 연락이 갈 겁니다. 시키는 대로 하면 우리는 무사히 풀려날 것입니다. 경찰에 신고하지 마세요. 요구에 응하지 않으면 우리는 죽을 겁니다."

눈가리개가 벗겨지고 머리에 복면이 씌워지기 전 시큼한 냄새가 코에 닿는다. 머릿속이 빙빙 돈다. 이곳이 네드가 갇혀 있던 방이라면, 네드는 어디 있을까? 그때, 등 뒤 어딘가에서 작지만 증오에 찬 소리가 들려온다.

"나쁜 년."

12. 현재

눈을 뜨자 어둠이다. 순간 아침인지 한밤중인지 궁금하지만, 사실 상관없다는 것을 깨닫는다.

잠시 누워 내가 한 영상 녹화에 대해 생각해본다. 제스로 호소프가 협조하지 않아서 납치범들이 내게 녹화를 시킨 것일까? 네드가 그 방에 있었다. 그도 의자에 묶이고 칼을 목에 대고서 찍었을까? 그렇게 생각하니 웃음이 날 뻔한다. 네드는 그런 일을 당해도 싸다. 그가 한 짓을 생각하면, 당해 마땅하다.

열쇠가 돌아간다. 남자가 쟁반을 내려놓을 때, 나는 일어나 앉거나 말을 걸지 않는다. 그가 돌아서서 나가기 전에 잠시 움직임을 멈춘다. 내가 무사한지 확인한 것일까? 그는 나가지만, 나는 그대로 앉아서 그제야 그가 얼마나 조용한지 깨닫는다. 그는 말만 안 하는 것이 아니라 소리 없이 움직인다. 맨발로, 혹은 양말만 신고 걷는 것이 틀림없다.

나는 일어나 앉는다. 그렇다. 그가 나를 지하실로 데려가려고 걸어왔던 어제 내가 발견한 차이가 그것이었다. 그는 구두를 신고 있었다. 납치범에 대해 아는 것이 생겼다는 사실이 기뻐 미소가 떠오른다. 맨발로 오면 먹을 것을 가져오는 것이고, 구두를 신는다면 지하실에 데려가는 것이다.

문득 배가 고파져 쟁반을 더듬어 찾는데 뭔가 폭신한 것이 팔에 닿는다. 나는 놀라 벌떡 일어나 발뒤꿈치를 들고 선다. 가슴이 두근거린다. 꼼짝도 하지 않고 귀를 기울인다. 하지만 아무 소리도 들리지 않는다. 갉아먹는 소리도, 발소리도 들리지 않는다.

나는 마음을 단단히 먹고 다리를 뻗어 쟁반을 발로 밀어서 그것이 무엇이든 떨어져 나가게 한다. 발끝이 부드러운 것에 닿자 웃음이 터진다. 쥐나 동물이 아니다. 담요다.

나는 담요를 집어 들고 부드러운 천에 얼굴을 묻는다. 갈색, 주황색, 검정색이 섞인 정교한 호랑이 무늬를 상상한다. 새것 냄새가 난다. 납치범이 나를 위해 일부러 산 것일까? 얼굴에서 미소가 가신다.

담요를 내려놓고, 창문이 난 벽을 찾아가 합판에 양손을 바짝 댄다. 손바닥 닿는 곳이 따뜻하다. 그러면 밖에 해가 떴다는 뜻일까? 눈을 감고 넓은 잔디밭과 장미 화단, 꽃송이가 가득한 나무 아래 놓인 벤치가 있는 아름다운 정원을 상상한다. 현실감각이 찾아온다. 이곳이 버려진 집이라면 정원이 아름다울 리 없다. 기대치를 낮추고 대신 웃자란 산울타리, 가시철사처럼 꼬인 딸기나무, 쐐기풀 등이 높게 자란 풀을 상상한다. 눈을 번쩍 뜬다. 저 창밖으로 나간다면, 그런 것을 마주하게 될 것이다.

나는 합판 양쪽을 쓰다듬으며 그것과 창틀 사이 공간을 찾아본다. 손가락을 밀어 넣어 합판을 뜯어낼 수 있는 곳이 있는지. 그러다 갑작스러운 통증에 손을 떼어낸다. 못에 살갗이 베인 모양이다. 손가락을 입에 넣고 비릿한 피 맛을 느낀다.

창문을 포기하고 싶지 않지만, 도구 없이 합판을 뜯어낼 수 있을지 모르겠다. 쓸 수 있는 것은 죽을 떠먹는 플라스틱 숟가락뿐이다. 한 가지 생각이 떠오른다. 남자는 담요를 갖다줬다. 그가 내가 청하는 것은 무엇이든지 가지고 올까? 무해해 보이지만 도구로 쓸 수 있는 물건이어야 한다. 그렇다면 무엇을 요청해야 할까?

화장실에 가려다가 받은 쟁반이 떠올랐다. 매트리스를 더듬어 찾아간다. 죽이 거의 식었지만 먹고 싶지 않다. 하지만 탈출하려면 기력을 유지해야 한다.

바나나를 찾아 껍질을 벗기고 손으로 작게 잘라 죽에 넣은 뒤 어둠 속에서 숟가락으로 잘라 더 잘게 으깬다.

그리고 설탕을 더한다. 더 맛있어진다.

이제 몸에 두를 담요가 생겼으니, 화장실에서 파자마를 빨기로 한다. 담요를 가지고 들어가 전등을 켜고 보니 호랑이 무늬가 아니라 연회색이다. 파자마에 비누를 문질러 거품을 낸다. 진청색 면직 파자마인데, 흐릿한 불빛에서 보니 때가 씻겨나가며 구정물이 나온다.

파자마에서 최대한 물을 짜내고 세면대에 바지를 걸쳐놓는다. 바닥에 물이 떨어진다. 나중에 휴지로 닦아야 할 것이다. 상의는 수도꼭지에 걸쳐 세면대 위에 펼쳐둔다.

방으로 돌아와 담요로 몸을 감싼 채 벽에 손을 대고 걷기 시작한다. 이 모든 일이 끝나면 내가 끝없이 빙빙 돌며 남긴 발자국을 그들이 볼 수 있을까? 그들이 보면 좋겠다. 내가 남길 수 있는 흔적, 내가 여기 있었다는 증거는 그뿐이니까.

문득, 내가 이 방에 갇혀 있었다는 사실을 아무도 모를 수 있다고 생각하니 숨이 가빠진다. 나는 걷기를 멈추고 손가락의 상처를 찾아 손톱으로 누른 뒤, 입술에 대어 끈적한 피를 느낀다. 다시 꾹 눌러 피를 더 짜낸다. 그리고 최대한 높이 손을 뻗어 벽에다 내 유전자를 묻힌다.

13. 과거

컨트롤 패드에 열쇠 카드를 대고 달칵 소리를 기다린 뒤 문을 밀어 열고서 대리석 현관에 들어섰다. 그곳에 산다는 사실에 적응될 것 같지 않았다. 승강기 암호를 누르고, 5층 버튼을 누르고, 아파트에 들어가는 열쇠를 사용할 때면 매번 마음이 벅찼다.

장바구니를 주방에 들고 들어가 바닥에 내려놓고 인공지능 스피커에게 ‹라디오 런던›을 켜달라고 부탁했다. 요리를 하면서 음악을 따라 흥얼거렸다.

식탁을 차리고 사 온 양초에 불을 붙여 가운데 놓았다. 문이 열리고 캐럴린과 리나가 복도에서 코트를 벗으며 함께 웃는 소리가 들리자 나는 미소를 지었다.

"아멜리, 우리 왔어!" 리나가 외쳤다.

"안녕하세요! 저녁 다 됐어요!" 내가 대답했다.

"안 그러면 큰일나." 캐럴린이 농담했다. "배가 너무 고파서 말이라도 먹겠어."

"생선이에요." 나는 복도로 들어서며 말했다. "생선도 괜찮으시면 좋겠네요."

"완벽하네."

"저스틴은요?" 나는 저스틴이 빠진 것을 보고 물었다. 우리 넷은 2주에 한 번, 금요일 밤에 함께 저녁을 먹었다. 가끔은 리나의 집에서, 가끔은 저스틴의 집에서 먹기도 했지만 보통 캐럴린의 집에서 먹었다.

리나가 시무룩한 표정을 지었다. "네드가 시킬 일이 있대. 그냥 핑계인 것 같아. 그래도 저스틴은 먼저 먹으라고 했어."

"네드가 아직도 저스틴더러 만나자고 성가시게 굴어?" 캐럴린이 주방으로 들어와 코로 숨을 깊이 들이쉬며 물었다. "정말 맛있는 냄새다."

"응." 리나는 캐럴린을 주방에서 응접실로 데리고 나갔고 나도 뒤따랐다. "그리고 저스틴은 늘 같은 대답을 하지. 일과 놀이는 섞지 않는다고." 리나는 안락의자에 긴 다리를 꼬고 앉았다. "그 조언은 나도 할 수 있어. 직장 로맨스는 금지야."

캐럴린이 끄덕였다. "맞는 말이지. 나도 그것 때문에 이런 꼴이 됐잖아." 캐럴린은 양초에 이끌려 테이블로 다가왔다. "참 향기롭다! 아멜리, 정말 고마워."

"그래도 캐럴린은 이제 홀로 섰지." 리나가 말했다.

"전남편 없이 잘 살고 있지만, 그때는 힘들었거든." 캐럴린이 내 옆으로 와서 앉으며 말했다. "아멜리가 없었다면 난 어떻게 되었을지 모르겠어." 캐럴린이 나를 향해 미소를 지었다. "내 목숨을 구해줬어."

"아뇨, 캐럴린이 절 구해주셨어요." 내가 말했다. "캐럴린을 만나지 못했으면 거리에 나앉았을 거예요."

리나가 화난 척 눈을 굴렸다. "맨날 이렇게 다투지. 둘이서 서로 구해줬다고 합의하는 게 어때?"

"아냐." 캐럴린이 말했다. "아멜리가 날 구했으니까."

"아니에요." 내가 말했다. "캐럴린이 절 구했으니까요."

리나가 쿠션을 던졌고 우리는 고개를 숙였다.

디저트를 먹는데 저스틴이 도착했다.

"오래 걸렸네." 리나가 눈썹을 치켜올리며 말했다. "네드가 뭘 하래?"

"파티." 저스틴이 와인 잔에 손을 뻗었다. "그리고 우리 잡지에 실린 사람들과 싣고 싶은 사람들을 초대하는 거. 그 파티 준비를 도와달래."

리나가 끄덕였다. "좋은데. 우리도 갈 수 있을까?"

"응, 직원도 초대하고 동반인도 데려갈 수 있어." 저스틴이 식탁 건너편 나를 보며 말했다. "난 사귀는 사람 없으니까 아멜리를 데려가려고. 하지만 리나는 모르겠네. 캐럴린이 못 가면 아쉬운데."

리나가 한숨을 쉬었다. "나도 사귀는 사람 없는 거 알면서, 저스틴. 그러니까 좋아. 캐럴린이랑 같이 갈 수 있어." 하지만 리나의 뺨이 붉어졌다. 어쩌면 저스틴 말대로 리나에게 남자친구가 있을지도 모르겠다.

"파티는 언제예요?" 나는 마음이 들떠서 물었다. 화려한 파티는 처음이었다.

저스틴이 판나 코타 디저트를 자기 쪽으로 당겼다. "9월 말쯤일 거야. 준비도 해야 하고, 다들 여름휴가에서 돌아와야 하니까. 네드는 자선 파티로 모금한 돈을 호소프 재단에 보내려고 해. 그 사람 아버지는 절대 받지 않을 거라고 말하고 싶었어. 하지만 잘리기는 싫어서 아무 말도 안 했지."

"왜 아버지가 받지 않나요?" 내가 물었다.

"제스로 호소프는 네드가 사는 방식에 찬성하지 않으니까." 저스틴이 리나 쪽을 흘끔거렸고, 둘은 내가 알 수 없는 표정을 교환했다. "아멜리가 인터넷에서 찾을 수 없는 내용은 말하지 않을래. 제스로 호소프가 아들 네드에게 엄청난 재산을 물려줄 생각이 없다는 건 다들 알잖아. 그래서 재단에 투자한 거고."

리나가 내게 다가와서 말했다. "제스로에게 아들이 하나 더 있었는데, 마약 때문에 죽었어."

"아멜리는 몰라도 되는 일이야." 캐럴린이 비난했고, 나는 캐럴린이 나를 그렇게 보호하려 드는 것이 참 좋았다. 그래도 호기심이 생겼다.

나중에 리나와 저스틴이 돌아가고 캐럴린이 잠자리에 들었을 때 나는 제스로 호소프를 검색했고 장남이 죽고 난 뒤 그가 호소프 재단을 설립해 마약중독과 싸우는 데 도움이 되고자 했으며 거의 전 재산을 거기 기부한 사실을 알게 됐다. 조금 더 자극적인 기사 내용을 믿는다면, 네드는 아버지의 행동에 반대하며 오냐오냐하는 할아버지에게 호소했고, 할아버지는 네드를 위해 아들 제스로를 건너뛰고 네드에게 유산을 물려주는 것으로 유언장을 바꾸었다. 그리고 할아버지가 사망하는 바람에 당시 스물한 살이었던 네드는 순식간에 영국 전체에서 가장 부유한 청년이 되었다.

14. 현재

나는 합판으로 막은 창가에 서서 손끝으로 나무를 더듬으며 막아놓은 곳에 조금이라도 약한 부분이 있는지 다시 찾고 있다.

합판 위아래에 못 스물네 개가 박혀 있고, 세로로는 한 면에 열여덟 개가 약 5센티미터 간격으로 박혀 있다. 누가 박았는지 간격이 일정하고 치밀하다. 나는 시야를 가리는 머리카락을 걷어내고 계속 찾는다.

왼쪽 중간쯤에서 그것을 발견한다. 내 손가락이 베인, 살짝 올라온 못이다. 아드레날린이 솟구치는 것을 느끼며, 검지와 엄지로 작은 못을 쥐고 빼내려 한다. 하지만 힘을 줄 곳이 없다.

잠시 생각하다가 손을 내려 파자마 상의를 잡는다. 바지는 다 말라서 입었지만 상의는 아직 조금 젖어 있었다. 손가락 사이에 파자마 상의를 넣은 다음 못을 다시 잡고 마찰력을 이용해 흔든다. 못이 차츰 헐거워지며 빠져나오는 것이 느껴진다.

"나와라." 나는 식식거리며 왼손을 합판에 바짝 붙이고 못을 힘껏 당긴다.

못이 쑥 나온다.

그것을 쥐고 있으니 흥분해서 온몸에 전율이 느껴진다. 참 작은 것이지만 너무나 큰 의미가 있다. 앞으로 다섯 발자국, 왼쪽으로 네 발자국, 화장실로 향한다. 문을 잠그고 흐릿한 불빛 속에서 못을 살핀다. 2.5센티미터 정도의 작은 못이고, 녹슬지도 않았다. 하나를 더 빼내고, 또 하나를 더 빼낸다면……. 머릿속에서 나는 이미 창문으로 탈출하고 있다. 마음을 다잡는다. 차근차근 하자.

그 못은 날짜 셀 방법에 대한 답이기도 하다. 지금까지 나는 죽을 다섯 번 받았다. 죽이 아침 식사라는 가설을 세우면, 오늘은 8월 21일 수요일, 납치된 지 닷새째다.

화장실을 둘러보며 달력을 시작하기 좋은 곳을 찾다가 문 뒤, 문틀과 모서리 사이의 좁은 벽을 고른다. 못을 앞뒤로 긁어 문짝의 맨 위와 나란히 선을 긋고, 그 아래에 1센티미터 길이의 선을 약 1센티미터 간격으로 세 개 긋는다. 한 걸음 물러선다. 다섯 번째 선이 다른 것만큼 선명하지 않아서 조금 더 깊이 판다. 하지만 달력은 미완성이다. 시작 날짜가 필요하다. 손을 뻗어 첫 번째 선 위에 8과 1, 7을 불안정하게 긁는다. 네드와 내가 납치된 날이다.

못을 손바닥에 가볍게 쥔다. 어디에 보관할까? 문틀 위를 올려다보지만, 문이 열리며 움직이다가 못이 떨어지면 못 찾을 수도 있다. 그렇다면 벽장 안이다. 작은 세면도구 가방을 꺼내 그 안에 못을 넣는다.

창가로 돌아가 못을 빼내어 약해진 자리를 생각해본다. 돌아서서 조심스럽게 방을 가로질러 쟁반을 찾은 뒤, 죽을 먹을 때 쓴 플라스틱 숟가락을 들고 창가로 돌아온다. 합판과 창틀 사이 작은 공간을 찾아 숟가락 끝을 끼워 넣는다. 하지만 숟가락은 너무 두껍고 힘없이 구부러진다. 짜증이 나서 숟가락을 내던지고 화장실로 들어가 흐릿한 불빛 속에 잠시 앉아 있는다. 손과 발, 몸을 보며 내가 아직 존재한다는 사실을 확인하면 힘이 된다.

불이 꺼지자 다시 방으로 나가 내 자리로 걸어가서 쟁반을 찾은 뒤 매트리스 위로 치워두고 매일의 일과인 걷기를 시작한다. 이제는 벽에 손을 대고 방향을 찾지 않는다. 어둠 속에서 걷는 데 익숙해지고, 내 공간에서 최대한 편안함을 느끼고 싶다. 그래서 팔을 내린 채 일곱 발자국을 센 뒤 돌고 다음 벽을 따라 걸으며 매번 매트리스를 피하는 것을 기억한다. 얼마 뒤 여섯 발자국 다음에 돌기로 하고, 그 다음에는 다섯 발자국, 네 발자국 뒤에 돌아 점점 작은 사각형을 그리며 걷는다.

어지러워 계속 걷기 힘들어지는 순간, 발에 무엇인가가 밟힌다. 좀 전에 내가 던진 숟가락이다. 허리를 숙이고 그것을 집어 든 뒤 머리가 빙빙 돌기를 멈추기를 기다린다. 죽이 묻어 숟가락이 끈적인다. 몸을 일으키니 방향감각을 잃어버려 어느 쪽을 바라보는 것인지 알 수 없다. 양팔을 뻗고 잰걸음으로 걸어 벽을 찾은 뒤, 손으로 더듬어 방을 돌다가 화장실에 닿는다. 숟가락을 씻고 수건으로 물기를 닦는다. 그것을 쟁반으로 가지고 가려다가 걸음을 멈춘다. 납치범이 숟가락이 없어진 것을 알면 내놓으라고 할까? 아니면 그냥 새것을 줄까?

그를 도발해서 말을 시킬 수도 있다고 생각하니 신이 난다. 만약 그가 말을 하지 않는다면, 숟가락을 새것으로 바꿔줄 것이고, 나는 새로 받는 숟가락도 숨길 것이다. 그가 숟가락을 어디 뒀는지 묻지 않을 수 없을 때까지. 하지만 어디다 숨길까? 매트리스 아래는 찾기 너무 쉽다. 그가 방을 뒤진다면 그곳을 가장 먼저 볼 것이다. 화장실에 숨긴다면 그는 화장실 문을 잠가버려 못 쓰게 할 수 있다. 그를 도발해 말을 시키고 싶은 것이지, 화나게 할 생각은 아니다.

잠시 생각하다가 문으로 가서 문 바로 뒤 바닥에 숟가락을 둔다.

15. 현재

그가 오기를 기다린다. **그 남자**를. 남자는 위협하는 법 없이 조용하고 침착하다. 나는 담요를 어깨에 두르고 벽에 기댄다. 어쩌면 그의 친절한 성격이 약점일 것이다.

　나는 눈을 감고 아버지를 생각한다. 우리 집 작은 부엌 창문으로 들어온 햇살이 내가 아침을 먹을 때 아버지 손과 팔을 비추던 모습을. 아버지의 커피 향이 떠오르고 내가 시리얼을 먹을 때 쓰던 낡은 금속 숟가락이 눈에 선하며 뒷문 옆 벽에 걸려 있던 오래된 시계가 조용히 똑딱이던 소리가 들리는 듯하다. "넌 똑똑한 아이란다, 아멜리." 아버지가 말한다. 나는 아버지 얼굴을 올려다보지만, 거기에는 그늘뿐이다.

　열쇠 돌아가는 소리에 정신을 차린다. 남자가 왔다. 그가 간밤에 가져간 쟁반에 숟가락이 없었다는 말을 할까? 나는 담요를 걷고 일어나 앉는다.

"몇 시죠?" 나는 낮은 목소리로 친근하게 말하려고 신경 쓰며 묻는다.

그는 대답하지 않는다. 공기 흐름이 바뀌더니 쟁반이 탁 놓이고 이전 쟁반을 지익 끌며 집어 드는 소리만 들린다.

"왜 말을 안 하는 거죠? 칼이 말하지 말라고 했나요?"

잠시 멈칫하자 나는 숨을 멈춘다. 그가 칼이라는 이름에 반응한 것일까? 나는 일어나며 어둠에 적응하느라 살짝 휘청거리고, 그가 뒤로 물러나는 것을 느낀다. 잠시 후 열쇠가 다시 돌아간다. 그는 가고 없다.

나는 허리를 숙이고 바닥에서 쟁반을 찾는다. 그릇과 그 옆의 숟가락을 찾는다. 그는 예전 숟가락이 사라진 것을 알아차리지 못했다. 미소가 떠오른다. 그는 내게 걸려들었음을 아직 알지 못한다. 드디어 내가 통제하는 것이 생겼음을 알지 못한다.

16. 과거

저스틴은 고개를 뒤로 젖히고 눈을 감았다.

"오늘 날씨 정말 아름답지 않아?" 저스틴이 중얼거렸다.

"완벽해요." 내가 말했다. "모든 게 완벽해요. 너무 완벽해서 끝날까 봐 두려워요."

저스틴이 한쪽 눈을 뜨고 나를 봤다. "끝나긴 왜?"

8월 말 어느 목요일 저녁이었고 우리는 프랑스어로 대화하러 평소에 만나던 카페에서 하이드파크의 벤치로 자리를 옮겼다.

"캐럴린 집에서 영영 지낼 수는 없으니까요. 이제 거기서 지낸지도 1년 반이 넘었어요. 그리고 언젠가 캐럴린과 대니얼이 함께 살고 싶을 수도 있잖아요."

"캐럴린이 누굴 만나는 건 잘된 일이지." 저스틴이 말했다. "하지만 아직 얼마 안 된걸. 게다가 두 사람이 정말 함께 살아서 아멜리가 다른 일자리를 찾아야 하면 «익스클루시브스»에서 나랑 리나랑 함께 일할 수 있어."

나는 고개를 저었다. "전 변호사가 될 거예요. 잊지 마세요."

저스틴이 호기심 어린 눈으로 나를 봤다. "아버지가 법 공부를 하라고 하셨어?"

"그런 건 아니에요." 나는 아버지 이야기를 잘 하지 않았다. 아마 아버지가 돌아가신 것을 떠올리면 여전히 너무 고통스러웠기 때문일 것이다. "프랑스에서 어머니가 동생을 낳다 돌아가셨을 때, 아버지가 병원 측 과실로 고발하셨어요. 하지만 아버지 담당 변호사가 자꾸 바뀌기만 하고 별 진전이 없었어요. 영국에서 산 것도 불리하게 작용했을 거예요." 나는 잠시 말을 멈췄다. "위스키도 마찬가지였고. 아버지는 병의 통증을 낮게 하려고 위스키에 의존했어요. 술 주정을 한 적은 없어요." 나는 서둘러 덧붙였다. "술을 마시면 바깥세상을 차단할 뿐이었죠."

저스틴이 내 손을 꼭 잡았다. "말하기 싫으면 안 해도 괜찮아."

"아뇨, 괜찮아요." 나는 정말 괜찮았다. "아버지가 돌아가시기 전에 어머니와 남동생 일을 바로잡지 못한 것이 아쉬울 뿐이에요. 아버지가 원한 건, 병원에서 과실을 인정하는 것이었는데. 암처럼 그 일도 아버지의 기운을 빼앗았어요. 그래서 변호사가 되고 싶어요. 아버지 같은 사람들을 돕고 싶어서."

저스틴의 휴대전화에 메시지 알림이 왔다. 저스틴은 가방을 뒤져 휴대전화를 꺼낸 뒤 화면을 확인했다.

"네드네." 저스틴은 눈살을 찌푸리며 말했다. "거절을 받아들이지 않는 사람이야."

"무슨 말이에요?"

저스틴은 답을 쓰지 않고 휴대전화를 치웠다. "나더러 항상 저녁을 같이 먹자고 하는데 난 싫다고, 함께 일하는 남자와는 데이트 하지 않는다고 대답해. 그러면 뭐라고 하는지 알아?"

"뭐라고 해요?"

"나는 '함께' 일하는 사람이 아니라 자기 '밑에서' 일하는 사람이래. 그걸 농담이랍시고."

나는 이맛살을 찡그렸다. "그렇게 저스틴을 난처하게 하면 안 되죠."

저스틴이 허리를 폈다. "그렇지. 네드는 그래선 안 돼." 저스틴이 분한 표정으로 말했다. "내가 리나의 집에서 나오게 되어 살 곳이 필요하다니까 그 사람이 뭐라고 했는지 알아? 자기랑 살자고 했어. 농담이었지만 불편했다고."

"리나랑 살 때 재미있었겠어요."

"응, 재미있었어. 즐거운 시간이었지. 원래 내가 아파트를 찾는 동안 잠시만 함께 살 계획이었어. 프랑스에서 온 직후라서. 하지만 우리가 잘 맞아서 리나가 원하는 만큼 지내라고 했어."

"그런데 왜 이사했어요?"

"왜냐면, 1년쯤 지나니까 리나가 자주 데이트를 하기 시작했고 한두 번은 외박을 했어. 그래서 남자친구가 생긴 것이 아닌가 의심이 들었지. 리나를 놀리면서 그 사람 언제 소개해줄 거냐고 했지만 여자 친구랑 놀러 나간 거라더라. 그 말이 믿기지도 않고, 내가 방해할까 걱정이 돼서 아파트를 찾기 시작했어.”

“지금도 리나에게 남자친구가 있다고 생각하세요?”

저스틴이 끄덕였다. “그 일로 놀리면 리나가 얼굴 붉히는 것을 봤을걸.”

“리나가 그 사람을 저스틴이나 캐럴린에게 소개하지 않는 이유가 뭘까요?”

“곧 소개하긴 하겠지. 새로운 남자를 친구들에게 소개하는 건 간단한 일이 아니니까.”

“그렇군요.” 나는 건성으로 대답했다. “캐럴린 집에서 나와도 이곳에서 지내고 싶어요. 저스틴과 캐럴린, 리나는 이제 가족 같아요. 만나게 돼서 정말 행운이라고 느껴요.”

저스틴이 웃었다. “우리가 영광이지. 아멜리 덕분에 우리가 젊게 지내는걸. 게다가 아멜리는 열아홉 살치고 참 현명하고. 내가 그 나이였을 때는 아무것도 몰랐어. 아는 사람 하나 없는 런던에 와서 열여섯에 혼자 지낸 걸 생각하면, 참 대단해, 아멜리 러몬트.”

“리나는 부모님이 돌아가셨을 때 저보다도 어렸잖아요.” 나는 리나의 이야기를 기억하며 말했다. “리나도 가족이 없어요.” 나는 잠시 후에 다시 말했다. “전 리나처럼 부모님이 안 계시고 저스틴처럼 프랑스계에 캐럴린은 언니 같아요. 그래서 친구가 생긴 것처럼, 가족이 생긴 것처럼 느껴져요.” 나는 만족스러운 미소를 지었다. “더 이상 뭘 바라겠어요?”

“글쎄, 남자만 있으면 될까?”

나는 고개를 저었다. “그러면 공부에 방해가 될 거예요. 변호사가 되고 난 다음이라면 모를까, 그 전엔 됐어요."

저스틴에게 전화가 와서 대화를 방해했다. 저스틴은 가방 안을 들여다봤다. "네드네. 아, 제발 전화 좀 그만하지."

"파티 때문에 전화하는 거 아닐까요? 이제 몇 주밖에 안 남았잖아요?"

"그렇다 해도, 내일 이야기해도 돼. 아무리 사장이지만 근무시간도 아닌데 연락해도 된다고 생각하면 안 되지. 사소한 침해라도 일단 시작하면 걷잡을 수 없어진다고." 저스틴이 일어나 팔을 머리 위로 쭉 뻗었다. "피자 사러 갈까?"

"좋아요. 네드랑 마주치지만 않는다면요." 그들의 회사가 바로 근처라서 이렇게 놀렸다.

"그 사람이 피자 먹는 건 상상이 안 되는 일이니까, 그 점은 안심해도 될 거야. 캐럴린이랑 리나도 부를까? 즉석 '가족' 모임 어때?"

"캐럴린은 오늘 밤에 대니얼을 만나요."

"그럼 리나에게 전화해야지."

하지만 리나도 약속이 있었다.

"누구랑 약속인지는 말하지 않았지만." 저스틴이 우스꽝스럽게 눈썹을 치켜올리며 말했다. 그리고 내 팔짱을 꼈다. "그럼 아멜리랑 둘이서 먹어야 되겠네."

17. 현재

아버지 꿈을 꾸고 있다. 내가 어디 있었는지, 이 방인지 다른 곳인지 모르겠지만 아버지는 내 옆에 서 있었다.

그래, 아멜리. 아버지가 물었다. **어느 쪽을 고를 거니?**

그러면 나는 고개를 젓고 아직 정하지 못했다고 말했다.

아버지 꿈은 오랜만이라서 그 꿈에 의미가 있다고 믿고 싶다. 와중에 한 가지 기억이 밀고 들어온다. 내가 아버지 의자 옆에 서 있고, 아버지가 같은 질문을 하는 기억이다.

"그래, 아멜리. 어느 쪽을 고를 거니?"

"다시 한번 얘기해주세요." 내가 말했다.

"오늘 하루에 백만 파운드를 주거나, 오늘은 1파운드, 내일은 두 배로 2파운드, 다음 날은 4파운드, 그다음 날은 8파운드, 이런 식으로 액수를 매일 두 배씩 늘려 한 달 동안 주거나. 둘 중 고르라고 하면 어느 쪽을 고를 거니?"

가슴이 두근거렸다. "병원에서 돈이 왔어요?"

아버지가 고개를 저었고 내 어깨가 축 처졌다.

"가상의 질문이란다." 아버지가 말했다.

나는 잠시 생각했다. "한 달이 30일이에요, 31일이에요?"

"어느 쪽이냐에 따라서 대답이 달라지니?"

"그럴 수도 있어요. 30일까지 계산한 값이 50만이 넘으면 다음 날은 백만이 넘을 테니까요."

아버지가 미소를 지었다. "그렇다면 31일로 하자꾸나."

"그럼 두 배씩 받는 쪽으로 할래요. 31일이 다 차기 전에 죽지 않는다면요." 내가 덧붙였다.

아버지가 웃었다. "똑똑하구나, 아멜리." 아버지가 내 손을 두드리며 말했다. "넌 잘 살 게야."

그 꿈이 징조 같기도 했다. 아버지가 내게 그곳에서 벗어나게 될 거라고 알려준 것 같았다.

나는 화장실로 가서 벽에 여덟 번째 표시를 한다. 오늘은 8월 24일, 토요일이다. 가슴이 내려앉는다. 일주일째 여기 갇혀 있었다. 아무도 우리를 찾아오지 않았다.

나는 죽을 떠먹은 숟가락을 헹구고 방의 문을 향해 여섯 발자국 걸어가 모아놓은 숟가락 옆에 숟가락을 내려놓으려고 쪼그려 앉는다. 하지만 다른 숟가락을 찾을 수 없다. 앉은 채로 방향을 바꾼다. 내 생각만큼 문에서 가까운 위치가 아닐지 모르니까. 손을 뻗어 문틀을 찾고 손가락을 바닥까지 내린다. 아무것도 없다. 하지만 숟가락은 늘 있던 자리에 있어야만 한다. 손가락을 오른쪽으로 더 멀리 더듬어본다. 아무것도 없다. 바닥에 손을 대고 미친 듯이 사방을 더듬으며 숟가락을 찾는다. 없다.

충격에 바닥에 주저앉는다. 어제까지 있던 숟가락이 없다. 대체 언제 사라진 것일까? 남자는 죽을 가지고 왔을 때 그것을 치우지 않았다. 확실하다. 그가 전날 밤 두고 간 쟁반을 집어 들고 곧바로 나가는 소리를 들었다. 그가 걸음을 멈췄다면 나도 알아차렸을 것이고, 그가 숟가락을 쟁반에 올렸다면 플라스틱이 부딪히는 소리를 들었을 것이다. 하지만 아무 소리도 듣지 못했고, 그 의미는 하나뿐이다. 다른 때 치운 것이다.

그렇게 생각하니 두려워져서, 숟가락을 꼭 쥐고 불안정한 걸음걸이로 매트리스로 돌아와 앉는다. 이곳이 내 방, 내 우주인 줄 알았다. 하지만 그렇지 않다. 납치범들이 멋대로 드나들 수 있다. 내가 화장실에 있을 때나 잠들었을 때 들어와서 숟가락을 치우고, 잠든 나를 지켜보고, 화장실 안 소리를 들을 수 있다. 그것을 알게 되니 당혹스럽다.

달아나야 한다는 생각에 짓눌린다. 바닥에서 일어나 벽에 기대어 가까스로 몸을 가누고 창문으로 걸어간다. 손끝으로 판자를 찾은 뒤 왼쪽 가장자리에 닿을 때까지 손을 움직여 못이 빠진 틈을 발견한다. 그곳을 찾은 뒤 다음 못까지 더듬는다. 엄지와 검지로 못을 잡아보지만, 너무 단단히 박아놓아서 빼낼 수가 없다. 파자마 상의를 대고 힘을 줘도 마찬가지다. 못에 손톱을 밀어 넣어 뽑으려 해본다. 하지만 뽑히지 않는다. 다른 못도 뽑아보지만, 합판 전체를 한 바퀴 돌고 나니 숨이 차고 손톱이 부러지고 쓰라리다. 한숨을 푹 쉰다. 연장 없이는 합판을 빼낼 수 없을 것이다. 그렇다면 문을 통해 탈출해야 한다는 뜻이다.

하지만 그다음엔? 바깥 복도는 캄캄하다. 남자가 방에 들어올 때 아주 작은 불빛도 보이지 않기 때문에 알고 있다. 어둠 속에서 모르는 공간과 어떻게 타협할 수 있을까? 어떻게 그곳에서 벗어날까? 복도에서 왼쪽으로 돌면 지하실로 가는 문을 찾을 수 있을 것이다. 하지만 문이 잠겨 있다면? 문이 열려 있어 열두 개의 계단을 내려가 여드레 전 들어온 문을 찾는다 해도, 그 문은 아마 잠겨 있을 것이다.

건물 현관문이 내가 있는 1층 어딘가, 아마도 오른쪽에 있을 것이다. 현관문도 잠겨 있을 것 같지만 근처에 열쇠나 깰 수 있는 창문이 있을 것이다. 어둠 속에서 길만 찾으면 된다.

하지만 집 전체가 어두울 리도 없고, 복도에 내 방으로 들어오는 문만 있을 리도 없다. 창문을 합판으로 막지 않아서 열거나 부술 수 있는 방으로 연결되는 문도 있을 것이다. 그리고 일단 밖으로 나가면, 나는 달려가 도움을 청할 것이다.

탈출 과정을 계획한다. 쟁반을 들고 오는 남자를 꼼짝 못 하게 할 수 있다면 그의 야간 투시 안경을 빼앗아 쓰고 복도에서 길을 찾을 수 있다. 하지만 무기로 쓸 것은 없고 내 힘뿐인데, 남자를 제압할 정도는 못 된다.

남자가 음식을 가져올 때 어떻게 해볼까? 나는 눈을 감고 그의 움직임을 머릿속으로 재생한다. 그는 잠긴 문을 열고 들어와 내가 앉아 있는 곳으로 걸어온 뒤 쟁반을 바닥에 놓고 전에 가져온 쟁반을 들고 나간 다음 문을 잠근다.

눈이 번쩍 뜨인다. 그가 나가는 길에 걸음을 멈추는 것도, 쟁반을 든 손을 바꾸어 한 손으로는 문을 열고 다른 손으로 쟁반을 드는 것도 느낀 적 없었다. 즉, 그가 방에 들어오면 문을 닫지 않고 열어 둔다는 뜻이다.

흥분으로 심장이 두근거린다. 내 생각이 옳다면 방에서 빠져나갈 수 있다.

18. 과거

"자, 아멜리, 어때?" 저스틴이 물었다.

우리는 파티에 도착해 익스클루시브스 사의 넓은 현관에 서 있었다. 나는 수천 개의 작은 전등이 매달린 아트리움 천장을 올려다봤다.

"굉장해요." 내가 말했다. "이게 정말 다 «익스클루시브스» 잡지사 것인가요? 건물 전체가?"

"음, 네드의 것이지. 대단하지?"

저스틴은 내 팔을 잡더니 주 연회장으로 이끌었다. 그곳에는 아름다운 드레스와 명품 정장을 입은 사람들이 몇 명씩 모여 있었고, 뒤에서 라이브 음악이 연주 중이었다. "솔직히 일하기 좋은 곳이긴 하지. 그래도 남자가 몇 명 있으면 흉흉한 분위기가 조금은 풀어질지도 몰라."

"무슨 말이에요?"

"네드에게 맞서기가 힘들다는 뜻이야. 딱히 이유 없이 해고하기도 하거든. 며칠 전에 샘에게도 그랬어. 그냥 이렇게 나가라고 했지." 저스틴은 손가락을 튕겨 소리를 냈다. "샘은 아무 말 없이 짐을 챙겨서 나갔어."

"그래도 되는 거예요?"

저스틴이 어깨를 으쓱였다. "네드 호소프는 뭐든지 다 할 수 있지."

어딜 봐야 할지 알 수 없었다. 오른쪽에서는 옆문을 통해 우아한 옷차림의 웨이터들이 샴페인과 카나페가 든 쟁반을 들고 연달아 나와 돌아다녔다. 뒤쪽 벽을 따라서 요리가 차려져 있었다.

"놀라워요." 내가 말했다. "정말로 저스틴이 다 준비한 거예요?"

"도움을 많이 받았지."

우리는 캐비아가 잔뜩 쌓인 접시 앞을 지나갔다.

"음식이 정말 많네요!"

"아는 요리는 다 있을걸." 저스틴이 설명했다. "이탈리아, 프랑스, 태국, 말레이시아, 미국. 뭐든지 있을 거야."

"리나는 어디 있어요? 캐럴린은요? 먹을 것 가지러 간다고 하지 않았어요?"

"저쪽에 있을 거야." 저스틴이 내게 다가오자 또렷한 장미 향이 났다. "저기 봐. 사장님 나오신다."

저스틴이 가리키는 쪽을 보니 검은 머리 남자가 다른 남자 두 명과 함께 사람들 사이를 가로지르고 있었다. 두 남자 중 하나는 검은 정장 차림이었다. 친구들보다 머리 하나는 작은 네드 호소프는 아주 편안한 걸음걸이로 움직였다. 그들이 연회장 옆쪽 테이블로 다가가는 것이 보였다. 네드와 둘 중 한 남자는 자리에 앉았고 또 한 남자는 한쪽에 서 있었다.

"네드랑 함께 있는 사람은 누구예요?" 내가 물었다.

"제일 친한 친구, 맷 앨저슨. 이소벨 앨저슨과 함께 앨저슨가의 재산을 물려받을 사람이지." 저스틴이 말했다. "저 사람 셔츠 마음에 드네. 내 드레스랑 어울리겠어."

"아뇨, 다른 쪽이요. 검은 정장을 입은 사람."

"아, 헌터. 네드의 보디가드지."

"보디가드요? 보디가드가 있어요?"

저스틴이 웃었다. "우리는 그렇게 불러. 네드의 경호원이자 기사거든."

나는 잠시 그를 살폈다. 맷 앨저슨이나 네드 호소프처럼 잘생긴 사람은 아니었지만, 어딘가 굉장히 매력적인 구석이 있었다.

"멋있어요." 내가 말했다.

"그렇지." 저스틴이 내 손을 잡았다. "가자, 네드에게 소개해줄게."

"아뇨." 나는 겁에 질려 말했다. "그분을 방해할 순 없어요."

"아니, 해도 돼."

저스틴이 나를 끌고 네드의 테이블로 갔고, 리나와 캐럴린도 다가왔다. 저스틴은 캐럴린과 나를 네드와 맷 앨저슨에게 소개했고, 네드는 모두 마실 샴페인을 주문한 뒤 리나, 저스틴과 일 관련 이야기를 시작했기 때문에 캐럴린과 나는 조금 떨어진 자리에 앉았다. 샴페인이 나왔고 정중히 잔을 거절하는데 네드의 경호원과 눈이 마주쳤다.

저스틴이 일어섰다. "가서 먹을 것 좀 찾아보자!"

그 순간, 은색 반짝이 장식 드레스를 입고 올린 머리카락이 몇 가닥 빠져나온 채 고개를 젖히고 웃는 저스틴은 정말 행복해 보였다.

"가자, 아멜리!" 내가 앉아 있으니 저스틴이 불렀다. 하지만 나는 미소를 지으며 고개를 저었다. 앉아서 모두가 즐거워하는 모습을 지켜보는 것으로 만족했다. 이렇게 화려한 행사에 오는 특권을 누리기 위해 수백 파운드, 혹은 그 이상을 지불할 여유가 있다면 어떨까?

네드의 경호원이 내 뒤 어딘가에 서 있다는 것을 느끼고 돌아봤다.

"드시고 싶은 것 없어요?" 내가 물었다.

그는 재미있다는 듯 미소를 지었다. "일할 때는 없습니다."

나는 얼굴을 붉혔다. "아, 그렇죠. 죄송해요."

그와 눈이 마주치자 한순간 세상이 멈췄다. 테이블 가운데 탄산수 병이 있어서 나는 혼란을 감추기 위해 병에 손을 뻗었다. 탄산수를 따르면서 살짝 훔쳐보니 그가 여전히 나를 보고 있었다. 더욱 당황한 나는 저스틴이 작은 음식 접시를 들고 맷 앨저슨과 서 있는 곳으로 시선을 돌렸다. 네드가 그들에게 다가가 대화를 방해하고는 저스틴 바로 앞에 섰다. 저스틴의 예쁜 얼굴에 짜증이 살짝 스쳐 지나갔고, 대놓고 몸을 돌려 맷을 마주 보는 모습에 살짝 웃음이 나왔다. 맷 앨저슨을 좋아해서 그러는 것인지, 네드를 짜증 나게 만들려는 것인지 알 수 없었다.

네드는 곧 포기하고 테이블로 돌아왔다.

"내 밑에서 일하는 사람은 아니죠?" 네드가 옆에 앉으며 물었다.

나는 미소를 지으며 고개를 저었다. "아뇨, 저스틴과 리나의 친구인 캐럴린 밑에서 일해요."

"무슨 일을 하죠?"

"아, 입주 가사도우미 같은 일이에요. 하지만 공부도 하고 있어요."

"장래 희망이 뭐죠?"

"변호사요."

네드가 끄덕였다. "누구나 변호사는 필요하지." 그는 마음에 든다는 듯 말하더니 궁금한 표정으로 나를 봤다. "가사도우미 일은 재밌어요?"

"좋아요. 캐럴린이 너무 친절해서 일하기 정말 좋아요. 하지만 크리스마스가 지나면 캐럴린의 남자친구가 들어올 거라서 새로운 일을 찾고 있어요."

네드가 미소를 지었다. "왜요, 그 사람이 싫어요?"

나는 웃었다. "그런 건 아니에요. 참 좋은 분이에요. 계속 함께 살아도 된다고 했지만, 방해될 순 없어요."

네드가 주머니에 손을 넣더니 명함을 꺼냈다. "신년에 잡지사에서 어시스턴트를 한 명 더 구할 거예요. 전화랑 이메일에 답하고 내 스케줄을 관리하는 일이죠. 하고 싶다는 생각이 들면 전화해요. 인사팀과 면접 일정을 잡을 테니. 내 개인 비서 비키와도 약속을 잡아줄게요. 비키 밑에서 일하게 될 거니까요." 네드가 말을 멈췄다. "어때요? «익스클루시브스»에서 일하고 싶어요?"

나는 리나와 저스틴, 네드의 경호원을 떠올렸다. 경호원은 분명 우리 대화를 다 들을 수 있었다.

"네, 꼭 일하고 싶어요."

그날 저녁에 본 다른 사람들보다 편안한 복장을 한 여자가 테이블에 다가왔다.

"호소프 씨?"

네드가 고개를 들었다. "네?"

"«메일»의 샐리 웹스터입니다."

네드의 얼굴이 굳었다. "여긴 사적인 모임인데요."

샐리 웹스터는 전혀 개의치 않았다. "호소프 재단에 대해서 질문해도 될까요? 부친께서 호소프 씨가 그 재단과 얽히지 않기를 바란다는 것이 사실인가요? 두 분이 대화도 거의 안 하는 사이임을 확인해줄 수 있으세요?"

그러나 그 기자가 말을 끝맺기 전, 네드의 경호원이 문 쪽으로 몰고 나갔다.

19. 현재

어젯밤 남자가 저녁 식사를 들고 왔을 때 나는 숟가락을 언제 치웠는지 묻고 싶었다. 하지만 그것이 사라진 것을 인정한다면 나에 대한 정보를 내놓는 셈이었다. 숟가락이 없어진 것을 보고 내가 얼마나 당황했는지 알려주는 일이 될 테니 아무렇지 않은 척하는 편이 나았다. 그렇지만 그 일이 너무 신경 쓰여서 나는 그가 문에 열쇠를 꽂아두는지 귀를 기울이는 것을 잊어버렸다. 오늘 아침에는 주의를 기울여 반드시 들어야 한다.

드디어 그가 들어온다. 나는 담요를 몸에 감고 머리를 벽에 기대고 눈을 감은 채, 완전히 깨지 못한 척한다. 사실은 온몸의 감각이 곤두서 있는데도. 나는 숨을 참고, 무슨 소리라도 들어보려고 귀를 쫑긋 세우고 있다. 하지만 그가 들어오기 전에 열쇠를 뺐는지, 꽂아두었는지 소리만으로 알기는 어렵다.

남자는 쟁반을 내려놓고 간밤의 쟁반을 집어 든다.

"고마워요." 내가 말한다. "좋은 하루 되세요."

나는 왜 말을 하는 걸까? 긴장해서 가만있지 못하는 꼴이라니. 입을 다물어야 한다. 그가 문 쪽으로 이동한다. 내 생각이 옳다. 그는 멈추지 않고 곧장 문을 나선다. 문이 닫히고 열쇠 돌아가는 소리가 곧바로 뒤따른다. 나는 주먹으로 하늘을 찌른다. 내가 원했던 바다. 그는 열쇠를 꽂아둔 채 방에 들어온다.

오늘은 죽을 먹기가 더 힘들다. 늘 똑같은 것에 질려서다. 하지만 그들이 왜 이러는지 나는 안다. 날마다 다른 음식을 가져오면 기대할 일이 생길 것이다. 모종의 희망이 생길 것이다. 그리고 납치범들은 포로에게 희망을 주입하고 싶어 하지 않는다.

내 귀가 소리에 더 민감해지는 것인지, 네드가 평소보다 더 크게 말하는 것인지 모르겠다. 앉아 있는 자리에서 그의 목소리가 들리기 때문이다. 실제로 말하는 내용은 안 들리지만, 음성의 높낮이가 들린다. 나는 쟁반을 치우고 구석에서 매트리스를 옮긴 뒤 엎드려 그 끝에 머리를 댄다.

"매일 이런 쓰레기를 먹진 않을 거야!"

"그럼 굶어." 누군가가 받아친다.

나는 몸을 앞으로 더 바짝 붙인다.

"아니, 네 아버지가 돈을 내기를 기도하는 게 낫겠군. 안 그러면 여기서 아주 오래 지내게 될 테니."

나는 눈을 감는다. 제스로 호소프가 아직도 몸값을 안 냈다.

"그리고 징징거리는 것 좀 그만두고." 남자가 말한다.

"그럼 어쩌라고?" 네드의 목소리가 애처롭다. "여기다 짐승처럼 가둬두고 날마다 같은 것만 먹이는데."

"그럼 뭘 기대했나? 5성급 호텔에라도 넣어줘?"

"아무것도 바란 건 없어. 납치는 말할 것도 없고." 네드가 말한다. "안 잡히고 빠져나갈 순 없을 거야. 내가 누군지, 내 인맥이 어떤지 정말 몰라서 이러는 거지."

"아, 걱정 마셔. 네가 누군지는 잘 아니까." 남자의 목소리가 낮아진다. 따각 하는 소리에 나는 흠칫한다.

네드의 비명 소리에, 나는 몸을 동그랗게 말아 무릎에 머리를 파묻는다. 더 듣고 싶지 않지만, 들어야 한다. 내 탈출 계획에 영향을 줄 수도 있는 내용이니까.

"그래서 씨발, 넌 누군데?" 네드가 센 척 고함을 지르고 있다. 하지만 아무리 허세를 부려도, 겁먹은 것이 분명하다.

"닥치고 들어. 네 아버지에게 처음 연락한 지 일주일이 지났고 우리도 인내심이 떨어지기 시작했다. 그래서 다시 전화를 걸 테니 이번이 마지막 기회라는 걸 이해시켜라. 협조 안 하면 택배로 물건을 받을 거라고 해. 네 일부를." 잠시 말이 멈춘다. "아니면 저 여자나."

"저 여자한테는 무슨 짓이든지 해. 원하면 저 여자를 죽여서 시체를 아버지에게 보내라고!"

나는 뺨을 맞은 것처럼 고개가 홱 돌아간다. 곧바로 저스틴과 리나가 떠오른다. 그들을 머릿속에서 밀어낸다. 지금은 그들 생각을 할 수 없다. 여기서 벗어나는 데 집중해야 한다.

네드가 말한다.

"아버지, 부탁이에요. 그들이 해달라는 대로 해주세요. 안 그러면 제게 끔찍한 일이 일어날 거예요. 아버지, 정말이에요. 농담이 아니에요. 절 짐승처럼 가둬두고 계속 복면을 씌워요. 화장실도 없고, 먹을 것도 거의 없고……."

그의 목소리가 갑자기 멈춘다. 네드의 것이 아닌 건조한 웃음소리가 들린다.

"너무 자세히 말하지 않는 게 좋을걸. 네 아버지가 널 골탕 먹이려고 더 오래 가둬두기로 하면 어쩌려고. 그게 사실이잖아. 네 아버지는 널 구하는 게 급하지 않아."

"닥쳐!" 네드의 목소리가 점점 높아진다.

또 한 번 딱 소리와 비명 소리, 그리고 웅얼거리는 소리가 이어진다. 바닥에 의자가 끌리더니 문이 쾅 닫힌다.

나는 마룻바닥에 얼굴을 대고 꼼짝 않는다. 그렇다면, 네드와 함께 있는 사람은 칼이 아니다. 칼이라면 네드가 목소리를 알아듣고 누구냐고 묻지 않았을 것이다. 가슴이 내려앉는다. 납치범이 모르는 사람이라는 사실이 어쩐지 내게는 실망스럽다. 그렇다면 납치범은 다른 사람들이 본 것을 보고 네드와 내가 사랑하는 사이라고 추측했을 것이다. 그래서 나를 납치한 것이다. 내게 가치가 있다고 여겨서. 이제 네드가 날 죽이라고 했으니 그들도 사실을 알 것이다.

탈출을 서둘러야 한다.

20. 과거

«익스클루시브스» 건물을 나오며 길에 서 있는 네드의 차를 찾는 기색을 감추려고 노력했다. 나는 매일 저녁 그 차를 찾았고, 차가 있으면 운전석에 앉은 헌터에게 손을 흔들었다. 그러면 그는 늘 미소로 대답했다. 그러나 그가 차에서 내려 내게 말을 건 적은 없었다. 손 흔들기를 그만둬야 한다고 생각한 적도 있었다. 하지만 그러면 그가 나를 안 좋게 생각할까 봐 염려됐다.

밖에는 앞서 인터뷰를 하러 온 대프니 대너허를 기다리는 파파라치가 몇 명 있었다. 혹은 네드를 기다리는 파파라치일 수도 있었다. 네드는 자주 미디어의 타깃이 되었다. 사람들은 호소프 일가에게 큰 관심을 가졌고 기자들은 네드와 아버지를 비교하곤 했다. 네드는 좋은 평가를 받지 못했다. 제스로는 재단을 위해 끊임없이 일하는 명예로운 사람으로 비춰졌고 네드는 축구 선수나 가수와 어울리고 자신이 소유한 화려한 잡지에 그들의 기사를 실으려는 플레이보이로 보였다. 네드가 안쓰러웠다. 재미있고 후한 그가 좋았다.

네드의 차가 평소 세워두는 자리에 없어서 나는 걸음을 멈추고 가방에서 전화를 찾는 척하며 도로 아래 주차되어 있는지 확인하려 했다. 날마다 헌터를 꼭 봐야 직성이 풀린다는 사실을 인정하는 셈이었다. 그때 얼핏 보도를 따라 빠르게 움직이는 것이 보였다. 고개를 들었지만, 미처 피하기도 전에 스쿠터 한 대가 내게 돌진했고, 나는 바닥에 쓰러졌다.

사람들이 모여들었다.

"괜찮아요?"

"망할 스쿠터, 저건 법으로 금지해야 해. 나도 전에 스쿠터에 치일 뻔했다고."

"일어설 수 있어요? 도와줄까요?"

"괜찮아요. 내가 맡을게요. 일어설 수 있겠어요, 아멜리?"

고개를 들어 보니 헌터가 내게 몸을 숙이고 있었다.

"자, 도와줄게요." 헌터가 내 팔꿈치를 잡아 일으켜 세웠다. 나는 오른발이 땅에 닿자 인상을 썼다.

"얼마나 심해요?" 헌터가 물었다.

"살짝 멍이 든 것 같아요."

헌터는 떨어진 내 가방을 들었다. "차로 가서 숨 좀 돌리는 게 어때요?"

"네, 그러면 좋겠어요."

"발목을 확인해봐요." 헌터가 문을 열고 내가 조수석에 앉도록 도와주며 말했다. "병원에 가봐야 할 수도 있어요."

"괜찮을 거예요. 신발만 벗으면요."

나는 허리를 숙여 운동화 끈을 풀면서 아픔에 찡그리지 않으려고 애썼다.

"자, 내가 해줄게요."

헌터가 쪼그리고 앉더니 천천히 신발 끈을 풀고 운동화를 벗겼다. 그가 내 양말을 벗길 때 살갗에 닿는 그의 손끝에 얼굴을 붉히지 않으려고 애쓰며 나는 고개를 돌렸다.

"이러면 아파요?" 헌터는 내 발목을 돌아가며 눌렀다.

"심하지 않아요." 거짓말이었다.

"골절은 아니지만 심하게 부딪혔어요. 얼음찜질을 해야 돼요. 어디 살아요?"

"캠던이요."

헌터는 휴대전화를 꺼냈다. "잠깐만요. 집까지 데려다줄게요."

그럴 필요 없다고 말하려 했지만 헌터는 이미 네드와 통화 중이었다.

나는 캠던까지 가면서 그와 이야기를 나누며 그에 관해 좀 더 알고 싶었다. 하지만 그는 운전에만 집중했고, 어쨌든 나는 무슨 말을 해야 할지 알 수 없었다. 헌터가 30대 초반이라는 말은 저스틴에게 들었지만, 그것이 전부였다. 알아낸 것이 있다면 그가 네드 밑에서 일한 지 5개월째라는 것뿐이었다. 저스틴의 말에 따르면, 네드는 기자들에게서 자신을 지키도록 헌터를 고용했고, 그래서 《익스클루시브》에서는 모두 그를 보디가드라고 불렀다.

나는 고개를 돌려 그를 봤고, 아주 짧은 순간 그는 나와 눈을 마주친 뒤 다시 운전에 집중했다.

"네드의 경호원으로 일한 지 오래됐어요?" 나는 답을 알면서도 물었다.

"5개월쯤 됐어요."

"경호원이 되고 싶었어요?"

"네, 늘 누가 부르면 달려가는 일을 하고 싶었어요." 헌터가 심각한 목소리로 말했다.

나는 미소를 지었다. "그럼 어떻게 해서 경호원이 됐어요?"

"어쩌다 보니."

"전에는 무슨 일을 했어요?"

헌터는 다시 내게 눈을 돌렸고, 그의 눈은 굉장히 짙어 거의 검은색이었다. "정말 질문이 많군요."

나는 얼굴을 붉혔고 뭔가 선을 넘었을까 봐 걱정됐다. "죄송해요."

"괜찮아요. 하지만 이야기가 길어요."

길어도 상관없다고 말하고 싶었지만, 헌터가 입을 다물기에 나도 그렇게 했다.

내가 그때 살던 건물 앞에 그가 차를 세울 때까지 우리는 다시 입을 열지 않았다.

"고마워요." 내가 말했다.

"잠깐만 기다려요." 헌터가 차에서 내렸다.

그는 근처 슈퍼마켓으로 성큼성큼 걸어 들어갔다. 정말로 장을 보러 간 것일까? 나는 등을 기대고 앉아 캐럴린의 아파트 근처에 원룸을 구할 수 있어서 참 다행이라고 생각했다.

헌터가 보랭백을 들고 돌아왔다. "얼음이에요." 그가 내 쪽 문을 열어주며 말했다.

"고마워요." 감사한 마음으로 대답했다. 나는 지갑을 찾아 가방을 뒤졌다. "제가—."

"그러지 마요."

그는 내가 차에서 내리는 것을 도와주더니 승강기를 타고 함께 올라가겠다고 고집을 부렸다.

"몇 층이죠?"

"3층이에요."

좁은 공간에서 헌터의 존재, 그의 키와 애프터셰이브의 머스크 향기에 몹시 신경이 쓰였다. 3층에 도착하자 안도감이 느껴질 정도였다.

헌터는 내가 문을 여는 동안 기다렸다.

내가 절뚝이며 들어가자, 헌터가 말했다. "몸조리 잘해요."

"그럴게요, 고마워요."

나는 문을 닫고 주방 서랍에서 깨끗한 수건을 꺼냈다. 그리고 얼음주머니를 들고 소파로 가서 누우며 헌터와 시간을 함께 보낼 수만 있다면 스쿠터에 치여도 좋다고 생각했다.

21. 현재

때가 왔다. 적어도 나는 그렇게 생각한다. 남자가 곧 올 것이다.

오늘 나는 탈출한다. 어젯밤 그가 쟁반을 들고 왔을 때 나는 자는 척했다. 담요를 뒤집어쓰고 누워 있었다. 내 계획이 성공하려면 그가 적어도 한 번은 그런 내 모습을 봐야 하기 때문이었다.

지금 나는 어둠 속에서 담요를 찾아 매트리스 위에 깔고 최대한 부피감을 주려고 노력한다. 진짜 사람의 모습처럼 만들었는지 알기 어렵지만, 남자가 매트리스 앞으로 걸어오는 동안만 내가 담요를 덮고 있다고 믿으면 된다. 내가 아니라는 것을 그가 깨달을 때 나는 이미 나가고 없을 테니까.

나는 문 뒤에 자리를 잡는다. 경첩이 어디 있는지 더듬어 찾는다. 경첩에서 거리를 두어야 한다. 문에 너무 가까이 있으면 그가 들어올 때 그와 부딪힐 것이다. 너무 멀리 있으면 그가 나를 볼 수 있을 것이다. 나는 위치를 정하고 벽에 딱 붙어서 어제 화장실 벽에 그은 아홉 번째 금을 떠올린다. 잘 되면 오늘은 금을 긋지 않아도 될 것이다.

기다리는 동안 초조하다. 방에서 빠져나간다 해도, 탈출할 기회를 얻기까지 내가 칼이라고 생각했던 남자가 아무런 문제도 알아차리지 못해야 한다. 그가 네드와 지하실에 있다면, 내 방에 온 남자가 도와달라고 외치는 소리를 듣고 내가 멀리 가기 전에 올라올 것이다. 하지만 지금 그 걱정을 하기는 너무 늦었다. 열쇠 돌아가는 소리가 들린다. 그가 왔다.

주위 공기가 움직이고, 나는 손을 든다. 문이 손바닥에 닿는다. 열린 것이다. 납치범이 방에 들어와 나를 지나치는 것이 느껴진다. 지금이다!

손가락으로 문 가장자리를 찾고 몸을 빼낸 뒤 문을 당기고 열쇠를 찾는다. 문에 꽂혀 있다. 안도감에 몸에서 힘이 빠진다. 나는 떨면서 문을 닫고 열쇠를 돌리고는 달칵 소리를 확인하며 분노의 고함 소리가 들려올 것이라고 예상한다. 하지만 소리가 들리지 않자 순간 침묵이 당황스럽다. 어째서 그는 아무 말도 하지 않을까? 내가 한 짓을 알 텐데. 나는 두려움을 꾹 누르고 억지로 움직인다.

칠흑처럼 캄캄한 복도를 조금씩 걸어간다. 벽을 더듬으며, 숨을 헉헉 몰아쉰다. 소리가 내게 닿는다. 손잡이를 흔드는 소리가. 나는 긴장해서 고함 소리를 기다린다. 하지만 소리가 더는 들리지 않는다.

발걸음을 재촉해 벽을 따라 더 걸어가자 손끝에 문틀 가장자리가 닿는다. 문과 마주 서서 손으로 표면을 더듬는다. 두 짝의 문이다. 그 문을 열고 나가면 응접실처럼 넓은 방이 보일 것 같다. 아래쪽을 더듬자 두 개의 손잡이가 나란히 있다. 둘 다 잠겨 있다. 나는 지체 없이 계속 이동한다. 복도를 따라 더 걸어가자 바닥에서 가느다란 빛 한 줄기가 보인다. 가슴이 두근거린다. 문 뒤의 빛이 밑으로 새어나오는 것이 분명하다. 거기 불빛이 있는, 창문이 있는 방이 있을 것이다.

그 빛을 따라가서 문에 닿아 손잡이를 찾는다. 손잡이가 돌아가고, 문을 밀자 열린다. 빛, 밝고 하얀 인공의 빛에 눈이 부신다. 고개를 떨구고 눈을 꼭 감고서 소중한 시간을 낭비한다. 하지만 눈을 뜰수가 없다. 고통이 너무 심하다.

가리개 삼아 손으로 얼굴을 가리고 실눈을 뜬다. 손가락을 조금 벌리자 식탁이 보이고 그 뒤에 냉장고가 있다. 주방이다. 손가락을 조금 더 벌린다. 냉장고 오른쪽에 유리문이 보이기에 손으로 눈을 가린 채 재빨리 그쪽으로 다가간다. 의자에 부딪혀 돌아서 가려는데……!

무엇인가 머리 위로 확 내려온다. 복면이 아니라 담요다. 내 담요가 아니라 다른 것, 부드럽지 않고 거친 것이다. 팔 하나가 나를 감고 담요를 눌러 내 고함을 막는다. 눈을 가리던 양손을 꼼짝할 수 없다. 팔을 움직이려고 하지만 움직일 공간이 없다. 내 체중이 한쪽으로 옮겨 가고, 발이 바닥에서 떨어진다. 나는 그의 몸에 꼭 붙은 채 그가 앞으로 나가기 시작하자 걸음걸이의 박자를 온몸으로 느낀다. 발버둥을 치자 발이 무엇인가 단단한 것에 닿는다. 머릿속으로 그가 어디로 데려가는지를 미친듯이 생각한다. 우리는 다시 복도를 걸어 내가 갇혀 있던 방으로, 네드가 갇혀 있는 지하실로 간다. **제발 내 방으로 데려가줘. 네드와 함께 가두지 말아줘!** 나는 공포에 사로 잡혀 담요 밑에서 버둥거린다. 하지만 소용없다.

남자가 걸음을 멈추고 허리를 숙이더니 내 몸을 자기 몸으로 옭아맨다. 문이 열리고 쓸모없이 대롱거리던 내 발이 두 번째로 무엇인가에 부딪힌다. 몸이 앞으로 기울어지는 것이 느껴지더니 담요에서 벗어나 바닥에 세게 부딪힌다.

나는 놀라 숨을 몰아쉰다. 뒤에서 문이 쾅 닫힌다.

22. 과거

전화가 왔다. 나는 눈을 가늘게 뜨고 시각을 확인한 뒤 얼굴을 찡그렸다. 오전 7시 10분. 토요일 아침 이렇게 이른 시각에 누가 내게 전화를 할까?

발신자 번호는 없었다.

전화를 받았다. "여보세요?"

"아멜리, 네드입니다. 이렇게 일찍 깨워서 미안하군요."

나는 잠이 확 깨서 벌떡 일어나 앉았다. 머릿속에 질문이 쏟아져 들어왔다. 나를 자르려고 전화한 건가? 주말에? 내 번호를 어떻게 알았을까?

"아뇨, 괜찮습니다, 정말입니다."

"라스베이거스 가봤어요?"

나는 라스베이거스에 관한 정보를 찾으라는 줄 알고 노트북 컴퓨터를 꺼냈다.

"아뇨. 못 가봤습니다. 사실 가본 곳이 없어요. 비행기를 타본 적도 없습니다." 나는 속으로 나 자신에게 입 좀 다물라고 다그쳤다. 네드 호소프는 내가 살아온 이야기를 들으려고 전화한 것이 아니라고.

"정말요?"

"정말요."

"음, 오늘 아침 출발하는데. 폴 마틴이 우리 인터뷰에 응했어요. 아니, 거의 응한 거지." 그가 덧붙였다.

"와아." 그가 '우리'라고 말해주니 기분 좋았다. "그거 대단하네요."

"말했지만, 확정은 아니에요. 하지만 가서 설득해보려고."

"네, 행운을 빌겠습니다."

"같이 가겠어요?"

나는 눈이 휘둥그레졌다. "라스베이거스에요?"

"네."

"정말요?"

네드가 웃었다. "정말요. 폴 마틴을 설득하는 데 도움이 필요할 수도 있으니까. 《익스클루시브스》가 얼마나 대단한 잡지인지 말해줘요."

"하지만 저스틴이 함께 가지 않나요?"

"저스틴은 못 갑니다. 3월호에 나갈 오펠리 테시어 인터뷰를 하러 오늘 파리로 가요."

"아, 잘됐네요. 드디어 인터뷰에 응한 건가요?"

"네. 어젯밤에 테시어의 에이전트가 전화했어요. 자, 라스베이거스 말인데. 비행기가 10시에 출발해요. 8시까지 준비할 수 있어요?"

"아아, 네. 될 것 같아요."

"좋아요. 헌터를 보낼게요. 여권은 있겠죠?"

"네, 있어요. 얼마나 있다가 오나요?"

"사나흘."

옷을 챙기기 시작하면서 흥분을 억누를 수 없었다. 샤워하고 옷을 입고 짐을 싸자마자 헌터가 인터콤을 눌렀다.

"내려가고 있어요!" 나는 여행 가방을 끌고 나가면서 외쳤다.

한 달 전 스쿠터에 치인 날 이후 서너 차례 헌터와 잡담을 나눴다. 아니, 사실 잡담이라기보다는 몇 차례 인사를 나눈 것뿐이었다. 헌터는 전보다 확실히 친근해졌지만, 나는 거기 큰 의미를 부여하지 않으려고 노력했다.

"늦지 않게 판버러에 도착해야 해요." 내가 뒷좌석에 올라타니 헌터가 말했다. "가는 길에 호소프 씨를 태울 거예요."

"판버러요?" 내가 물었다. "판버러에 뭐가 있는데요?"

"라스베이거스로 가는 전용기요."

"개인 전용기요?"

헌터는 룸미러를 통해 재미있다는 표정으로 미소를 지어 보였다. "호소프 씨가 일반석을 타고 여행할 거라고 예상한 건 아니죠?"

나는 그의 미소에 마음이 따뜻해져 웃었다. "네, 하지만 보통 비행기를 탈 줄 알았어요. 그분은 비즈니스석이나 일등석을 탈 줄 알았죠. 그분이 출장 갈 때 함께 가서 운전을 한 적 있어요?" 나는 기대하며 물었다.

"아뇨. 보통은 현지에서 기사를 고용해요."

"그럼 며칠 휴가가 생기겠네요."

"그렇죠." 헌터가 대답했다.

"좋은 계획 있어요?" 나는 이렇게 묻고 얼굴을 붉혔다. 사적인 질문이었으니까.

"그런 건 없네요. 호소프 씨가 출장 가는 것을 미리 알았다면 계획을 세웠을지 모르죠. 그냥 쉬어야 되겠어요."

그 순간 나는 라스베이거스 출장을 후회할 뻔했다. 그리고 어리석은 공상에 빠지는 나 자신을 나무랐다. 네드의 출장에 동행하지 않는다 해도, 고용주가 출장 중이니 함께 놀자고 헌터가 제안할 확률은 제로 이하였다.

"음, 제가 돌아온 다음에 라스베이거스 이야기를 듣고 싶으면 알려주세요." 나도 모르게 이렇게 말했다. 그리고 당연히 거절당하리라 생각하며 마음을 단단히 먹었다.

"그러고 싶네요." 헌터가 고개를 돌려 나를 봤다. "한잔하러 가는 것도 좋아요."

심장이 공중제비를 돌았다. "그래도 좋죠."

웬트워스에서 네드가 탔다. 거대한 흰 건물에 기둥이 서 있고 화려한 검은 대문 뒤 발코니가 딸린 네드의 집은 인상적이었다. 네드는 뒷자리 내 옆에 앉았고 헌터와 나 사이 대화는 멈췄다.

23. 현재

눈을 뜨고 잠시 여기가 캐럴린의 아파트 내 방이라고 상상한다. 하지만 실내가 계속 어두우니 모든 기억이 몰려든다.

춥다. 이 칠흑처럼 어두운 방에 돌려보내진 뒤로 계속 춥다. 그것이 언제였을까? 먹을 것을 가져오지 않으니 알 수 없다. 결국에는 음식을 줄 것이라고 생각한다. 내가 죽기를 바란다면, 탈출 시도를 했을 때 죽였을 것이다.

담요가 없다. 담요를 찾아 사방을 뒤졌지만 찾을 수 없다. 벌로 가져간 것이 틀림없다.

나를 어떻게 그렇게 빨리 찾았을까? 내가 문을 잠갔을 때 남자는 소리를 지르지 않았지만, 다른 납치범, 주방에서 나를 잡은 사람은 우연히 마주친 것이 아니다. 담요를 준비해서 왔다. 그는 내가 탈출하자마자 알아차린 것이 틀림없다. 그렇다면 그에게 연락이 간 것이다. 당연히 그들은 휴대전화나 워키토키를 갖고 있었을 테니까. 나는 어리석게도 그 점을 간과했다.

나를 집어삼키려는 우울의 파도를 밀어낸다. 나는 살아 있다. 완전히 성공하지는 못했지만 이 방에서 벗어나기는 했다. 그리고 갇혀 있는 집에 대해서 아는 것도 생겼다. 이 방 옆은 한 쌍의 문이 달린 방이고, 그 옆은 주방이다.

주방은 넓고 가운데에 식탁과 의자가 있다. 그리고 끝에는 밖으로 나가는 유리문이 있다. 미닫이문이다. 거기 닿을 수만 있다면. 하지만 빛에 눈이 부셔서 적응하느라 귀중한 시간을 잃었다. 다음에는 나갈 수 있다고 다짐한다. 다음이 있을 테니까.

벽에 또 줄을 긋기가 싫지만 그래도 긋는다. 열흘째. 8월 26일 월요일. 탈출에 실패한 날.

나는 화장실을 나와 매트리스로 돌아간다. 그제야 실감이 난다. 이곳, 시작점으로 돌아왔다는 사실이. 그리고 짜증이 나서 벽을 걷어찬다.

24. 과거

좌석에 앉아 안전띠를 매는데 긴장과 흥분으로 손이 떨렸다. 라스
베이거스에 간다니 믿을 수 없었다.

승무원이 샴페인을 가져왔다.

"괜찮아요." 나는 미소를 지으며 말했다.

네드가 쟁반에서 잔 두 개를 들었다.

"마셔요." 네드가 내게 잔을 건네며 말했다. "첫 비행을 기념해
야지. 하지만 원하면 탄산음료도 있어요."

"아뇨, 감사합니다."

네드가 내 잔에 잔을 부딪치며 말했다. "앞으로의 숱한 비행 중
첫날을 위하여."

"감사합니다." 나는 샴페인을 한 모금 마셨다. 거품이 혀에 닿아
터지는 느낌이 흥분을 더했다. 개인 비행기를 타고 샴페인을 마시

다니 초현실적인 느낌이었다. 캐럴린이 내 모습을 보지 못하는 것이 아쉬웠다. 캐럴린은 내가 라스베이거스에 가는 것도 모르고 있었다. 전화를 걸고 싶었지만 준비하느라 바빠서 그럴 겨를이 없었다.

가방에서 휴대전화를 꺼낸 뒤 네드에게 물었다.

"캐럴린에게 보낼 사진 하나 부탁드려도 될까요?"

"물론." 네드는 앞에 있는 테이블에 자기 휴대전화를 내려놓았다. "캐럴린이라면 나도 아는 사람인가?"

나는 잔을 들고 카메라를 향해 미소 지었다. "«익스클루시브스» 파티에서 보셨잖아요. 저스틴과 리나의 친구예요."

"아, 이제 기억나는군요."

나는 캐럴린에게 그 사진을 보내고 '지금 제가 어디 있는지 맞혀 보세요. 라스베이거스로 가고 있어요! 심지어 개인 비행기를 타고!' 라고 적었다.

네드의 휴대전화 화면에 메시지가 반짝였다. 에이머스 케리건이 라는 사람에게서 엄지를 들어 올린 이모티콘이 온 것이 언뜻 보였다.

네드는 전화를 들고 메시지를 보더니 잔을 비웠다. "전화를 비행 모드로 바꿔야 해요." 그가 자기 휴대전화를 끄면서 말했다. "곧 이륙할 테니까."

나는 휴대전화를 끄고서 캐럴린이 내 메시지를 받고 얼마나 놀랄까 싶었다. 네드는 의자를 젖히더니 하품을 했다.

"나는 잘 거예요." 그가 말했다. "편하게 쉬도록 해요."

하지만 나는 너무 흥분해서 잘 수 없었다.

우리는 라스베이거스에 도착했고, 모든 것이 꿈같았다. 대형 호텔 겸 카지노에 예약이 되어 있었다. 내 방에서 하루 종일 지내라고 해도 나는 개의치 않았을 것이다. 미닫이문을 열고 나가면 내 원룸 크기만 한 발코니가 있는 어마어마한 방이었다.

"무슨 생각을 하죠?" 발코니에서 아래의 거대한 수영장을 내다보는데, 네드가 문가에서 물었다.

"멋지네요." 내가 말했다. "저도 불러주셔서 감사합니다. 정말 친절하세요. 후회하지 않으시도록 열심히 하겠습니다."

네드는 미소를 지었다. "후회하지 않을 겁니다. 사실, 큰 도움이 될 것을 이미 알고 있어요. 짐을 풀어요. 그리고 점심 식사를 하죠. 30분 뒤에 로비에서 봐요."

나는 재빨리 짐을 풀고 앉아서 캐럴린에게 연락하려 했다. 캐럴린에게 말도 없이 라스베이거스까지 온 것이 문득 미안해졌다. 짐 싸느라 바쁘긴 했지만 2분만 들여 캐럴린에게 전화를 걸었다면. 캐럴린이 가지 말라고 설득할지 모른다고 생각한 탓은 아니었을까? 캐럴린은 네드를 잘 알지도 못하는데 왜 그녀가 가지 말라고 할 것 같았을까? 하지만 어쩐지 그런 느낌이 들었다. 캐럴린과 통화를 해야 마음이 나아질 듯했다.

그러나 전화가 가방 안에 없었다. 가슴이 덜컥 내려앉았다. 비행 모드로 바꾼 뒤 좌석 주머니에 넣었던 기억이 났다. 거기 두고 온 것이 분명했다.

네드가 기다리니 일단 승강기를 타고 로비로 내려갔다. 레스토랑이 너무 많아서 네드에게 결정을 맡겼다.

"전화를 비행기에 두고 온 것 같아요." 나는 자리에 앉은 뒤 털어놓았다.

"걱정 말아요. 비행기가 런던에 도착한 뒤에 택배로 보내라고 할 테니."

나는 잔을 들다가 멈췄다. "그럴 수는 없어요. 돈이 너무 많이 들 거예요! 비행기에 두고 내린 제 잘못인걸요."

네드는 미소를 지었다. "무슨 상관. 하지만 여기 오는 데 2~3일 걸릴 텐데, 그러면 우리는 돌아가는 중일 겁니다."

"염려 마세요. 괜찮아요. 연락할 일이 있으면 노트북 컴퓨터가 있으니까요."

하지만 나중에 내 방에 혼자 앉아 캐럴린에게 메일을 보내려고 노트북 컴퓨터를 열었더니 화면에 아무것도 나타나지 않았다. 전원 버튼을 눌러봤지만, 바뀌지 않았다. 나는 별생각 없이 호텔 전화를 들고 네드의 방 번호를 눌렀다. 네드는 신호가 단 세 번 울린 뒤 받았다.

"여보세요?"

"네, 네드. 저 아멜리입니다. 이렇게 늦게 전화드려서 죄송하지 만 노트북 컴퓨터가 작동하지 않아서……." 그가 도울 수 없는 일이 라는 것을 깨닫고 나는 말끝을 흐렸다.

"떨어뜨리거나 어디 부딪혔어요?"

나는 공항 화장실에서 가방을 떨어뜨린 것이 문득 기억나 얼굴 을 붉혔다. "제가 알기로는 그런 일은 없었어요." 비행기에 휴대전 화를 두고 내린 뒤라서 허점을 보이지 않으려고 거짓말을 했다.

"고칠 수 있을지 몇 군데 알아보죠. 안 되면 새걸 사 주고." 네드가 말을 멈췄다. "그렇게 걱정하지 말아요. 별일 아니니까."

"하지만 제게 시키실 일이 있으면 어떻게 하죠?"

"진정해요. 주말이잖아요. 그리고 솔직히, 폴 마틴을 만나기 전까지는 할 일도 별로 없을 겁니다. 게다가 그건 월요일이고. 하지만 아멜리가 필요해질 수 있으니 호텔 안에 머물러줄 수 있어요? 그때까지는 자유롭게 지내고."

"정말요?"

"물론. 수영장에도 가고, 스파도 하고, 마사지도 받아요. 내 이름을 대면 알아서 해줄 겁니다. 아멜리가 필요하면 사람을 보낼 테니."

이튿날 아침 식사를 함께 한 뒤 네드는 비즈니스 라운지로 사라졌다. 나는 수영장에 가고 싶었지만 수영복을 챙기지 못해서 호텔 상점으로 가서 빨간색 비키니를 샀다. 검은 보잉 선글라스도 사서 수영을 한 뒤 뜨거운 사막에서처럼 이글거리는 태양 아래서 일광욕을 했다. 점심때가 되자, 젊은 남자가 찾아와 식사를 함께 하자는 네드의 말을 전했다.

"폴 마틴이 이제 와서 화요일이나 수요일에 만날 수 있다는군요." 그날 네드의 모습이 달랐다. 면도도 하지 않고 눈 밑에는 다크서클이 있었다. 샐러드를 깨작이는 그에게서 파티에서 기자가 말을 걸었던 때 이후로 보지 못한 날 선 느낌이 있었다. "내가 특별히 인터뷰를 하러 온 걸 알고 있으면서. 그의 에이전트에게 아무리 늦어도 수요일에는 해야 한다고 말했어요. 목요일에는 돌아갈 거라고."

"그날은 제 생일이에요." 내가 외쳤다. "스무 살 생일."

"스무 살?" 네드가 와인 잔을 들었다. "떠나기 전에 축하를 해야

겠군요."

네드의 기분이 좋지 않았지만, 나는 그와 함께 있는 것이 좋았다. 그는 재미있고 매력적이었고, 내 이야기를 해보라는 말에 나는 부모님이 모두 돌아가셨다고 말하고 말았다. 그는 내가 혈혈단신이란 사실을 믿지 못했다.

"프랑스 어딘가에 친척이 있겠죠." 그가 와인을 마시며 내게 반박했다.

"아닐 거예요." 나는 다른 손님들을 둘러보며 말했다. "아버지는 외아들이었고 프랑스의 조부모님은 제가 태어나기 전에 돌아가셨어요." 나는 와인 잔을 물잔으로 바꿔 한 모금 마셨다. 네드가 주문한 와인을 맛보라고 설득했지만, 나는 그 와인이 좋은지도 잘 알 수 없었다. "영국의 할머니는 몇 년 전에 돌아가셨어요. 어머니는 스코틀랜드 어딘가에 친척이 있었지만, 그분을 만난 적이 있는지도 가물가물해요. 제게 친척이 있다 해도 어디서부터 찾아야 할지 모르겠어요."

네드는 동정심을 담아 미소 지었다. "나도 외아들이에요. 그래도 아버지에겐 다른 자식이 있죠. 호소프 재단이라고."

"재단과 아버지가 자랑스러우시겠네요."

네드는 잔을 손가락 사이에 끼우고 빙글 돌렸다. "그래요. 하지만 솔직히, 개인적으로 재단은 좀 실망스럽군요."

"왜 그런가요?"

네드는 앉은 자세를 바꿨다. "아버지와 함께하는 일이라고 생각했거든요. 그런데 아버지가 재단을 설립할 무렵 내가 약간 말썽을 일으켰어요. 누구랑 싸우고, 나무를 피하려다 차를 부수고, 그런 거죠. 물론 아버지나 나나 유명한 사람이다 보니 그 사건이 뉴스에 나왔고 아버지는 재단 출범을 보류해야 했어요. 후원자들은 내 '부주의' 때문에 재단에 흠이 생길 거라고 떠들어댔죠. 아버지는 화가 많이 나셨고 10년 뒤 제대로 호소프 재단을 시작하면서 내가 관여하지 못하게 막았어요." 네드는 말을 멈추고 잔을 비운 뒤 웨이터에게 와인을 더 가져오라고 신호했다. "거액을 기부하려는 사람들을 안다고 하니, 아버지는 나와 엮인 사람들이 재단과 관련 맺는 것이 좋을지 모르겠다고 하더군요. 9월에 내가 연 모금 행사가 바로 그런 경우죠. 기부금을 수백만 파운드나 받았지만, 아버지가 받지 않으려고 해서 결국 다른 자선단체에 보냈어요." 네드는 웨이터가 와인을 따르는 동안 기다렸다. "사실, 아버지는 나보다 재단을 더 아껴요."

"그럴 리가요." 나는 그가 안됐다고 느끼며 말했다.

"사실이에요." 네드는 씁쓸한 목소리로 말했다. "내 이야기는 그만하고, 다른 이야기를 해요. 대학 진학 계획은 어때요?"

"킹스 칼리지에 합격했지만 입학을 1년 미루기로 했어요."

"왜죠?"

"아직 저축이 모자라서요."

"변호사가 되고 싶다고 했죠?"

"네. 어머니가 파리 병원에서 동생을 낳다가 병원 측 과실로 돌아가셨어요. 아버지가 오랫동안 진실을 위해 싸웠지만 우린 돈도 없고 도와주는 사람도 없어서 아무것도 못 했어요. 그래서 그저 좋은 변호사가 아니라 변호사를 구할 돈이 없는 사람들을 위한 변호사가 되기로 결심했어요."

"참 고결한 결심이지만, 부자는 못 되겠군요."

나는 웃었다. "부자가 되는 것에는 관심 없어요. 가난해지지 않는 것에만 관심 있죠. 가난은 겪어봤는데 끔찍해요. 그래서 대학 등록금으로 대출을 많이 받지 않으려는 거예요. 갚지 못할까 봐. 하지만 대출을 많이 받아야 할 수도 있어요."

"아버지가 우리 돈을 거의 다 재단에 넣기로 한 때가 기억나는군요." 네드가 갑자기 침울한 표정으로 말했다. "할아버지가 나서지 않았다면 내 인생은 지금과 아주 달랐겠죠."

그래도 편안하게 살았을걸요. 나는 말하고 싶었다. **여전히 부유하게 특권을 누리며.** 하지만 아무 말도 하지 않았다. 그는 사장이었고 다른 삶을 알지 못할 것이라고 여겼기 때문이다.

25. 현재

속이 쓰리다. 걷기를 멈추고 손으로 배를 주무른다. 탈출 시도 전날 밤 빵과 치즈를 먹은 뒤로 아무것도 먹지 못했고, 그건 아주 오래전이다. 잘 수 있다면 배고픔을 잊을 것이다. 하지만 배가 아프고 추워서 잘 수 없다.

나는 화장실로 가서 빈속을 물로 채운다. 물을 너무 마셔 토할 정도다. 와들와들 떨면서 벽에 금을 하나 더 긋는다. 하루가 더 지난 것이 분명하니까. 11일째. 왜 아무도 우리를 찾으러 오지 않을까?

방으로 돌아가 잠시 눈을 붙인다. 한번은 소리에 깨어나 고개를 들고서 기대하는 마음으로 문 쪽을 본다. 하지만 아무도 내게 다가오지 않자 불쑥 분노가 치민다. 나를 굶겨 죽일 수 있다고 생각하다니 분하다.

나는 매트리스에서 몸을 일으켜 보이지 않는데도 문 쪽으로 다가간다.

"배고프다고!" 내가 외친다. "먹을 것이 필요해!" 문손잡이를 찾아 마구 흔든다. "내 말 들었어?" 주먹으로 문을 두드린다. "배고파!"

행동을 멈추고 누군가 다가오는 소리가 들리는지 문에 귀를 댄다. 하지만 아무 소리도 들리지 않는다. 문을 다시 친다. "내 말 들었어? 먹을 게 필요하다고!"

"시끄러워!"

고음의 비명 소리는 내가 문을 두드리는 소리보다 크다. 나는 그 비명 소리에서 느껴지는 폭력성에 몸이 굳어, 주먹을 든 채로 멈춘다. 순간 내가 달아나려고 했을 때 잡은 남자, 그가 바깥 복도에서 외치는 것이라고 생각한다. 그러다가 깨닫는다. 아래에서 올라온 소리였다. 네드다. 네드가 내가 문 두드리는 소리를 들은 것이다.

짜증이 나서 차오르는 눈물에 눈이 따가워져 바닥에 주저앉으려는데 다리에 무엇인가가 닿는다. 손을 뻗어보니 쟁반이다. 안도감이 밀려든다. 내가 잠든 사이에 가져다 둔 모양이다. 나는 더듬더듬 먹을 것을 찾는다. 샌드위치를 발견하고 먹기 시작하면서 동시에 초콜릿도 찾는다. 하지만 다른 것은 없다. 과일도 없다.

샌드위치를 다 먹고 벽에 등을 기대고 앉아 문 바로 안쪽에 두고 간 쟁반에 대해서 생각한다. 초콜릿이나 과일도 없다. 인간과 접촉도 없다. 그렇게 혼자 있는 것이 가장 견디기 어려울 것이다. 그러면 네드는? 네드는 이제 내가 어디 있는지 안다. 내가 위층 어딘가에 갇혀 있는 것을 안다. 원할 때마다 내 공간을 침범할 수 있다는 뜻이다.

조용히 하는 편이 좋겠다.

26. 과거

라스베이거스에서 마지막 날인 목요일, 네드는 오후에 쉬기로 했다. 우리는 점심을 먹으러 나갔고 그는 내 생일과 폴 마틴이 드디어 «익스클루시브스» 인터뷰에 응한 것을 축하하기 위해 또 샴페인을 시켰다. 네드가 의도한 것보다 우리는 더 오래 머물러야 했다. 그다음 날 출발하면 엿새 동안 그곳에서 머문 셈이었다.

"저스틴이 굉장히 기뻐하겠어요." 네드가 알려주었을 때 내가 말했다. "저스틴에게 전하셨어요?"

"아니. 저스틴의 놀란 얼굴을 보고 싶으니까. 그러니 미리 알리지 말아요."

"그럴게요." 내가 약속했다. "어서 돌아가고 싶으시죠."

네드는 잔을 비웠다. "실은 그렇지 않아요. 여기서 영영 지내고 싶군요."

"왜요?"

네드는 잔을 엄지와 검지로 들고 빙글 돌렸다. 습관이었다. "부모님이 결혼하고 싶지 않은 여자랑 결혼하라고 하니까. 그 여자와 그 여자 부모를 다음 주말에 초대했는데 내가 청혼하기를 기대하고 있어요. 좋은 여자예요. 오랫동안 알고 지냈고. 하지만 그 여자와는 결혼하지 않을 겁니다. 아무리 호소프 재단을 위해서라고 해도."

나는 눈살을 찌푸렸다. "무슨 말씀이세요?"

네드가 웨이터에게 신호를 보내자 유리병에 따라놓으라고 했던 레드와인을 가져왔다.

"이소벨 앨저슨, 스티브 앨저슨의 딸이거든." 웨이터가 잔에 와인을 조금 따르는 동안 네드가 설명했다. "스티브와 아버지는 친한 친구 사이고 스티브는 수백만 파운드를 재단에 기부했어요. 어머니와 프리실라 앨저슨도 아주 친하고, 그들의 아들 맷은 나랑 친하죠. 그래서 우리가 결혼하면 모두에게 좋은 일이 되죠." 네드는 잔을 들어 코로 와인 향을 맡더니 웨이터에게 고개를 끄덕였다. "나만 제외하고." 웨이터가 우리 잔을 채우는 동안, 네드가 덧붙였다.

나는 웨이터에게 고맙다는 뜻으로 미소를 지었다. "이소벨은 사장님을 어떻게 생각하나요? 이소벨도 결혼하고 싶어 하지 않으면, 아무 문제 없는 것 아닌가요?"

"불행히도, 이소벨은 어렸을 때부터 내가 자기 운명의 상대라는 말을 듣고 자랐어요." 네드는 나를 향해 잔을 들었다. "내 결혼을 위해."

우리는 함께 잔을 부딪쳤다.

"하지만 아무도 사장님에게 결혼을 강요할 순 없죠." 내가 말했다.

네드는 우울하게 웃었다. "내 아버지를 만나봤어요? 잡지 때문에 아버지에게 난 이미 아주 실망스러운 아들이에요. 그리고 서른셋까지 미혼이다 보니 어머니도 실망하셨고."

"사장님은 결혼하고 싶지 않으세요?"

"하고 싶어요. 하지만 이소벨 앨저슨과는 아니고. 그 여자는 내가 결혼하고 싶은 상대가 아니니까."

"어떤 상대와 결혼하고 싶으세요?"

"부모님이 반대할 상대. 부모님을 화나게 만들고, 부모님에게서 벗어나기 위해서요. 내가 팝 스타나 여배우랑 결혼할까 봐, 그래서 아버지가 잡지사를 그렇게 반대하는 겁니다. 그건 아버지가 애지중지하는 재단의 이미지와 맞지 않을 테니. 아버지는 내가 만나는 사람은 전부 마약을 한다고 생각하는데 내 신붓감은 절대 마약 이력이 있어서는 안 된다고 했어요." 네드는 메마른 웃음소리를 냈다. "그래서 이소벨이 완벽한 아내감이 되는 겁니다. 마약에 손을 댄 적이 없을 뿐 아니라, 약물중독과 정신 건강을 위한 자선단체에서 자원봉사도 하니까." 네드가 나를 봤다. "마약 해본 적 있어요?"

나는 고개를 저었다. "아뇨."

"마리화나도 피운 적 없어요?"

"네. 사장님은요?"

"믿거나 말거나, 나도 안 했어요. 형이 죽은 뒤에 절대 안 할 거라고 맹세했어요." 네드는 와인 잔을 들었다. "내 죄는 이거지."

"저는 술도 사실 안 마셔요. 오늘 점심시간에 마신 술이 평생 마신 것보다 많을 거예요."

네드는 입을 다물었다. 나는 그가 내 말을 듣지 못한 것인지, 내 말에 대해 생각하는 것인지 알 수 없었다. 와인을 한 모금 마셨는데, 너무나 부드럽고 감미로워 한입 더 마셨다.

"샤토 마고." 네드의 말에 나를 지켜보고 있었음을 깨달았다.

나는 웃었다. "그게 뭔지 몰라요."

네드가 미소를 지었다. "아주 좋은 와인이죠."

"그럼 이름을 꼭 기억할게요."

"실은, 아멜리. 결혼 이야기를 꺼낸 것은 제안할 것이 있기 때문입니다. 비즈니스 제안." 네드는 '비즈니스'란 말을 강조하며 덧붙였다.

"네?" 나는 흥미를 느끼며 물었다.

"이야기를 들어보니 지난 2년간 대학 학비를 벌기 위해 일했군요."

"네."

"요즘 대학 가려면 돈이 얼마나 필요하죠?"

"장학금 없이요? 1년에 학비와 기숙사비까지 2만 파운드, 그보다 더 들 수도 있어요. 그리고 생활비와 책값도 필요하죠. 그러니까 2만 5천에서 3만 정도요."

"그럼 대학은 몇 년 다닐 계획이죠?"

"법대 학위만은 3년이에요. 그리고 좋은 법률 회사와 2년간의 수습 계약을 하길 바라야죠."

"그럼, 3년간 10만 정도를 예상하는군요."

"그 정도는 아니에요." 나는 그 액수를 듣고 속으로 움찔하며 말했다. "장학금을 받아야겠죠. 나머지는 아르바이트로 채우고요."

네드는 의자에 등을 기댔다. "좋아요. 그럼 내 제안을 말하죠. 지금, 이곳 라스베이거스에서 나랑 결혼해주면 대학 가는 데 필요한 10만 파운드를 주겠어요."

나는 네드를 빤히 쳐다봤다. "결혼이요?"

"명목상으로만." 네드가 단호하게 말했다. "그리고 최대한 짧은 기간만. 말했다시피 이건 청혼이 아니라 비즈니스 제안입니다." 그리고 네드는 몸을 내게로 당겼다. "생각해봐요, 아멜리. 결혼하면 10만 파운드를 줄게요. 부모님은 크게 노하겠지만 아무것도 할 수 없어요. 나는 이소벨 앨저슨에게서 벗어날 수 있고, 당신은 돈 걱정 없이 대학에 갈 수 있어요. 2주 뒤, 라스베이거스 분위기에 젖어서 결혼했지만, 이제 어리석은 실수였음을 깨달았으니 헤어진다고 해요. 그리고 이혼 절차에 들어갑니다."

나는 그가 진심이라고 믿을 수 없었다. "그럴 수는 없어요." 내가 말했다. "성공하지 못할 거예요."

"왜죠?"

"아무도 믿지 않을 테니까요. 그러니까, 우리가 왜 결혼하죠? 전 직원이고 사장님은 사장님인데. 우리가 친했거나 그런 것도 아니잖아요."

"아무도 모르게 만났다고 할 수 있죠."

나는 웃었다. "사람들이 그 말을 믿을 거라고 생각하세요?

"왜 안 믿죠?"

"사장님은 사장님이고 전 이런 사람인데, 사장님이 정말로 저랑 결혼할 거라고 아무도 믿지 않을 테니까요."

네드는 어깨를 으쓱였다. "이보다 더 이상한 결혼도 있어요. 아름다운 모델이 노인과 결혼하고 청년은 할머니와 결혼하고 귀족의 딸이 부랑자와 결혼하죠. 편의를 위한 결혼." 네드가 말을 멈췄다. "어떤 조건도 없다고 약속해요. 우리가 헤어진다고 발표할 때까지 처음 몇 주 동안 나와 결혼해서 행복한 척 행동하기만 한다면, 그밖에는 아무것도 기대하지 않겠습니다."

나는 네드의 기괴한 제안을 떨쳐버리려고 애쓰며 고개를 저었다. 하지만 내 인생을 원하는 대로 살면서 대학에 가는 꿈을 그렇게 쉽게 이룰 수 있다고 생각하니 마음 한 구석이 들떴다. 장학금을 받더라도 모자란 학비를 채우려고 아르바이트에 쫓기는 일 없이, 공부에만 온전히 집중할 수 있다면 어떨까 상상해봤다. 정말 호화로운 삶이 될 것이다. 하지만.

"그럴 수는 없어요." 내가 말했다.

"왜죠?"

"옳은 일이 아니니까요. 사람들을 속이는 거잖아요."

"누굴 속이는 게 신경 쓰여요? 가족도 없다고 했으면서."

"음, 우선 캐럴린이요. 캐럴린에게는 거짓말할 수 없어요. 사실대로 말해야 할 거예요."

네드는 끄덕이고 등을 기댔다. "그렇다면 이 대화는 없던 걸로 하죠."

나는 놀라서 그를 봤다. "아."

"미안해요, 아멜리. 하지만 이 계획이 성공하려면 이 결혼이 순전히 비즈니스 거래였다는 것을 아무에게도 말하지 않기로 동의해

120

야 해요. 이혼 뒤에도. 하지만 캐럴린에게 솔직해야 한다고 느낀다면, 그 뜻은 존중하겠어요." 네드가 말을 멈췄다. "그리고 캐럴린의 의견이 염려된다면, 계산된 결정보다는 어리석은 실수를 했다고 생각하는 편이 더 낫지 않겠어요?"

그의 말이 옳다는 사실이 신경 쓰였다. 네드가 10만 파운드를 주겠다고 해서 결혼했다고 말하면, 캐럴린은 좋지 않게 생각할 것 같았다.

"그래도 그 돈이 어디서 났는지 캐럴린은 궁금해할 거예요." 내가 말했다.

"그걸 모두에게 설명할 방법을 생각해봤어요. 차근차근 설명해줄까요?"

"네. 하지만 그래도 정신 나간 일이라고 생각해요."

"그럼, 이곳을 나가서 결혼을 해요. 혼인허가서가 필요한데, 내가 이미 갖고 있죠."

나는 눈살을 찌푸렸다. "어떻게요?"

"왜냐면 어제 아버지에게서 특히 염려스러운 전화를 받았거든요. 아버지는 내가 말도 없이 여기 온 것에 노발대발하면서 앨저슨 가족과 함께 주말을 보내지 않으려고 달아났다고 꾸중했어요. 그래서 이 아이디어를 떠올리게 된 거죠. 알아보니 결혼식 24시간 전에 허가서를 받아야 한대서 당신에게 내 생각을 말할 경우에 대비해 허가서부터 받아뒀죠. 왜냐면, 당신이 말했듯이 이건 상당히 정신 나간 아이디어니까. 하지만 우리 둘 다에게 득이 되는 정신 나간 아이디어죠." 네드는 잠시 멈췄다가 말했다. "그래서, 우리가 결혼하면 그 뉴스를 기자들에게 넘길 겁니다. 내일 영국에 도착하면 우리는 웬트워스의 내 집으로 갈 것이고, 당신은 방을 따로 쓰겠죠. 어느 시점이 되면 기자들이 인터뷰를 요청할 텐데 그동안 우리는 행복한 부부 연기를 할 겁니다. 몇 주 뒤, 결혼이 실수였음을 깨닫고 별거 중이며 이혼 수속을 밟는다고 발표해요. 이혼 신청을 하고 당신에게 10만 파운드를 지불하면 사람들은 그것이 이혼 위자료라고 생각하겠죠. 그리고 당신은 집으로 돌아가고. 그렇게 하면 아무도 당신이 돈 때문에 결혼했다고 말하지 못할 겁니다.”

“그런 배려까지 하시다니 고맙네요.” 내가 말했다. “사람들이 절 그런 사람으로 생각하면 싫을 거예요.”

“하지만 더 많은 액수를 원하면 기꺼이 주겠다는 것도 알아줘요.”

“아뇨.” 나는 재빨리 고개를 저었다.

“그럼 동의하는 건가?”

“생각해봐야겠어요.”

네드는 소매를 걷고 시계를 봤다. “하겠다면, 45분 정도 시간이 있어요. 결혼식은 4시에 예약되어 있으니.”

“와.” 가슴이 두근거렸다. “그럼 강요하시는 건 아니군요.”

“어떤 강요도 안 합니다. 전적으로 당신 뜻에 달렸죠.” 네드는 내 어깨 너머 어딘가를 향해 고갯짓했다. “저 예배당 보여요? 저기가 결혼식장입니다. 산책이라도 하면서 생각해보지 그래요? 내 제안을 받아들인다면 저 앞에서 4시 5분 전에 만나요. 좋은 옷을 입어요. 사진을 기자들에게 보낼 수 있게. 아니면 호텔에서 보죠.”

27. 과거

라스베이거스 내 호텔 방에서 눈을 뜨자 전날 있었던 일의 기억이 밀려들었다. 내가 정말로 다 겪은 일인가? 나는 손을 들어 네드가 넷째 손가락에 끼워준 금반지를 봤고, 무시무시한 의심이 들이닥쳤다.

괜찮아, 이건 비즈니스 계약일 뿐이야. 차근차근 생각해봤고 금전적인 걱정 없이 대학에 갈 수 있는 기회라면 위험 부담을 안을 가치가 있다고 판단했잖아.

그리고 밝은 대낮에, 냉정한 마음으로 그 위험 부담에 관해 생각했다. 정리해보면 위험 부담이 그렇게 큰 것 같지 않았다. 네드가 돈을 주지 않을 걱정은 없었다. 10만 파운드는 그에게 아무것도 아닌 돈이었다. 순전히 비즈니스 계약이라고 말했지만 그가 섹스를 원하지 않을까 염려도 없었다. 라스베이거스에서 보낸 시간 내내 그는 나를 불편하게 하는 행동이나 부적절한 말을 한 적 없었다. 사람들은 내가 순간적인 충동으로 잘 알지도 못하는 남자와 결혼했다고 비난할 수 있겠지만, 우리가 몇 달간 몰래 만났고 그가 청혼할 생각으로 라스베이거스에 데려왔다는 이야기를 들으면 이해할 터였다.

캐럴린만 아니라면 나는 조금도 불안하지 않았을 것이다. 내가 네드와 사귀면서 말하지 않았다고 하면 캐럴린이 상처받을 것 같았다. 사실대로 말하지 못한다는 점도 마음에 걸렸다. 하지만 사실대로 말하면 캐럴린은 내가 돈 때문에 결혼했다고 화낼 것이 분명했다. 그런 것만은 아니었다. 나도 네드에게 해준 일이 있으니까. 그가 난처한 상황에서 빠져나오도록 도와줬으니까. 솔직히 네드가 아버지에게 맞서지 않는 이유를 알 수 없었지만, 그런 부자 집안에서는 의무적으로 해야 하는 일이 있는 모양이라고 이해했다.

나는 몸을 일으켜 베개에 기대앉아 손에 낀 반지를 다시 봤다. 캐럴린에게 우리 결혼이 어리석은 실수라고 말하고 나면 괜찮을 것 같았다. 그리고 캐럴린은 내게 오랫동안 화내지는 않을 것 같았다. 한 달만 지나면 됐다. 어제가 8월 1일이었고 9월 1일에 별거 발표를 하기로 네드와 정했기 때문이다. 그러고 나면 나는 원룸으로 돌아가서 살아갈 생각이었다. 《익스클루시브스》에서는 퇴사해야 했다. 우리가 별거한 뒤에 내가 거기서 일하리라고 예상할 사람은 아무도 없으니까. 내년 9월까지 다닐 직장을 구하면 될 것이다. 그러고 나면 드디어 대학에 갈 수 있었다.

어제는 솔직히 재미있었다. 예배당에 도착하자 네드가 부케와 두 명의 증인을 준비해서 기다리고 있었다. 결혼식은 15분 만에 끝났다. 야외로 나와 함께 사진을 찍었고 네드는 부모님이 일생일대의 충격을 받을 것이라고 농담했다. 우리는 호텔로 돌아와 기념 만찬을 하며 샴페인을 더 마셨고 네드는 자기 방으로, 나는 내 방으로 돌아왔다.

나는 고급 침대와 아름다운 호텔을 떠나기 아쉬워하며 기지개를 켰다. 그래도 일어나야 했다. 공항으로 타고 갈 택시가 10시에 올 예정이었다.

침대 옆 테이블의 호텔 전화가 울렸고 나는 네드가 남편처럼 준비를 마쳤는지 확인하는 것에 미소를 지었다.

"아멜리?"

가슴이 철렁했다. 네드가 아니라 캐럴린의 전화였다. 캐럴린이 호텔로 전화를 하다니. 내가 이곳에 있는 것을 어떻게 안 걸까? 무슨 일이 벌어진 것이 분명했다.

"캐럴린, 무슨 일 있어요?"

"아멜리, 세상에. 왜 전화를 안 받았어?" 캐럴린이 울먹이는 소리에 나는 더욱 당황했다.

"비행기에 두고 내렸어요. 이따가 도착한 뒤에 휴대전화를 가져올 거예요. 오늘 아침에 출발해요. 무슨 일 있어요? 잘 지내셨어요? 대니얼도 잘 지내죠?"

"응, 응. 아멜리는 어때, 잘 있었어?"

"잘 있어요." 나는 캐럴린의 목소리가 다급하게 들리는 까닭을 의아해하며 대답했다.

"아멜리가 어디 있는지 몰라서 계속 찾았어. «익스클루시브스»에 전화하고, 네드의 비서에게 물어봤지만 어느 호텔에서 묵는지 알려주지 않았어. 네드가 절대 방해하지 말라고, 비서 목숨보다 더 중요한 일이라고 지시를 남겼대. 아멜리, 이건 물어봐야 되겠어. 네드가 어떻게 대했어? 아멜리에게 뭘 강요한 건 아니지?"

가슴이 두근거리기 시작했다. 우리 결혼 소식을 캐럴린이 벌써 들은 것일까? "무슨 말씀이세요?" 내가 물었다.

"아멜리……, 네드가 저스틴을 폭행했어."

"폭행이요? 네드가 저스틴을 폭행했다고요?" 나는 갑자기 다리가 후들거려서 침대에 앉았다. "무슨 말씀이세요. 그럴 리가 없는데."

"사실이야. 네드가 저스틴의 아파트에 밤늦게 찾아가서 계약 이야기를 하자고 했어. 저스틴이 문을 열어주지 않았더니, 헌터가 차를 세우고 기다리고 있으니 잠깐이면 된다고 했대. 커피를 한잔 달라고 하더니 저스틴이 주방에 있는 사이에 구석으로 몰아서 붙들고는, 저스틴이 오랫동안 자길 놀렸다고, 고마운 줄 모르는 년이라고, 처음 취직시켜준 은혜를 갚아야 한다고 했다더라."

머리가 빙빙 돌았고, 캐럴린의 말을 알아들을 수 없었다.

"그런데…… 그게 언제였어요? 네드는 지난 며칠 동안 저랑 여기서 지냈는데."

"지난주 금요일."

나는 숨을 들이쉬었다. 라스베이거스로 떠나기 전날이라니.

"끔찍한 일이었어, 아멜리." 캐럴린이 말했다. "저스틴은 칼을 쥐고 협박해서 겨우 벗어났어."

나는 손으로 입을 턱 막았다. "그래서 저스틴은 지금 어때요?"

"당연히 큰 충격을 받았지만, 무엇보다 화가 나 있어. 네드가 나가자마자 저스틴은 내게 전화를 걸었고 내가 찾아갔지. 아멜리도 알아둬. 저스틴이 네드를 성폭행 혐의로 고소했어. 처음에는 안 하려고 했어. 경찰이 자기 말을 믿지 않을 것이고, 나중에 사무실에서 만나는 대신 집에 들여보낸 이유를 물을 거라고 했지. 실제로 저스틴은 사무실에서 의논하자고 했지만 네드가 그날 밤 만나야 한다고 우겼어. 저스틴은 자기 말과 네드의 말 중에 누구 말을 믿겠냐고 했어. 그러다가 그가 한 짓이 얼마나 심각한지 깨달았지. 칼을 들지 않았으면 강간으로 끝났을 거라고. 그래서 우리는 곧바로 경찰서에 갔고, 저스틴은 신고했어."

"잘했네요." 내가 화를 내며 말했다. "그런 짓을 하고 그냥 빠져나갈 순 없어요."

"아멜리가 라스베이거스로 간다는 메시지를 받고 얼마나 걱정했는지 모를 거야. 네드와 함께 있을 거라고 짐작했으니까. 네드가 아무 짓도 안 했지? 아멜리에게 불편한 일을 시키지 않았고?"

나는 침을 꿀꺽 삼켰다. **불편한** 일. 그 말이 머릿속에 쟁쟁 울렸다. 캐럴린에게 결혼 이야기를 할 수 없었다. 그때, 그런 상황에서는 도저히 할 수 없었다. "아뇨, 전혀요. 걱정 끼쳐서 정말 죄송해요. 여기 온다고 알리려고 했는데, 정말 갑자기 오게 됐어요. 네드가 급한 일로 라스베이거스에 와야 하는데 함께 올 수 있냐고 물었어요. 저스틴 일을 알았다면 절대 안 왔을 거예요."

"비키는 내가 아멜리에게 연락을 시도 중이라고 네드에게 알리겠다고 했고, 계속 아멜리의 전화를 기다리고 있었어. 리나도 연락이 안 되고 저스틴은 내가 집에 데려다준 후로 전화를 안 받았어. 모든 게 엉망이야, 아멜리!" 캐럴린의 목소리가 갈라졌고 나는 부끄러움에 휩싸였다. "아멜리가 무사한지 확인해야 해서 라스베이거스의 호텔에 한 곳씩 전부 전화했어."

"캐럴린, 정말 죄송해요. 저한테 연락하신지 몰랐어요. 네드가 말 안 했거든요. 아마 비키가 전하지 않은 모양이에요."

"비키가 전했어도 네드는 그 말을 전하지 않았을 거야. 내가 저스틴 폭행 이야기를 할까 봐 말이지." 캐럴린이 혐오스러워하는 목소리로 말했다.

"무서운 일이네요." 나는 덜덜 떠느라 수화기도 겨우 잡고 있었다. "어떻게 해야 할지 모르겠어요. 네드를 보고 싶지도 않아요."

"돌아오기만 해. 그리고 네드에게 무슨 짓을 했는지 안다고 하지 마. 당분간은 아무 말도 하지 않는 게 나아. 저스틴은 계속 찾아볼게. 자기 집에는 없어. 내가 가봤거든."

"리나와 함께 있을지도 몰라요." 내가 말했다. "리나가 며칠 바람 쐬러 저스틴을 데려갔을 수도 있잖아요."

"나도 그렇게 생각하려고 노력하고 있어. 하지만 왜 둘 다 전화를 안 받지?"

침대 옆 테이블의 시계에 눈이 갔다. "이제 끊어야 되겠어요, 캐럴린. 10분 뒤에 로비에서 네드와 만날 거예요. 저스틴을 찾으면 안부 전해주세요."

28. 현재

문이 닫히는 소리와 어떤 것이 잠을 깨운다. 일어나 앉으니 어깨에서 뭔가 떨어진다. 담요다. 담요가 돌아왔다.

손을 뻗으니 쟁반이 있다. 지난 네 개의 쟁반은 문 앞에 놓여 있었다. 이것은 내 처벌이 드디어 끝났다는 의미일까? 기운이 난다. 쟁반이 들어올 때 잠들어 있었던 것이 아쉽다. 나를 가둔 사람, 그의 존재가 그리웠다.

아마 처벌이 끝난 듯하고 더 이상 음식이나 인간과 접촉이 없는 것에 염려할 필요가 없어서인지 자꾸 과거가 떠오른다. 지금까지는 네드와 함께 납치되기 전 며칠간 겪은 절대적 공포를 마음속 깊이 묻어둘 수 있었다. 그때의 공포에 빠져들면 슬픔에 미칠 것 같아서였다. 하지만 이제 그들, 저스틴과 리나, 헌터의 얼굴이 어둠 속에 떠오른다. **제발, 지금은 안 돼요. 지금은 무너지지 않게 해주세요.**

그들의 영상을 막기 위해 무슨 일이든지 한다. 방 안을 서성이고 그 기억에서 벗어나기 위해 미친 듯이 수를 센다. 그래도 효과가 없으면 담요를 덮고 누워 눈을 꼭 감고 귀를 막는다. 보지도, 듣지도 않기 위해서다. 하지만 아무것도 효과가 없고, 흐느낌이 온몸을 흔든다. 네드가 내 울음소리를 들을까 봐, 나는 손으로 입을 막는다.

납치범이 저녁 쟁반을 가지고 들어올 무렵, 절망과 외로움이 타오르는 반감으로 변했다.

"내가 보이긴 해요?" 내가 내뱉는다. "그러니까, 나, 아멜리가 보여요? 아니면 어느 가난하고 멍청한 여자, 가난하고, 멍청한, 남의 일에 휘말려 이런 꼴을 당한 여자가 보여요? 하지만 난 그런 사람이 아니에요. 그러니까 당신도 알아둬요. 이제 그 말을 했으니 나가도 좋아요. 여자들을 가둬서 돈을 받아내려는 폭력배 밑에서 일하면서 쓰레기처럼 살아요. 스스로 당당하면 좋겠네요."

그는 이미 나갔지만 내 말에 그가 꿈쩍도 안 했다는 사실을 견딜 수 없다. 쟁반을 찾아 들고 모든 것을 뒤집어엎는다. 앞도 보이지 않지만, 나가는 그의 등을 겨냥한다. 쟁반이 부딪히고 앓는 소리가 들린다.

"맞았다!" 내가 외친다.

문이 쾅 닫히고 나는 울음을 터뜨린다.

29. 과거

호텔 방에서 재빨리 옷을 입으며 캐럴린에게 들은 이야기를 납득하려고 애쓴다. 엿새를 함께한 남자, 나와 방금 결혼한 남자가 그렇게 무서운 짓을 했다니 믿을 수가 없다. 하지만 저스틴이 그 이야기를 지어냈을 리는 없었다.

손가락이 너무 떨려서 원피스의 지퍼도 제대로 올리지 못했다. 네드와 내가 결혼했다고 하면 캐럴린은 어떻게 생각할까? 나는 캐럴린과 만나서 이야기해야 했다. 그리고 네드가 안 된다고 했지만, 나는 캐럴린에게 사실대로 말할 생각이었다. 네드와 내가 몰래 사귀었고 그를 너무 사랑해서 청혼을 받아들였다고 거짓말할 수는 없었다. 우리의 계약은 끝났다. 그의 돈을 받고 싶지 않았다. 생각만 해도 메슥거렸다.

네드가 내게 그 제안을 했을 때 내가 제대로 생각할 수 없었고,

샴페인과 와인을 마셔서 판단력이 흐려졌다고 말할 수만 있다면 무슨 짓이든 했을 것이다. 하지만 나는 거짓말할 수 없었다. 나 자신에게도, 다른 누구에게도. 나는 자유 의지로 계약을 맺었고 한 달간 호화로운 생활을 할 수 있다는 생각에 마음이 움직였다. 수치심이 파도처럼 밀려들었다. 어떻게 그렇게 멍청한 짓을 했을까?

그리고 저스틴이 걱정스러웠다. 캐럴린은 저스틴이 전화를 안 받는다고 했다. 문득 네드의 말이 떠올랐다. 저스틴이 오펠리 테시어를 인터뷰하러 파리에 갔다는 말. 어쩌면 그래서 캐럴린의 전화를 안 받는 모양이었다. 혹은, 네드의 폭행 이후 저스틴이 파리에 안 간 것일까? 네드에게 소송을 제기했다면 계속 일할 이유가 없지 않을까? 또 한편으로는, 잘못이 없는 저스틴이 좋아하는 일을 포기하고 숨어야 할 이유도 없었다. 그러면 네드는? 저스틴이 소송을 제기한 것을 네드는 알고 있었을까?

문 두드리는 소리에 깜짝 놀랐다. 짐을 가지러 온 사람이라 생각했다. 내 여행 가방은 여전히 침대 위에 펼쳐둔 상태였다. 나는 재빨리 가방을 닫고 문을 열었다.

네드가 와 있었다.

"좋은 아침이에요." 네드가 말하다가 멈췄다. "무슨 일 있나? 유령이라도 본 얼굴인데."

나는 그를 보고 물러나려다가 참았다. "아, 아래에서 만나는 건 줄 알았어요." 가슴이 두근거려 말을 더듬었다.

"로비에 따로 내려가면 이상해 보이겠죠." 네드가 재미있다는 표정으로 말했다. "결혼한 사이인데."

네드를 똑바로 볼 수 없었다. 침대로 가서 가방 지퍼를 닫았다. 그를 공격하고, 저스틴 일을 알고 있다고 말하고, 고함과 비명을 지르고 싶었다. 하지만 캐럴린은 아무 말도 하지 말라고 했고, 저스틴의 상황을 더 나쁘게 만들 수 없으니 혀를 깨물었다.

"가죠." 네드가 방 안으로 들어와 내 여행 가방을 가져가며 말했다. "차가 기다려요."

나는 멍하니 그를 따라 방에서 나갔다. 우리는 승강기에 탔고, 로비로 내려가는 동안 나는 거울 벽에 비친 두 사람의 모습을 멍하니 봤다. 네드는 알아봤지만, 그 옆에 선 여자는 알아볼 수 없었다. 나처럼 생긴 사람이었지만, 나는 아니었다.

30. 과거

돌아오는 비행기에서 승무원이 결혼을 축하한다고 인사했다.

"샴페인 한 잔 드릴까요, 호소프 부인?" 승무원이 물었다.

나는 흠칫했다. 나는 호소프 부인이 아니었다. 하지만 세상 사람들 눈에는 호소프 부인이라는 사실을 깨달았다.

"아뇨, 괜찮아요." 내가 어색하게 말했다.

대화하고 싶지 않아 비행 중에는 자는 척했다. 판버러 공항에 착륙하자 헌터가 마중 나와 있었다.

"축하합니다, 호소프 부인." 그의 목소리에서 감정이 느껴지지 않았다. "결혼하신 것요."

나는 그의 딱딱한 말투에 눈살을 찌푸렸고, 그제야 내가 무슨 짓을 한 것인지 실감이 났다. 헌터를, 우리가 한잔하기로 한 약속을 어떻게 잊었던 걸까? 속이 메슥거렸다. 헌터의 손을 잡고 네드와 결혼한 건 진짜가 아니라고, 계약일 뿐이라고 말하고 싶었다. 하지만 네드가 내 등에 손을 탁 얹더니 열린 차 문을 향해 떠밀었다.

차에 타면서 헌터와 눈을 마주치려고 했다. 하지만 헌터는 내게 눈길을 주지 않고 네드에게 신문을 건네더니 한 페이지를 펼쳤다. 네드는 흘깃 보고 내게 건넸다. 나와 네드가 예배당 앞에서 찍은 사진과 '호소프 후계자의 비밀 결혼식'이라는 설명이 보였다.

네드가 미소 지으며 말했다. "완벽하군." 헌터가 내 쪽 문을 탁 닫았다.

네드도 내 옆자리에 탔다.

"곧장 집으로 가지." 네드가 말했고 나는 가슴이 두근거렸다. 우선 옷가지를 챙기러 내 집으로 갈 줄 알았다. 나는 집에 들어가 문을 잠그고 나가지 않을 계획이었다.

"필요한 물건을 챙기러 집에 가면 안 될까요?" 내가 물었다.

"헌터가 이미 챙겨서 집에 갖다 놓았어." 네드가 말했다.

속이 뒤틀렸다. 다시 한번 헌터와 눈을 마주치려고 룸미러를 봤지만, 그는 운전에만 집중했다.

"열쇠는 어디서 났죠?" 내가 물었다.

둘 다 내 말을 무시했다.

네드에게 전화가 왔다. 네드는 욕설을 중얼거리더니 전화를 받지 않았다. 전화는 곧바로 다시 왔다. 화면을 훔쳐보니 '아버지'였다. 네드는 다시 욕설을 중얼거리며 전화를 받았다.

제스로 호소프의 음성이 너무 크고 노기가 가득해 전부 들렸다. 네드는 그것을 깨닫고 내게서 몸을 돌렸다. 그래도 마찬가지였다.

"대체 무슨 짓을 하는 거냐?"

"지금 차 안이에요." 네드가 퉁명스럽게 말했다. "집에 도착하면 전화할게요."

"집으로 가는 중이다."

"아뇨, 오지 마세요. 내가,"

제스로 호소프가 전화를 끊었다.

네드의 전화는 또, 또, 또, 또다시 울렸다. 결국 네드가 전화를 들었다.

"전화 좀 그만하라니까?" 네드가 성난 목소리로 말했고, 나는 그가 아버지에게 그런 식으로 말하는 것에 충격을 받았다. "농담 아니야, 리나." 그는 이렇게 말하고 전화를 끊었다.

가슴이 내려앉았다. 전화 건 사람이 리나란 것을 알았다면, 그에게서 전화를 빼앗아 저스틴은 어떤지 물었을 것이다. 다만, 나는 네드가 한 짓을 모르는 척해야 했다. 헌터를 살짝 봤다. 그는 알까? 리나는 저스틴 일 때문에 전화한 것이 분명하다. 그래서 네드는 리나의 전화를 안 받은 것이다.

30분 뒤, 우리는 웬트워스의 집에 도착했다. 헌터는 우리를 문 앞에 내려주고 집 옆으로 차를 몰았다. 나는 널찍한 계단 세 단을 올라가 검은 현관문 앞에 서서 네드가 오른쪽 패널에 비밀번호를 누르는 동안 기다렸다. 달칵 소리가 나더니 묵직한 문이 열렸다.

나는 네드를 따라 대리석으로 장식한 현관에 들어섰다. 정면에는 넓은 계단, 그 양쪽에 복도가 있었다.

"당신 방은 계단 위 왼쪽이야." 네드가 말했다. "헌터가 짐을 가져다줄 거야. 나중에 보지."

네드는 오른쪽 복도로 걸어갔다. 나는 그가 보이지 않을 때까지 기다린 뒤 돌아서서 문으로 갔다. 하지만 문에는 손잡이가 없고 벽의 패널뿐이었다. 문을 열려면 비밀번호가 필요했다. 침착하게 생각하려고 애썼다. 네드가 나를 억지로 그곳에 가둘 수는 없었다. 캐럴린에게 전화해서 어떻게 할지 물어볼 생각이었다. 다만, 공항에서 내 휴대전화를 받지 않았다는 사실을 깨달았다.

주위를 둘러봤다. 어딘가에 전화가 있을 것이라고 믿었다. 현관에는 없어서 왼쪽 복도를 걸어가며 전화를 찾을 때까지 돌아보기로 마음먹었다.

문이 세 개 있었다. 처음 두 개의 문을 여니 넓은 거실과 똑같이 커다란 식당이 있었다. 그 두 곳의 안쪽에는 문이 있어서, 열어두면 거대한 연회장으로 쓸 수 있었다. 호화로운 소파와 낮은 테이블 사이를 재빨리 움직여 식당으로 들어가 보이는 모든 곳을 확인했다. 하지만 어디에도 전화는 없었다.

세 번째 방은 큰 주방이었고, 문을 열고 나가면 테라스였다. 별별 가전제품이 다 있었지만, 전화만 없었다. 복도 끝의 문은 저택 옆 정원으로 연결됐다. 문이 하나 더 있었다. 그 문을 여니 지하실로 내려가는 계단이 보였다.

현관으로 돌아와 잠시 걸음을 멈추고, 안으로 들어가서 네드를 찾아 전화가 어디 있는지 물어볼지, 혼자서 찾아볼지 갈등했다. 결정을 내린 뒤 대리석 계단을 달려 올라가면서 계단 수를 셌다. 나는 늘 계단 수를 셌다. 습관이었다. 아버지와 함께 살던 집 계단은 열한

개, 네드의 집 계단은 스물네 개였다. 반들반들한 마룻바닥에 초록과 빨강 깔개를 깐 넓은 계단참에 다다랐다.

네드가 내 방이 왼쪽이라고 한 것을 기억하고, 첫 번째 문을 열었다. 열어 본 다른 방과 마찬가지로 그곳도 굉장히 넓었다. 라스베이거스에 가져갔던 짐은 이미 그곳에 있었다. 내가 아래층에 있는 동안 헌터가 옮긴 모양이었다. 실망한 나는 킹사이즈 침대에 털썩 앉았다. 네드와 결혼한 상황을 헌터에게 설명할 기회도 놓친 것이었다.

나는 차츰 그 방을 장식한 모든 물건이 내 것임을 깨달았다. 목재 상자, 도자기 그릇 두 개, 책, 어머니와 아버지의 사진…… 너무하다고 느꼈다. 선을 넘고 통제하는 짓이었다. 일어나서 욕실을 찾았고, 내 집에서 쓰던 욕실용품이 놓여 있는 것을 봤다. 드레스룸에는 내 옷이 가지런히 걸려 있었다. 서랍에는 내 티셔츠와 속옷이 들어 있었다. 헌터가 내 팬티와 브라를 넣었다고 생각하니 얼굴이 빨개지며 분노가 느껴졌다. 그는 내 집에 들어와 내 물건을 치울 권리가 없었다. 어서 전화를 찾아야 했다.

처음에는 내 옆 침실이 네드의 침실이라고 생각했지만, 그곳의 노란 색조와 의자에 단정히 걸린 드레스, 게다가 그 아래 편안한 구두 두 켤레를 보니 여자가 자는 방이라는 생각이 들었다. 입주 가사도우미 방일까? 침대 옆 테이블에도 전화는 없었고, 계속 찾다 보니 계단참 양쪽의 문 두 개는 잠겨 있었다.

더 화가 났다. 아래로 내려가 네드를 찾으러 오른쪽 복도로 향했다. 반대쪽 복도와 똑같이 세 개의 큰 문이 있고 끝에는 밖으로 나가는 문이 있었다. 중간 문에서 네드의 목소리가 흘러나왔다. 그는 통화 중이었고, 짜증 난 목소리로 미루어 누군가와 다투고 있었다.

나는 멈춰 기다리며 귀를 기울였다. 하지만 또렷이 들리지 않아서 문에서 돌아서서 복도를 되돌아갔다. 문을 여니 아름다운 목재 패널로 장식한 서재가 나왔다. 책장에 수백, 수천 권의 책이 가득 차 있었다. 높은 선반의 책을 꺼낼 수 있도록 바퀴 달린 목재 사다리 두 개가 있었고, 반대편 모서리에는 아름다운 안락의자 두 개가 집 정면의 높다란 창문을 향하도록 놓여 있었다. 왼쪽 벽을 따라서 한 쌍의 문이 네드가 있는 방으로 연결되어 있었다. 거기서는 그의 목소리가 더 또렷이 들렸다.

"아니, 그건 다 해결했다니까요." 네드가 말했다. "오해였다고요. 제가 계약을 해지한다고 하니까 그 여자가 복수로 한 짓이라니까요."

그의 말에 나는 걸음을 멈췄다. 누구 이야기일까?

나는 문 쪽으로 살그머니 다가갔다.

"기자들에게 그 일이 어떻게 흘러들어갔는지 모르겠지만, 제가 알아서 처리했고 그 여자가 고소하지는 않을 거예요." 네드의 목소리는 높았고, 날이 서 있었다. "뭐, 아버지의 소중한 재단이 그 일로 피해를 보진 말아야죠······. 그렇다니까요, 그런 일은 없었어요. 이미 말씀드렸잖아요. 어떤 영향도 없을 거라니까요. 아버지, 아버지?" 침묵 그리고 욕설. 문 뒤에 선 내게 두려움이 몰려들었다.

뭔가 단단히 잘못됐다.

31. 현재

"미안해요." 들어오는 남자에게 내가 말한다. "쟁반을 던진 것도, 그런 말을 한 것도 미안해요. 당신 잘못이 아니란 걸 알고 있고요. 누군가 억지로 시켜서 이런 일을 하는 것이고, 아마 이런 일이 싫겠죠. 할 수 있으면 절 도와줄 사람이란 것도 알아요. 저처럼 당신도 피해자니까요. 제가 여기서 나갈 수만 있다면-,"

문이 닫히고 실내는 다시 조용해진다.

어둠 속에 앉아서 눈을 아주 세게 깜빡이니 눈꺼풀 뒤에서 별 모양이 보인다. 손가락 끝으로 팔을 꼬집는다. 납치범들에게 내 존재는 미미하다. 하지만 나는 아직 여기 있다. 아직 살아 있다.

화장실에서 나는 벽에 또 하나의 금을 긋는다. 2주. 2주간 여기 있었다. 왜 아무 일도 벌어지지 않을까?

첫 한 바퀴를 도는 도중에 바깥 복도에서 발걸음 소리가 들린다.

소리가 들리는 것은, 그가 구두를 신고 있다는 뜻이다. 그가 구두를 신고 있다면, 나를 데리러 온다는 뜻이다.

나는 구석으로 달려가 문이 열리는 순간 담요 밑에 들어가 웅크린다. 깊고 규칙적으로 숨을 쉬려고 하지만, 자는 척한다고 그가 돌아가지 않으리라는 것을 이미 알고 있다.

내 짐작이 맞았다. 담요가 치워지고 남자가 나를 일으켜 세운다.

나는 저항하는 대신 시키는 대로 움직인다. 내가 그를 돕는다고 여기게 만들어야 한다. 그러자 복면이 조심스레 머리에 씌워지고, 두 손은 좀 더 느슨하게 등 뒤에서 묶인다. 내 어깨를 잡고 방을 나가도록 안내하는 손길이 상냥하게 느껴질 정도다.

복도의 공기에서 다른 냄새가 난다. 아마 햇빛 때문인지, 복면 사이로도 그곳 공기가 더 무겁고 강렬하게 느껴진다. 열두 개의 돌계단을 내려가 지하실의 차가운 공기 속으로, 네드가 잡혀 있던 방으로 들어가자 팔에 소름이 돋는다. 문이 쾅 닫히는 소리가 들리고 의자에 앉혀진 뒤 묶인다.

전처럼 복면이 벗겨지고, 재빨리 눈가리개를 하기 전 빛에 눈이 따갑다. 그 몇 초 사이 불빛과 어둠 이외에는 아무것도 볼 겨를이 없다. 단단하고 가차 없는 손이 내 뒤통수를 잡고 정면을 보도록 한다. 다른 남자다. 나를 꼼짝 못 하게 붙잡는 것은 항상 다른 남자다.

그때 시큼한 냄새가 코에 닿는다. 하지만 더 강하다. 네드. 그가 여기, 내 옆에 있다. 그들이 우리를 나란히 앉혔다.

"이름을 말하고 제스로 호소프에게 전할 말이 있다고 해. 전할 말은 몸값을 치르지 않으면 아들이 죽을 거라는 내용이다." 잠시 침묵.

"말해."

"싫어요."

목소리가 위협적으로 변한다. "네 이름을 말해라."

"싫어요."

"씨발, 말을 해. 안 그러면 우릴 죽일 거라고." 네드가 으르렁거린다.

"난 죽어도 상관없어." 내가 말한다.

"야, 난 상관있어. 그러니까 말을 하라고!"

뒤통수를 쥔 손에 힘이 들어간다. "말해!"

목 근육이 경련을 일으키면서 두려움이 온몸에 퍼진다.

"내 이름은 아멜리 호소프입니다." 나는 숨을 고르려고 노력하며 말한다. "제스로 호소프 씨에게 전하는 말입니다. 몸값을 지불하지 않으면 아드님은 죽을 겁니다." 나는 또 한 번 숨을 쉰다. "그러니까 지불하지 마세요. 저자는 죽어도 싸니까요. 저자는 사ㅡ."

네드가 내 옆으로 몸을 부딪치는 순간, 공기의 느낌이 변한다. 내 의자가 뒤집히고 목덜미가 남자의 손아귀에서 벗어나면서 남자가 욕설을 내뱉는다. 바닥에 부딪치자 머릿속에 별들이 터진다.

다음에 눈을 뜨니 내 방이다. 나는 앓는 소리를 내면서 눈을 다시 감는다. 머리가 띵하지만 미소가 나온다. 네드는 적응하지 못하고 있다. 바깥세상에서 그토록 강했던 그의 특권과 재산이 이곳에서는 아무런 의미가 없다. 이곳에서 우리는 동등하다. 하지만 내 정신력이 더 강하다.

나는 찡그리며 일어나 앉는다. 화끈거리는 얼굴을 손끝으로 만져보니 얼굴 왼쪽이 크게 멍들어 부어 있다. 그리고 위로 더듬어 올라가니 관자놀이 위에 작은 달걀 크기의 혹이 생겼다. 네드가 쓰러뜨린 결과다. 아프지만 후회는 없다. 그들이 찍은 영상을 보내지 않으리란 점이 아쉬울 뿐이다.

나는 더듬거리며 담요를 찾고, 담요가 거기 있어서 반갑다. 내가 한 짓 때문에 남자가 담요를 빼앗아 간 줄 알았다. 담요를 몸에 두르고 일어선다. 하지만 너무 어지러워서 재빨리 웅크리고 화장실로 기어간다. 변기에 앉아 샤워 타월을 적셔 비누 거품을 내고 얼굴을 닦으며 부드러운 살갗에 닿는 거친 느낌에 찡그린다. 흐릿한 불빛 속으로 와서야 넘어지면서 시력에 영향을 받았음을 깨닫는다. 모든 것이 거즈를 통해 보는 것처럼 흐릿하다. 뇌진탕, 뇌진탕이다.

울고 싶다. 저항한 탓에 다음 탈출을 사나흘 미뤄야 한다. 다른 것도 깨닫는다. 지하에서 그렇게 말해서 후련했을지는 몰라도 참 어리석은 짓이었다.

남자가 쟁반을 가지고 들어오자 나는 그에게 호소한다.

"한 가지만 약속해줘요. 제스로 호소프가 몸값을 지불하면 절 네드와 함께 풀어주지 말아요. 그를 데려가기로 한 곳에 데려가고, 저는 다른 곳에 내려주세요." 남자가 나가는데 나는 그의 팔을 잡으려고 손을 뻗는다. 손끝이 소매를 스치고 허공에 멈춘다. "그와 저를 동시에 풀어주면," 나는 필사적으로 그를 향해 외친다. "그는 저를 죽일 거예요!"

열쇠가 돌아간다. 남자는 가버렸다.

32. 과거

서재에서 가만히 네드가 진정하기를 기다리면서 엿들은 내용을 생각해봤다. 저스틴 이야기였다면, 네드는 어째서 저스틴이 고소하지 않을 것이라고 했을까? 저스틴이 마음을 바꾼 것일까? 네드는 해결했다고 했다. 네드가 저스틴에게 해고하겠다고 협박해서 경찰 진술을 취소하게 만들었을까?

서재를 나와 복도에서 오른쪽으로 돌아서 다음 문을 두드렸다.

"응?" 네드가 말했다.

안으로 들어갔다. 서재처럼 높은 창문이 나 있고, 왼쪽과 오른쪽에 한 쌍의 문이 각기 달린 넓은 방이었다. 오른쪽 문은 조금 전 내가 있던 서재로 연결됐다. 네드는 탁구대 크기의 책상에 앉아 검은 가죽 의자에 기대고 있었다.

"판버러 공항에서 전화를 돌려받는 걸 잊었어요." 내가 말을 꺼냈다. "쓸 수 있는 전화가 있나요? 캐럴린에게 돌아왔다고 알리고 싶어요."

"그럼." 네드의 휴대전화가 책상 위에 있었다. 그는 그 전화를 들더니 내게 내밀었다. "여기 있어."

나는 망설였다. 조금 전에 엿들은 네드와 아버지의 통화 내용을 캐럴린에게 이야기하고 싶었지만, 전화를 들고 방에서 나가면 그가 의심할 수도 있었다. 그리고 그가 무슨 짓을 했는지 알고 있다는 사실을 알리기 싫었다.

"고마워요." 나는 전화를 받으며 말했다.

캐럴린의 번호를 눌렀다. 캐럴린이 처음 그 번호를 알려줬을 때 누군가의 전화번호를 아는 것이 너무 기뻐 외운 것이 다행이었다. 캐럴린에게 아무렇지 않게 리나와 저스틴은 만났는지, 그들과 커피를 마셨는지 물어볼 생각이었다. 그런 질문은 의심스러울 것 없었고, 캐럴린에게 직접 묻지 않고도 리나와 저스틴의 안부 정도는 확인할 수 있었다.

하지만 캐럴린은 전화를 받지 않았다.

"안 받나?" 네드가 물었다. 나를 지켜보고 있었던 것이다.

"네." 내가 말했다. "메시지를 보낼게요."

나는 네드의 전화에 캐럴린의 전화번호를 입력하고 다음과 같이 적었다.

안녕하세요, 캐럴린. 아멜리예요. 네드의 전화를 쓰고 있어요.

라스베이거스에서 잘 돌아왔어요.

네드와의 결혼 소식을 들었는지, 만나서 모두 설명하겠다고 덧붙이고 싶었다. 하지만 네드가 내용을 확인할 수 있으니 그럴 수 없었다. 잠시 생각한 뒤 이렇게 적었다.

어서 다 이야기하고 싶어요. 네드의 집으로 와줄 수 있을까요?

키스 표시 두 번을 덧붙이고 휴대전화를 네드에게 도로 건넸다.

"더 얘기할 게 있나?" 내가 계속 서 있으니 네드가 물었다.

"네, 원룸 말인데요."

"그게 뭐?"

"내가 살던 원룸에 있던 물건이 전부 여기 있던데요. 집을 내놓은 건 아니죠?"

"물론 아니지."

"그럼 별거 발표한 뒤에 거기로 돌아갈 수 있겠죠?"

"그래. 자, 그럼 됐나? 할 일이 있어서."

"아뇨, 또 있어요." 네드는 내 어조에 놀란 표정으로 고개를 들었다. "제 일은요?"

"아멜리는 내 회사에서 일하지?"

"네."

"그럼, 별거 전까지는 여기서 일해."

"노트북이 없어요. 고장 났잖아요."

"내가 해결하지."

"가서 내 휴대전화를 가져와도 될까요? 헌터가 데려가주면."

네드는 자기 컴퓨터로 시선을 돌렸다. "아니, 그건 안 되겠군. 헌터는 내 심부름을 해야 하니까."

나는 무시하는 말투와 '심부름'이라는 말에 얼굴을 붉혔다.

"어쨌든 밖에 나가고 싶어요."

"그건 안 되겠어. 오늘은 어려워. 기자들이 이미 문 앞에 진을 치고 있으니까. 당신이 나가는 순간 독수리 떼처럼 달려들 거야. 기자들은 함께 만나기로 합의했으니까, 그렇게 할 거야. 하지만 오늘은 안 돼. 자, 가서 쉬어. 수영을 하든지, 시차 적응을 위해서 뭐든지 해. 좋은 집이잖아. 수영장도 운동실도 있어. 휴가의 연장선으로 생각하지. 나중에 저녁 때 봐. 가사도우미가 몇 주 동안 헝가리에 가족을 만나러 갔으니 뭘 준비해도 좋고. 아니면 주문할 수도 있고. 7시 30분, 왼쪽 구역 식당에서 만나지." 네드가 고개를 들자 나는 처음으로 싸늘한 회색 눈동자를 봤다. "참, 아멜리, 여기 다시 내려오지 마. 집 안의 나머지 구역과 정원은 마음대로 써도 좋지만, 오른쪽 구역의 방은 내 사적인 공간이야." 네드가 잠시 멈췄다가 말했다. "이해하리라 믿지."

33. 현재

지하에서 목소리가 들린다. 나는 매트리스를 치우고 엎드려서 듣는다.

"현명한 행동이 아니었어."

"그래도 싸지. 멍청한 년." 네드의 목소리다.

"그 탓에 며칠 더 미뤄야 해. 그 녹화 영상이 필요했는데." 잠시 침묵이 흘렀다. "그래서, 어쩔 셈인가, 네드? 당신 아버지는 돈을 안 내고, 아내는 당신 목숨을 구걸하지 않겠다는데. 당신이 죽든 말든 아무도 신경 쓰지 않는 모양이야."

"저 여자를 죽여."

"아내를?"

"그래. 그 여자를 죽여서 시체를 아버지에게 보내. 그러면 돈을 줄 거야."

"글쎄. 따지고 보면, 그 여자가 뭐라고? 당신 걸 보내는 게 낫지. 귀나 손가락을."

"실수하는 거야."

"넌 그렇게 생각하겠지." 재미있다는 듯, 조롱하는 목소리다. "돌아올게, 네드. 그리고 혹시 아나. 칼을 들고 올지도 모르지."

나는 엎드린 채로 화를 낸다. 어떻게 나를 죽이라고 할 수 있지?

벌떡 일어나 그가 묶여 있는 자리 위쪽 벽을 쿵쿵 친다. 그를 화나게 하고 싶다. 그가 분노로 미치게 하고 싶다. 누군가의 손에 삶이 좌지우지되는 것이, 어떤 일을 막지 못하는 것이 어떤 것인지 알려 주고 싶다.

네드도 신경이 날카로운 모양이다. 쿵쿵 소리에 그는 빠르게, 격렬하게 반응한다.

"시끄러워!" 네드가 밑에서 소리친다.

하지만 나는 멈추지 않는다. 네드의 분노에 나는 기운이 나고, 힘이 난다. 그래서 팔이 아프고 주먹에 멍이 들자 온몸을 벽에 계속 부딪친다. 양쪽 어깨를 돌아가며 쓴다. 녹초가 되어 매트리스에 쓰러질 때까지 멈추지 않는다. 그리고 그가 편안하다고 착각할 만큼 오래 기다린 뒤, 새로운 고문법을 생각해내 천천히, 일정한 간격으로 양발을 번갈아 가며 벽에 친다. **쿵-쿵, 쿵-쿵, 쿵-쿵.** 기분이 정말 좋다.

남자가 쟁반을 갖고 올 때도 나는 여전히 벽을 발로 **쿵-쿵** 치고, 한편 소리를 너무 질러 목이 쉰 네드는 엉엉 울고 있다. 남자가 들어와 바닥에 쟁반을 둘 때도 나는 멈추지 않는다. 평소와 다른 모습을 봤다는 내색이라고는 없이 남자가 나갈 때도 나는 분노의 북소리로 복수한다. 즉, 네드를 향해서만 쿵쿵거린 것이 아니다. 그 시간 내내 나는 누군가가 방으로 쳐들어와 끝없는 소음을 멈추게 할 줄 알았다. 하지만 아무도 오지 않았다. 그들은 소음이 닿지 않는 다른 구역에 있거나 내가 계속해서 네드를 화나게 하는 것이 만족스럽거나 둘 중 하나다.

벽에서 발을 내린다. 나를 아무도 봐주지 않는 것, 그 남자, 그들에게서 반응을 끌어낼 수 없는 것이 싫다. 발뒤꿈치가 욱신거린다. 하이힐을 신고 오래 걸은 것처럼 붉게 부어오르고 물집이 잡힌 듯하다. 붉은 하이힐이 대리석 바닥에 끌리는 모습이 떠오른다. 나는 그 모습을 황급히 지우지만, 그것은 사라지지 않는다. 눈물 한 방울이 뺨을 타고 흐른다.

34. 과거

네드가 전화했다. 기자들이 문 앞에서 우리를 기다리고 있었다. 라스베이거스에서 돌아온 지 닷새째였지만 나는 그 집 밖으로 나가지 못했다.

네드는 늘 내가 밖에 나갈 수 없는 핑계를 댔다. 낮에는 그를 보지 못했고, 저녁 식사 때만 봤다. 식사 준비는 싫지 않았다. 나는 늘 요리를 좋아했고, 덕분에 할 일도 생겼으니까.

네드가 아래층 복도에서 기다리고 있었고, 대리석 계단을 내려가는 내 모습을 평가하듯 살폈다. 나는 소매 없는 핑크색 드레스를 입고 머리는 어깨 위로 내리고 있었다. 그는 마음에 든다는 듯 고개를 끄덕이더니 주머니에서 약혼반지를 꺼냈다.

"자." 그가 내 손을 잡고 저녁 먹으러 내려올 때만 끼는 결혼반지 옆에 그 반지를 끼웠다. 처음에는 결혼반지도 끼지 않았다. 반지를 낀 모습을 견딜 수 없었다. 하지만 첫날 저녁 네드가 반지를 안 낀 것을 보더니 돌아가서 가져오라고 했다.

나는 그의 손길에 자동적으로 저스틴을 떠올리며 치를 떨었다. 저스틴도 그때쯤이면 내가 네드와 결혼한 것을 알고 끔찍한 배신 감을 느낄 것 같았다. 저스틴을, 캐럴린을 만나서 어떻게 된 일인지 설명할 수만 있다면. 캐럴린이 네드의 휴대전화로 연락해주길 바랐 지만 그때까지는 아무 연락이 없었고 캐럴린이 나와 통화할 마음이 없나 싶어서 두려웠다.

저스틴은 어떤지, 오펠리 테시어와 인터뷰는 잘 됐는지 네드에 게 묻고 싶었다. 하지만 이 남자의 정체를 모르니 아주 조심해야 한 다는 마음속의 목소리가 그런 말은 하지 말라고 내게 경고했다.

"진짜는 아니겠죠?" 나는 평생 본 것 중 가장 큰 다이아몬드를 보 며 말했고 네드는 웃었다.

나는 재빨리 손을 빼냈고 우리는 현관으로 이동했다. 네드는 내 게 등을 돌리고 패널에 비밀번호를 입력했다. 그 번호를 보려고 몸 을 돌렸지만, 네드는 내 움직임을 알아차리고 몸을 숙여 키패드를 가로막았다. 문이 달칵 열렸고 웅성거리는 소리가 들렸다. 네드는 내 손을 잡았고 나는 본능적으로 빼려고 했다.

"좋은 모습을 보여줘야지." 네드가 내 손을 꽉 잡으며 말했다.

헌터가 등장했다. 나와 네드를 공항에 태우러 온 날 이후로 헌터 를 만나지 못했고, 긴 자갈길을 따라 걷는 동안 등에 그의 시선이 꽂 히는 것을 느꼈다. 대문에 다가가자 문이 활짝 열렸고 스무 명 정도 의 기자들이 카메라와 마이크를 들고 기다리고 있었다. 그들이 몰려들자 헌터가 재빨리 팔을 벌리고 물러서라고 손짓하면서 우리 앞에 섰다.

질문이 시작됐다.

"호소프 씨, 부인 소개 좀 해주시겠습니까?"

"완벽한 사람이라는 것 말고 더 할 말이 있을까요?" 네드가 말했다. "이렇게 보시다시피 말이죠." 네드는 미소를 지으며 나를 보면서 덧붙였다.

"아멜리, 호소프 씨의 직원이었죠?"

"아직도 직원입니다." 내가 대답했다. "변한 건 없어요."

"프러포즈를 받고 놀랐습니까?"

나는 카메라 플래시에 눈을 깜빡였고 갑자기 당황했다.

"네, 놀랐습니다." 네드가 매끄럽게 말했다.

"불꽃 튀는 연애였던 것 같은데요. 겨우 넉 달 전에 만나셨죠, 맞습니까, 아멜리?"

"만난 지 1년이 다 됐어요. 파티였습니다." 네드가 다시 끼어들며 말했다. "그때 아멜리에게 뭔가 특별한 점이 있단 걸 곧바로 알았죠. 아멜리가 《익스클루시브스》에서 일하게 됐을 때 정말 반가웠어요. 운명 같았죠."

"라스베이거스 출장에 대해 말씀해주세요. 청혼할 의도였습니까, 갑작스러운 결정이었습니까?"

네드는 고개를 저었다. "몇 주 전에 계획했습니다. 하지만 아멜리가 내 계획을 짐작하지 못하도록 갑작스러운 출장을 가는 척하면서 회의에 함께해달라고 했죠. 회의에 함께 가지 않았는데도 아멜리는 짐작도 못 하더군요. 물론 회의는 없었고 그 시간 동안 반지를 고르고, 혼인허가서를 받고, 증인을 구하고, 그 밖의 일들을 처리했습니다."

그의 입에서 거짓말이 술술 흘러나왔다.

"반지 좀 볼 수 있을까요, 아멜리?" 누군가가 외쳤다.

네드가 내 손을 내밀었고 햇빛에 다이아몬드가 반짝였다. 기자들이 사진을 계속 찍는 동안 그는 내게 팔을 둘렀고 나는 내 이름을 부르며 미소를 지어달라는 기자들을 무표정하게 바라봤다. 바로 그때, 시야 가장자리에 캐럴린이 보였다.

우리 눈이 마주치면서 안도감이 밀려들었다. 나는 캐럴린에게 가려고 움직였지만 네드가 내 허리를 꽉 쥐었다. 나는 그에게서 몸을 빼내려 했지만, 손아귀 힘이 너무 세서 살을 꼬집는 것 같았다.

캐럴린이 휴대전화를 들고 다른 손으로 그것을 가리켰다. 기자들의 소리 사이로 캐럴린이 외쳤다. "네 말 안 믿어!"

"호소프 씨, 최근 성폭행 고소를 당했다는 소문이 사실입니까?" 다른 목소리에 캐럴린의 음성이 묻혔다.

모두가 그 질문을 한 기자를 돌아보면서 찬물을 끼얹은 듯 조용해졌다. 기자 몇 명은 그 기자가 네드를 똑바로 볼 수 있도록 비켜섰고, 나는 《익스클루시브스》 파티에서 네드에게 접근했던 그 사람을 알아봤다. 내 옆에 있던 네드가 얼어붙었다.

"다시 묻겠어요, 호소프 씨. 최근 성폭행 혐의로 고소당했다는 사실을 인정합니까?" 그 사람이 반복해서 말했다.

기자들이 네드를 향해 마이크를 들이대며 같은 질문을 하느라 소란이 벌어졌고, 헌터는 급히 우리 앞에 서서 네드를 보호했다. 대문이 닫히기 시작했고, 캐럴린이 외치는 소리가 다시 들렸다.

"그 여자 이름은 저스틴 엘런드예요! 네드 호소프가 폭행한 여자는 저스틴 엘런드라고요!" 캐럴린은 기자들 무리를 헤치고 나오려고 했다. "저스틴은 어디 있죠, 호소프 씨? 저스틴을 어쨌어요?"

네드가 나를 데리고 집으로 들어가는 사이 머릿속이 빙빙 돌았다. 저스틴은 여전히 실종 상태였다. 그리고 캐럴린이 한 말은 무슨 뜻일까? 내 말을 믿지 않는다니? 휴대전화를 가리켰지만, 내가 돌아와서 보낸 메시지는, 무사히 돌아왔으며 네드 집에 오면 여행 이야기를 들려주겠다고 네드의 전화로 보낸 것뿐이었다. 캐럴린이 믿지 못할 내용은 없었다. 네드가 나인 척 다른 메시지를 보낸 것이 아니라면 말이다.

"저 기자가 누군지 알아내." 네드가 헌터에게 쏘아붙였다. "성폭행에 대해 물은 기자. 저 여자, 벌써 두 번째야. 세 번째는 없어."

그러더니 네드는 나를 놓았고, 나는 위층으로 달려갔다. 집 정면을 향하는 방으로 들어가 캐럴린에게 소리를 지르려고 했다. 하지만 그 방은 여전히 잠겨 있었다. 나는 내 방 창가로 달려갔다. 큰소리로 외치면 캐럴린에게 들릴 수도 있었으니까. 하지만 손잡이를 당기자 창문이 꼼짝도 하지 않았다. 가슴이 두근거렸다. 나는 여기서 무엇을 하는 것일까? 심호흡을 하고 진정했다. 캐럴린이 뭔가 이상하다는 것을 알아차렸으니 나를 구하러 올 것이라고 생각했다.

35. 현재

정적이다. 숨 막히는 오늘은 혼자라는 사실이 더욱 무겁게 느껴진다.

손끝으로 담요를 뜯는다. 말라붙은 음식이 만져진다. 아마 죽일 것이다. 언제 여기서 나가게 될까? 제스로 호소프는 왜 여태 몸값을 지불하지 않을까? 네드에게 화가 났다 해도, 그래도 아들을 구하고 싶지 않을까? 그는 이미 아들 하나를 잃었고, 재단을 보면 사람을 소중히 여기는 사람이다. 그가 나도 여기 있는 것을 알까? 알 것이다. 구출되면 어떨까, 경찰이 쳐들어오고, 고함 소리가 들리고 서치라이트에 눈이 부시면 어떨까 잠시 상상해본다. 너무 실감이 나서 어둠 속에서 눈을 가늘게 뜬다.

창가로 이동한다. 창가에 가면 바깥에 세상이 있다는 사실이 기억나 더 답답해진다. 햇빛이 필요하다. 합판의 왼쪽 면을 쓰다듬으며 합판과 창틀 사이에 숟가락을 끼워 틈을 벌리려고 했던 것을 기억한다. 다른 것을 쓸 수만 있다면.

잠시 생각하다가 화장실로 가서 탐폰 상자의 두꺼운 종이 뚜껑을 찢어 반으로 자르고 다시 반으로 자른다. 종잇조각 네 개를 꼭 쥐고 창가로 가면서 문을 열어도 화장실 전등이 켜져 앞이 보이면 얼마나 좋을까 생각한다.

못을 뽑아내 약해진 자리를 찾아 합판과 창문 사이 아주 작은 틈에 두꺼운 종잇조각을 밀어 넣는다. 종이가 쑥 들어가서 그 위에 또 종이를 밀어 넣는다. 허리를 숙이고 합판에 눈을 바짝 대고 가늘게 뜬다. 아무것도, 아주 옅은 빛도 보이지 않는다. 종이를 한 조각 더 밀어 넣고 한 번 더 본다. 가슴이 뛴다. 바늘 구멍만 한 빛이 보이는 것일까, 아니면 착각일까? 네 번째 종잇조각을 반으로 접어서, 틈을 조금이라도 더 넓이겠다는 각오로 밀어 넣는다. 다시 눈을 가늘게 뜬다. 햇빛이 보인다. 확실하다.

두꺼운 종이를 빼낸 다음 합판 끝을 잡아 그 틈에 손끝을 밀어 넣고 있는 힘껏 당긴다. 아무런 변화가 없는 것 같지만, 다시 한번 확인한다. 확실히 햇빛이 보인다.

엄청난 전율이 느껴진다. 창문에서 합판을 떼어낼 수는 없다. 그것은 나도 인정했다. 하지만 시간의 변화를 눈으로 확인할 수 있다는 것, 낮이 밤이 되는 것을 내가 만든 틈을 통해 볼 수 있다는 사실은 아주 큰 성과로 느껴진다.

나는 다시 한번 살펴보고, 한 줄기 햇빛을 들이마신다. 그리고 납치범이 와서 내가 한 짓을 볼까 봐 두꺼운 종잇조각을 화장실로 가져가 벽장에 넣어둔다.

36. 과거

아래 복도에서 떠들썩한 소리가 들려서 침대에서 벌떡 일어났다. 계단 위로 달려가 난간 너머를 내려다봤다. 제스로 호소프로 보이는 남자가 흠잡을 데 없는 검은 정장에 타이를 매고, 재킷 아래 새하얀 셔츠를 입고서 현관문 바로 앞에 서 있었다. 네드는 양팔을 뻗고 그가 더 들어오는 것을 막고 있었다.

"여기서 뭐 하는 겁니까, 아버지?"

"대체 그건 무슨 짓이냐?" 제스로 호소프가 아들을 밀치고 들어오며 호통쳤다. "기자들을 불러다가 쇼를 해? 뉴스에 다 나왔다. 고소는 취하됐다더니?"

"취하됐어요." 네드가 말했다.

"그런데 기자들이 어떻게 안 거냐?"

"집무실에서 이야기해요, 네?"

나는 그들이 보이지 않을 때까지 기다린 뒤 계단을 달려 내려가 서재 쪽 복도를 살금살금 걸었다. 문을 살며시 닫고 집무실로 연결되는 문으로 조용히 다가갔다.

"아버지, 이건 직업상 겪을 수밖에 없는 위험부담이에요." 네드가 말했다. "계약을 끝내자고 하면 다들 화를 내니까요."

"확실히 말해라. 그 여자가 널 성폭행으로 고소한 게 오로지 복수 때문이라고?"

"그렇다니까요."

"기자들이 그 말을 믿을 것 같으냐?"

"왜 안 믿어요? 경찰에게도 그렇다고 했더니 인정했는데."

"지금은 그렇겠지." 제스로 호소프가 어두운 표정으로 말했다. "그 여자가 마음을 바꿔 다시 고발하면 어쩔 거냐?"

"안 그럴 거예요. 돈으로 입을 막았고, 그 여자는 원래 고향인 프랑스로 돌아갔어요. 거기 있는 여자에게 아무도 힘들여 연락하지 않을 거예요."

"돈을 줬어?" 제스로 호소프가 눈살을 찌푸리는 것을 목소리만 들어도 알 수 있었다.

"네."

"하지만 고소할 일이 없었다면서?"

"없었어요. 없었다고요! 그렇지만 어쩌겠어요, 질질 끄면서 소송을 해요? 아버지가 애지중지하는 재단 이미지는 어쩌고요?"

"그래도 성폭행 소리는 계속 따라다닐 거다." 제스로 호소프가 쏘아붙였다. "결혼하러 가 있는 동안 《메일》 기사는 봤겠지? '네드

호소프: 착한 남자인가 성폭행범인가?' 그자들이 그냥 둘 리 없다. 게다가 이 터무니없는 결혼은 뭐냐? 사랑해서 결혼했다는 소리로 날 모욕하지 마라."

"아버지가 상관하실 일은 아니죠."

"뭐, 결혼 전에 재산 분할 혼전 계약서를 작성할 지각은 있었기를 바란다." 침묵이 흘렀다. "정말 미친 거냐?" 제스로 호소프가 폭발했다. "이혼하면 저 여자에게 얼마를 줘야 하는지 알긴 해?"

"계약은 했어요. 이혼할 경우 저 사람은 5만 파운드만 받을 거예요."

나는 뒤로 휘청한다. 5만이라고?

"글로 써서 동의한 거지?"

"아뇨, 하지만 카를 불러서 작성할 거예요."

"그럼 쟤가 서명할 것 같으냐?"

"네."

제스로 호소프는 코웃음을 쳤다. "그럼 넌 내 생각보다도 멍청하구나." 의자가 뒤로 밀리는 소리가 들렸다. "가야겠다." 그리고 잠시 침묵이 흘렀다. "기억해라, 네드. 재단에 해가 되는 기미가 조금이라도 있으면, 난 너와 공식적으로 절연할 거다."

37. 현재

깊이 잠들었던 나는 남자의 손이 어깨에 닿고, 복면이 머리 위로 씌워지고, 내 손이 등 뒤로 묶이는 것도 미처 모르다가 방에서 밀려나간다.

지하 계단을 내려가는 데 집중력이 필요하기 때문에 정신을 차리고 현실을 깨닫는다. 한밤중인가? 어째서 남자가 한밤중에 온 걸까? 네드와 내가 3주 전 지나온 문, 밖에서 지하실로 연결되는 문이 떠오르자 심장이 뛴다. 거기, 바깥으로 나가는 걸까? 그들의 인내심이 바닥난 것일까? 무릎을 꿇고 총에 맞는 상상을 하자 머릿속이 빙빙 돈다. 휘청거리고, 발을 헛디디고, 계단에서 넘어질 뻔한다. 하지만 남자의 손이 나를 붙든다. 어깨에 느껴지는 단단하지만 부드러운 압력에 이상하게도 마음이 놓인다.

문이 열리는 소리가 들리고 안으로 들어가 평소의 절차가 이어지자 안도감이 밀려든다. 의자에 묶이고, 복면이 벗겨지고, 눈이 가려진다.

"네드가 당신을 죽이라는데." 누군가, 다른 남자의 목소리가 말한다. 이번에는 등 뒤가 아니라 정면이다.

"내 시체를 보낸다고 제스로 호소프가 몸값을 지불할 거라 생각한다면, 착각이에요." 강한 목소리로 말하지만 손은 떨린다.

"왜지?"

"난 그 사람에게 아무도 아니니까. 차라리 네드의 신체 일부를 잘라서 우편으로 보내요. 하지만 누구도 구하고 싶어 하지 않는 모양이니 시간 낭비일 수도 있어요."

오른쪽에서 웅얼거리는 소리가 들린다. 네드도 여기 있다. 입에 재갈을 물린 것이다.

뭔가 뜯어지는 소리가 들린다. 테이프다.

"네드, 당신 생각은 어때?" 다른 남자가 묻는다.

"저 여자를 죽여." 네드가 으르렁거린다. 웅얼거리는 소리지만 증오심은 여전히 또렷하게 드러난다. 복면을 쓰고 있는 모양이다. 그의 냄새가 풍기지만, 더 희미하다. 이번에는 네드를 내게서 더 멀리 떼어놓았다.

"왜 나를 죽이라고 하는지 알아요?" 내가 말한다. "자기가 죽이는 수고를 덜기 위해서죠. 저자에 대해서, 저자가 한 짓을 알고 있어요. 저자는 그 일로 교도소에서 아주 오래 썩을 거예요. 날 놓아주면 알려주겠—," 테이프가 붙어 입이 막힌다. 고개를 돌리지만 소용없다.

"이 여자, 뭔가 아는 것 같은데, 네드." 다른 남자가 말한다. "그러니까, 우리가 이 여자 시체를 보내면 당신 아버지가 왜 몸값을 내겠어?"

"다음에는 내가 죽을까 봐 걱정할 테니까."

"하지만 당신 가족이 당신을 되찾고 싶어 하지 않는다는 여자 말에도 일리가 있어. 이제 3주째야. 당신 아버지는 위험한 장난을 치고 있어. 더 오래 버틸수록 더 많이 내야 한다는 걸 잘 알면서. 그런데도 서두르지 않아. 어서 찾으려고 하지 않지." 말이 잠시 중단된다. "당신 어머니가 어제 뭘 했는지 아나, 네드? 테니스를 쳤어. 테니스를 친 것뿐 아니라, 시합에서 이겼어. 증명할 사진도 있지. 그게 아들이 실종된 사람의 행동처럼 느껴지나? 당신 아버지가 납치됐다는 사실을 말 안 했거나, 어머니도 그다지 신경 쓰지 않는 거야. 어느 쪽 같나?"

네드가 불쌍해지려고 한다.

네드가 대답하지 않자 남자가 이어서 말한다.

"물어볼 게 있다, 네드. 혹시 가족을 열받게 한 짓이 있나? 그래서 당신을 열심히 찾지 않는 건가?"

"너희 말을 진지하게 받아들이지 않는 것뿐이다." 네드가 말한다. "그러니까 저 여자를 죽여야 해. 너희가 가차 없다는 걸 알아야지."

"그 말이 맞을지도 모르겠군."

"그렇다니까."

"그럼, 이 여자를 죽여도 상관없나?"

네드가 냉혹하게 웃는다. "얼마든지."

"좋아."

무시무시하게도 권총 공이 당기는 소리가 들린다. 온몸에 당혹감이 내달린다. 이렇게 죽고 싶지 않다. 의자에 묶인 채 이렇게 죽을 수 없다. 나는 몸을 묶은 밧줄을 당기고 입을 막은 테이프를 뚫고 소리치려 하지만 꼼짝할 수 없다. 그때 어마어마한 탕 소리가 귀를 무섭게 울리고, 무시무시한 적막이 이어진다. 나는 내가 총에 맞았다고 생각한다. 아픔이 느껴지기를 기다린다. 하지만 느껴지지 않는다. 한 손이 내 입을 막아 더욱 조용히 시킨 뒤 움직이지 못하도록 머리를 뒤로 당길 뿐이다. 네드를 쏜 건가?

"젠장." 네드의 목소리가 들린다. "정말로 한 건가?"

"그러라고 했잖아."

"죽었어?"

"그렇겠지. 머리에 총알이 박히면 보통은 치명상이니." 짧은 침묵 뒤, 말을 이었다.

"피가 여기저기 흐르기 전에 치워. 제스로 호소프의 집 앞에 버리도록 해. 가까이 갈 수 없다면 담장 위로 시체를 던지고. 곧 발견되겠지."

나를 의자에 묶어둔 밧줄이 잘리자 충격이 실감 나고, 온몸에 힘이 빠진 나는 마치 시체처럼, 어깨를 잡아끄는 손에 발을 질질 끌며 그 방에서 끌려 나간다. 바깥 복도로 나간 뒤, 문이 쾅 닫힌다. 바닥에서 몸이 들리고, 나는 남자에게 안긴 채 계단을 오른다. 남자는 나를 안아 들어 발이 벽에 부딪히지 않도록 한다.

방에 들어간 뒤 남자는 나를 매트리스에 내려두고 재빨리 입에서 테이프를 뗀다. 충격으로 과호흡이 시작된다. 온몸을 동그랗게 말고 가슴의 통증을 차단하려고 하지만 남자는 나를 일으켜 세워 벽에 기대게 한다. 다급하게 폐에 공기를 밀어 넣으려고 밭은 숨을 몰아쉬는 동안 눈물이 흐른다. 하지만 숨이 쉬어지지 않는다. 머리가 빙빙 돈다. 나는 죽을 것이다.

그리고 무엇인가가 내 공포를 꿰뚫는다. 깊고 느린 그의 호흡이 귓가에 너무 가까워 따뜻한 숨결이 느껴진다. 나는 그 호흡에 맞추어, 숨을 길게 들이쉬고 길게 내쉰다. 시간이 좀 걸리지만 결국 해낸다. 호흡도 안정되고 가슴의 통증이 가라앉는다. 온몸이 떨린다. 목구멍으로 구토가 치민다. 꾹 눌러 삼키고 계속, 서서히 침착하게 숨을 쉰다.

"고마워요." 다시 말할 수 있게 되자 내가 속삭인다.

남자는 내 입에 손가락을 대며 조용히 하라고 신호한다. 어깨에 뭔가 닿는다. 담요다. 그리고 남자는 나간다.

38. 과거

나는 참나무 밑 그늘에 앉아 등을 기댔다. 숨 막히는 더위와 필사적인 달리기에 온몸이 녹초가 됐다. 그날 아침에는 저택 주위를 돌아다니며 태연한 척, 그곳에서 빠져나갈 방법을 죽기 살기로 찾았다. 저택은 사방으로 약 4미터 높이 벽에 에워싸여 있었다. 출구는 앞쪽 대문뿐이었는데, 현관문처럼 전자장치로 작동했다. 당분간 그 저택에 갇힌 신세라는 사실을 인정하기 어려운 나머지 나는 점점 더 당혹스러웠다.

전날 밤 저녁 식사 중, 나가도 되는지 다시 묻자 네드는 짜증을 냈다.

"기자들이 아직도 얼쩡거리고 있어." 네드가 말했다. "밖에 나가면 그들이 몰려들 거야. 나는 기자들 다루는 데 익숙해. 뭐라고 해야 할지, 정보를 얼마나 줄지 알고 있어. 하지만 당신 혼자서는 기자들을 감당하기에 벅찰 거야." 네드는 잠시 멈췄다가 말했다. "아멜리, 당신을 보호하는 거야. 당신이 해서는 안 될 말을 하는 걸 바라지 않아."

혹은 그가 이야기한 내용이 실제와 다르다고 말하는 것을 바라지 않겠지.

"하지만 친구들을 꼭 보고 싶어요."

"볼 수 있어. 3주 뒤에."

"캐럴린이 보낸 메시지는 없나요?"

네드는 냅킨으로 입을 닦았다. "메시지가 있으면 알려줬겠지." 그는 테이블을 가로질러 내게 다가왔다. "자, 별거 발표를 하기 전까지만 집에서 나가지 말라는 거야. 그다음에는 마음대로 나가서 집으로 돌아가 세상 사람들에게 실수였다고 말하라고."

"제 컴퓨터는요? 도착했나요? 이틀 전에 주문해준다고 했잖아요."

"헌터에게 알아보라고 하지." 네드의 눈빛이 단호해졌다. "아멜리, 당신 의지로 이 계약을 했다는 사실을 주지시키지 않아도 되면 좋겠군."

네드의 말이 옳았다. 돈을 생각하니 부끄러워 얼굴이 뜨거워졌다. 그 돈을 받으면 호소프 일가와 아무 상관 없는 자선단체에 기부하리라 마음먹었다.

나는 썼던 챙 모자를 집어 들어 부채질했다. 그날은 바람 한 점 없었다. 강한 햇빛에 새들조차 기운이 빠진 듯 조용했다. 정원의 여러 가지 장식에서 부드럽게 졸졸 흐르는 물소리가 반가웠다. 네드가 저스틴을 폭행한 일만 아니었다면, 나는 아마 이 아름다운 집에서 즐겁게 한 달을 기다렸을 것이다. 하지만 끔찍한 현실은 차치하고라도, 내가 그토록 쉽게 해버린 결혼이 늘 나를 따라다닐 것이라는 실감이 들었다. 미처 생각하지 못한 일이었다. 내가 스무 살에 결혼했다가 이혼했다는 사실이 내 과거에 항상 포함되리라는 것은.

네드에게 저스틴 폭행에 관해 여전히 아무 말도 못 한 것이 부끄러웠다. 마치 공모자가 된 느낌이었다. 하지만 네드를, 그가 한 거짓말을 믿지 않았다. 저스틴은 네드의 말처럼 오펠리 테시어를 인터뷰하러 간 것이 아니었다. 저스틴은 프랑스에 있었지만, 소송 취하의 대가로 네드가 돈을 줬기 때문에 떠난 것이었다. 그것이 사실이라면 저스틴이 캐럴린의 전화를 받지 않는 것도 이해할 수 있었다. 네드에게 입막음 값을 받았다는 사실이 너무 창피했을 것이다.

나는 지푸라기 같은 풀 위에서 불편하게 몸을 움직였다. 돈을 받고 고소를 취하했다고 저스틴을 비난할 수 없었다. 저스틴도 나처럼 10만 파운드를 제안받은 것인지 궁금했다. 네드가 아버지와 대화하며 우리의 합의금이 5만 파운드라고 거짓말한 것이 기억났다. **어디한번 잘해봐, 네드.** 나는 단호하게 마음먹었다. 만약 그가 나와 약속한 10만 파운드를 주지 않을 생각이라면…… 아버지 덕분에 내게도 계획이 있었으니까.

39. 현재

당혹감과 피로로 눈물이 흐른다. 지하실에서 있었던 일을 납득해보려고 노력했지만, 그럴 수가 없다.

머릿속으로 거기서 있었던 일을 되새기니 총성이 귀에서 쟁쟁 울린다. 그래도 여전히 이해할 수 없다. 어째서 그들은 나를 죽이는 척한 걸까? 네드가 내가 죽었다고 생각하게 만든 이유는 무엇일까?

내가 죽은 줄 알고서도 네드가 신경 쓰지 않을 것을 떠올리자 눈물이 더욱 빠르게 흐른다. 자기 피해를 줄이기 위한 아내, 내 존재 가치는 그것이었다. 그래도 몇 주 동안 아내였는데 총에 맞아도 안 타까워하지 않았다. 납치범을 비난하지도 않았고, 죽었냐는 질문뿐 이었다.

그다음에 말다툼이 있었다. 어딘가 주방 같은 곳에서 고함 소리 가 들렸다. 하나는 다른 납치범 목소리였고, 또 다른 목소리는 더 낮은 소리였다. 보통 내 방에 오는 남자의 음성일까? 내게 조용히 하라고 입술에 손가락을 댄 남자는 누구였을까? 나는 눈을 감고 잠든다.

눈을 뜨자 그가 방에 있다.

"이해가 안 돼요." 내가 속삭인다. "아래서 있었던 일을 설명해 줄 수 있어요? 왜 나를 쏜 척했는지?"

하지만 언제나 그렇듯이 그는 대답하지 않는다. 비명을 지를 수 있다면, 질렀을 것이다. 그가 방을 나설 때 다시 쟁반을 던지고 싶어 손가락이 근질거린다.

그때, 그 생각이 든다. 내게 이 무기가 늘 있었다는 사실이. 왜 전에는 생각하지 못한 것일까? 나는 그 상황을 머릿속으로 돌려본다. 남자가 바닥에 쟁반을 놓으려고 허리를 숙이면 나는 남자를 향해 죽그릇을 던진다. 남자가 무슨 일인가 당황할 때 쟁반을 들어 머리를 내리친다. 그리고 전과 같은 시나리오다. 방에서 나가, 문을 잠그되, 이번에는 복도를 따라 살금살금 걷는 대신 달린다. 이제는 길을 안다. 발에 걸릴 것이 없다. 복도 끝의 문을 통과하면 주방 아래 불빛이 보일 것이다. 그 문은 잠겨 있지 않다. 창문이 있고 주방에 그 창문을 부숴 열 도구도 있다. 그리고 주방에는 호신에 쓸 칼도 있을 것이다.

납치범이 내게 친절하게 대했더라도 필요하면 그를 해칠 것이다. 내 목숨을 구해준 척하지만 실은 아무 변화가 없는 그에게 화가 난다. 그는 여전히 나를 이 방에, 어둠 속에 가두고 있다. 그리고 제스로 호소프가 돈을 낸 뒤, 납치범이 내가 시키는 대로 하지 않고 네드와 함께 풀어주면 나는 안전하지 못할 것이다. 네드가 나를 잡으려 들 것이고, 나를 찾아내면 죽일 테니까.

40. 과거

식탁 건너편에서 나를 보는 네드의 시선이 느껴졌다.

"무슨 일 있나?" 네드가 물었다.

"저스틴이 오펠리 테시어와 인터뷰한 것은 어떻게 됐는지 궁금했어요." 내가 말했다. "라스베이거스로 떠나던 날, 저스틴이 인터뷰하러 파리로 간다고 했잖아요."

네드는 평소처럼 냅킨으로 입술을 문지르며 시간을 벌었다. 계속해서 거짓말을 할까, 아니면 사실대로 말할까?

"미안하지만 솔직하게 말하지 않았어." 네드가 인정했다. "하지만 좋은 뜻으로 그렇게 한 거야. 당신이 저스틴을 얼마나 좋아하는지 아니까 내보냈다는 말로 속상하게 하고 싶지 않았어."

"내보내요? 해고했다는 말인가요?"

"음, 그렇게 됐어."

"왜죠?"

"저스틴이 탐탁지 않은 일을 했어. 잡지의 평판에 해가 될 일을."

"탐탁지 않아요? 그게 뭐죠?" 나는 믿는 척해야 했다. 내 자유가 그의 손에 달렸으니까. "저스틴을 아는데, 잡지에 해가 될 일을 하는 것이 상상이 안 되어서 그래요. 술에 취하거나, 약을 하는 것도 아니고……."

네드의 눈이 반짝였다. "바로 그거야." 네드가 말했다. "저스틴이 마약을 하는 것을 알게 됐어. 그리고 당신도 알다시피, 우리 잡지사에는 마약 절대 금지 정책이 있어. 형에게 있었던 일 때문이지. 내겐 선택지가 없었어. 내보낼 수밖에."

갑자기 속이 메슥거렸다. 아버지와 이야기할 때 네드는 저스틴과 계약을 종료한 이유를 말하지 않았고, 제스로 호소프도 묻지 않았다. 그 자리에서 질문을 받았다면 네드가 무슨 핑계를 댔을지 알 수 없었지만, 내가 완벽한 해고 사유를 제공한 셈이었다.

"못 믿겠어요." 내가 큰 소리로 말했다. "저스틴은 제가 알아요. 약에는 손도 대지 않을 사람이에요."

네드는 의자를 뒤로 밀었다. "음, 아멜리. 당신이 배울 교훈이 그거야. 우리는 생각만큼 사람을 잘 알지 못한다는 것이지."

"걱정하지 말아요. 그건 이미 배웠으니까." 그가 방에서 나갈 때 나는 나직이 중얼거렸다.

두꺼운 종잇조각을 들고 창가로 가서 창틀과 합판 사이 틈에 그것을 끼운다. 허리를 숙이고 틈새를 들여다보지만, 희미한 빛이 없다. 무슨 영문일까 하며 바로 선다. 죽을 받은 지 얼마 안 됐으니 가느다란 빛이 보여야 한다. 손가락을 틈에 밀어 넣고 전처럼 조금 더 넓힌다. 그래도 햇빛이 보이지 않는다. 지난번은 내가 착각한 것일까?

아래층에서 대화하는 소리가 들려온다. 나는 구석으로 가서 벽에 붙인 매트리스를 밀어낸다.

"소식이 있어, 네드." 납치범이 말한다. "네 마누라 시체를 아버지 집 문 앞에 버리니 원하던 효과가 있는 모양이야. 대화를 하자는군."

"그 여자를 더 일찍 죽였어야지." 네드가 말한다.

"그러게. 하지만 그랬다면 그렇게 큰 몸값은 못 받았겠지."

"무슨 소리야?"

"우리가 처음에 얼마를 불렀는지 아나?"

"몰라."

"맞혀보지."

"글쎄…… 백만?"

"우리는 1파운드를 요구했다, 네드. 당신을 돌려보내는 데 1파운드. 그런데 말이야, 당신 아버지는 거절했어. 상상해봐."

나는 1파운드라는 말에 눈살을 찌푸렸다. 어째서 1파운드만 요구한 것일까?

네드도 같은 생각이었다.

"나더러 그걸 믿으라고?" 네드가 비아냥거렸다. "1파운드를 달라는데 아버지가 거절했다는 걸?"

"사실이다. 1파운드를 내지 않으면, 다음 날은 두 배인 2파운드가 되고, 계속해서 몸값을 내지 않는 날마다 두 배씩 늘어날 거라고 하니 당신 아버지가 어땠는지 아나? 웃었다."

심장이 거의 멎는다.

"뭐?" 네드가 목소리를 높인다. "너희들 뭐야? 그년이 뭐라고 한 거야?"

그의 목소리에 담긴 분노에 나는 흠칫한다. 머릿속에 네드의 질문이 메아리치며 빙빙 돈다. 저들은 누구일까?

"그래, 당신 아버지는 처음에 우리를 진지하게 받아들이지 않았어." 남자는 네드의 고함 소리를 무시하고 계속 말한다. "당신이 여기 이미 23일이나 있었다는 사실을 생각하면. 그 결과 거액을 내게 되었지."

"아버지가 몇천 파운드를 못 낼 것 같나?" 네드는 허세를 부리고 있다.

"계산을 제대로 해야지, 네드. 23일이야. 몇천 파운드보다는 훨씬 더 큰 액수일걸."

아래에서 문이 쾅 닫히고 네드가 욕하는 소리가 들린다. 나는 너무 놀라 꼼짝 못 한다. 어떻게 이런 일이 있을까? 그들이 네드와 나의 결혼 후 합의에 대해 알 리 없다. 우연이 분명하다.

42. 과거

네드가 나를 집무실로 불렀다. 타이를 맨 단정한 정장에 반짝이는 구두를 신고 검은 테 안경을 쓴 남자가 옆에 검은 가방을 놓고 있었다. 네드의 맞은편에 앉은 그는 너무 많은 공간을 차지할까 봐 걱정된다는 듯, 책상 끄트머리에 아슬아슬하게 노트북 컴퓨터를 올려두고 있었다.

"여보, 아버지의 자문 변호사 폴 카 씨야. 당신이 서명할 서류를 가져왔어."

속임수를 써야 한다는 경고, **여보**란 말에 나는 이를 악물었다.

"뭐죠?" 내가 물었다.

"결혼 후 합의서." 네드가 설명했다. "혹시 이혼할 경우에 대비해서."

나는 폴 카의 옆자리에 앉아서 네드가 내민 서류를 받았다. 네드와 나는 2019년 8월 1일, 라스베이거스에서 결혼했다고 적혀 있었고, 조건은 간단했다. 우리가 헤어지면 나는 5만 파운드를 받게 되어 있었다.

5만 파운드. 나는 분한 얼굴을 네드가 보지 못하게 서류 위로 고개를 숙였다. 어떻게 감히? 하지만 나는 이미 준비하고 있었다. 그가 어떤 짓을 할지 정확히 알았으니까.

나는 고개를 들었다. "미안해요, 여보. 여기 서명할 순 없어요."

"무슨 말이지?"

"5만 파운드가 적절하지 않다고 생각하니까요."

짜증이 난 네드의 얼굴이 굳었다. "얼마를 원하는데?"

"백만 파운드요."

네드의 입이 딱 벌어졌다. "백만이라고! 농담이겠지?"

나는 억지웃음을 지었다. "네, 사실 농담이에요. 우리가 헤어진다 해도, 당신 돈은 받고 싶지 않아요."

다시 찌푸린 얼굴. "뭔가는 받아야지."

나는 그가 그렇게 말할 줄 알았다. 결국 네드는 내가 돈 때문에 결혼에 동의했으며 자신이 속여서 한 결혼이 아님을 증명해야 했다.

"왜죠?" 내가 아무것도 모르는 척 물었다.

"계약서를 써야 하니까. 라스베이거스에서 돌아오면 당신이 서명할 서류를 작성하기로 했잖아. 헤어질 경우 위자료에 대해서."

나는 그의 눈을 똑바로 봤다. "하지만 5만 파운드로 기억하지 않는데요."

"그렇게 합의했어." 네드는 내게 반박하려면 하라는 듯 말했다.

나는 그와 조금 더 눈을 마주친 뒤 졌다는 듯 눈을 내리깔았다.

"좋아요, 그럼. 뭔가 받아야 한다면, 1파운드만 받을게요."

네드가 빤히 쳐다봤다. "1파운드?"

"네, 1파운드를 헤어지기 전까지 날마다 두 배씩 늘려줘요."

"두 배? 무슨 소리야."

"간단해요." 내가 설명했다. "첫날 1파운드. 다음 날 1파운드가 두 배가 되어 2파운드. 3일째는 2파운드가 4파운드, 4일째는 8파운드, 5일째는 16파운드, 6일째인 오늘은 32파운드……."

"셈은 나도 해." 네드가 말했다. 그는 재미있다는 표정으로 나를 봤다. "정말로 그걸 원하는 건가?"

"네."

내 옆에서 폴 카가 눈살을 찌푸렸다. "하지만 한동안 결혼을 유지하시면, 상당한 액수가……."

"한 달이요." 내가 재빨리 말했다. "결혼 후 처음 한 달 동안만 계산하면 돼요."

네드는 알겠다는 듯 고개를 살짝 끄덕였다. 한 달은 우리가 헤어지기 전 결혼을 유지하기로 합의했던 기간이었다. 그러나 폴 카는 한쪽 눈썹을 치켜올렸다.

"한 달이요? 그럼, 30일에 중단한다는 말입니까?"

나는 이 제안에 영감을 준 아버지를 떠올렸다. 두 배를 곱하면 어떤 결과가 나올지 몰라도 아버지가 웃으며 내가 하루를 더 청한 것이 똑똑하다고 했던 기억이 났다. 아마 그것이 핵심일 것 같았다.

"31일이요." 내가 말했다. 네드를 빤히 보며 말했다. "따지고 보면, 31일인 달도 있잖아요."

네드는 다시 알겠다는 듯 고개를 끄덕였다. 8월은 31일까지 있었고, 우리는 1일에 결혼했다.

"좋아." 네드가 말했다. "당신이 원하는 게 정말 그거라면."

"네."

폴 카는 의자에서 자세를 고쳤다. "잠시 계산을 해보는 편이 신중할 것 같은데……."

"시간 없는데." 네드가 초조한 말투로 말했다. "그냥 그렇게 하지."

"사실……."

"그냥 해." 네드가 외쳤다.

5분 뒤, 네드의 책상 옆 프린터에서 수정된 서류가 두 장씩 나왔다. 네드는 서류 한 부를 훑어보더니 두 부 모두 서명하고 내게 넘겼다. 나는 찬찬히 읽으며 내용을 확인했다.

'네드 제스로 호소프와 아멜리 모드 러몬트가 헤어지는 경우, 아멜리 모드 러몬트는 다음과 같이 계산한 총액을 받게 된다. 결혼 첫날에 1파운드, 2일째에 두 배인 2파운드, 31일간 결혼을 유지한 날수에 따라 이처럼 두 배씩 곱한 액수를 산정한다.'

나는 내용을 다시 읽었다. 내 가운데 이름이 모드라는 것은 어떻게 알았을까? 그리고 공항에서 마지막으로 사용한 내 여권이 변호사 앞 책상 위에 놓여 있었다. 나는 서류 두 장에 서명했고, 폴 카가 서명을 확인한 뒤 자신의 서명을 더해 한 장을 네드에게 건넸다.

나는 네드에게서 눈을 떼지 않고 책상 위로 손을 뻗어 여권을 집어 들었다. 하지만 아버지 변호사가 있어서인지, 그는 나를 막지 않았다. "이제 가봐도 돼." 네드가 말했다. 나는 집무실에서 나오며 등에 꽂히는 그의 시선을 느꼈다.

43. 현재

나는 두 배씩 셈을 하며 방을 서성인다. 제스로 호소프가 내일, 납치 24일째 몸값을 지불한다면 납치범들에게 얼마를 지불해야 할지 알아야 한다.

처음에는 쉽다. 일-이-사-팔-십육-삼십이-육십사-백이십팔-이백오십육-오백십이-천이십사-이천사십팔-사천구십육-팔천백구십이-만 육천삼백팔십사-삼만 이천칠백육십팔.

손가락을 꼽아가며 날짜를 세었는데, 한 달의 절반을 지난 16일에 다다르자 31일에 백만 파운드가 될지 알 수 없다. 하지만 아버지를 생각하면 계산해봐야 한다.

계속 셈을 한다. 17일에 육만 오천오백삼십육. 18일에 십삼만 천칠십이. 이십육만 이천……. 갑자기 나머지 숫자가 기억나지 않는다. 펜과 종이가 없으니 암산하기가 어렵다.

펜은 없을지 몰라도, 못은 있다. 화장실로 가서 처음부터 두 배 곱하기를 다시 시작한다. 18일에 다다른 뒤, 십삼만 천칠십이를 기억하며 문 뒤에 19를 긁는다. 그리고 마음속으로 기억한 숫자에 두 배를 해서 262,144를 19 옆에 긁는다.

계속한다. 19 아래 20을 긁고 그 옆에 524,288을 긁는다. 그 수의 두 배를 하려다가 이미 50만에 다다랐음을 깨닫는다.

변기에 앉아 문을 바라보며 눈살을 찌푸린다. 실수한 것이 분명하다. 다음 날, 21일이 되면 총액은 이미 백만을 넘긴다. 나는 1일부터 다시 계산해보고, 역시 같은 액수에 다다른다. 흥분해서 전율이 느껴진다. 계산을 계속한다.

21 - 1,048,576

22 - 2,097,152

23 - 4,194,304

24 - 8,388,608

나는 뒤로 물러서서 방금 문 뒤에 긁은 숫자를 믿을 수 없는 심정으로 바라본다. 제스로 호소프가 내일, 납치 24일째에 몸값을 지불한다면 납치범들에게 8백만 파운드가 넘는 돈을 내놓아야 할 것이다.

못으로 숫자를 긁어 적느라 손가락이 얼얼하지만, 나는 계속한다. 전등이 두 번 꺼지고, 나는 다시 또다시 켠다.

25 - 16,777,216

26 - 33,554,432

27 - 67,108,864

28 - 134,217,728
29 - 268,435,456
30 - 536,870,912

마지막 계산을 하는데 온몸이 떨린다.

31 - 1,073,741,824

숨이 막힌다. 31일째가 되면 10억 파운드가 넘는다.

44. 과거

거실에 앉아서 책을 읽는데 네드의 차 소리가 들렸다. 소파에서 벌떡 일어나 창가로 달려가 보니 그가 헌터 옆자리에 앉아 있었다.

라스베이거스에서 돌아온 이후 네드가 집을 나간 것은 처음이었다. 나는 그 기회를 놓치지 않고 정원으로 달려 나가 집 옆으로 돌아갔다. 자동차 출입로에 닿자 맨발이 따가웠다. 하지만 대문은 이미 닫힌 뒤였다. 나는 대문으로 달려가 매끄러운 철문을 기어오를 방법을 찾으려고 했다. 하지만 발을 디딜 수 없었다.

"캐럴린!" 내가 외쳤다.

대답이 없었다. 네드는 기자들이 밖에 진을 치고 있다고 했지만, 아무도 없는 것 같았다. 그것 역시 그의 거짓말이었다.

나는 다시 시도했다. "도와주세요! 거기 누구 없어요?"

하지만 여전히 아무 소리도 들리지 않았다. 나는 다시, 또다시 외치며 벽 이곳저곳을 옮겨 다녔지만, 아무도 없었다. 풀이 죽어 집으로 돌아갔다.

날마다 계단 위에 앉아서 현관에서 캐럴린이 내 이름을 부르고 나를 만나게 해달라고 외치기를 바랐다. 아마 캐럴린이 그렇게 해도 헌터가 대문을 열어주지 않았을 것이다. 그리고 헌터도 문제였다. 내가 그곳에서 지낸 여드레 동안 헌터는 나를 보러 한 번도 오지 않았다. 그에게 모든 것을 설명하지 못해서 가슴이 아팠다. 물론 내가 네드와 행복한 결혼 생활을 한다고 믿는다면, 헌터가 나를 찾아올 리 없었다.

캐럴린이 나를 포기하지 않을 것이라고 나 스스로를 위로했다. 캐럴린이 찾아왔다가 돌려보내졌다면, 이미 알고 있는 사실로 미루어 뭔가 이상하다는 사실을 확인했을 것이다. 캐럴린은 돌아올 것이고 다음번에는 대니얼이나 경찰과 함께 올 것이라고 생각했다.

거실로 돌아가려다가 네드의 서재에서 책을 빌리기로 했다. 책을 빌려도 되는지 물어본 적은 없었다. 서재가 있다는 사실을 알면 안 되었으니까. 서재로 들어가 책장을 살피기 시작했다. 우주에 관한 책, 예술에 관한 책, 세계사에 관한 책이 있었다.

목재 사다리를 밀고 돌아다니며 책장 높은 곳의 책을 꺼내려는데, 차가 들어서는 소리가 들렸다. 창가로 달려갔다. 그들이 이미 돌아왔다. 당황했다. 네드가 그곳에 있는 나를 보기 전에 빠져나가 방으로 돌아가야 했다. 하지만 미처 움직이기 전, 대문이 닫히기 직전에 누군가가 아슬아슬하게 들어오는 것이 보였다. 누군지 바로 알았다. 리나였다. 가슴이 뛰었다. 캐럴린이 리나라면 네드에게 더 영향을 줄 수 있을 줄 알고 보낸 것일까?

차가 현관 앞에서 멈췄다. 헌터가 차에서 뛰어내려 네드 쪽 문을 열더니 그가 내리기를 기다리지 않고 리나를 향해 달려갔다. 리나가 차에서 내리는 네드에게 뭐라고 외쳤고, 헌터가 리나의 팔을 잡아 더 다가가지 못하게 막았다.

네드는 리나에게 눈길도 주지 않고, 고함치는 소리를 완전히 무시하며 집으로 걸어왔다. 내가 지켜보는 동안 리나는 헌터의 손을 뿌리치고 네드를 따라 달렸다. 리나의 상징인 붉은 토트백을 가슴에 끌어안고, 회색 자갈길을 붉은 하이힐 샌들로 밟으면서.

리나가 현관에 닿는 순간 헌터가 따라잡았다. 헌터는 다급하게 뭐라고 하면서 리나를 밖으로 안내하려고 했다. 하지만 리나가 크게 외쳤다.

"들어가게 해줘요, 헌터. 저 사람이랑 이야기해야 해요!" 헌터와 달리 리나의 목소리는 열린 현관문을 통해 복도를 따라 서재에 닿았다.

"괜찮아, 헌터. 들어오라고 해!" 네드가 외치는 소리가 들렸다.

리나와 헌터 사이 실랑이를 지켜보느라 서재에서 나가야 한다는 사실을 잊고 있었다. 하지만 너무 늦어버렸다. 네드가 이미 복도로 오고 있었다. 문이 열렸다. 그가 들여다보면 내가 보일 참이었다.

나는 달려가 문 뒤에 숨었다. 리나의 하이힐이 현관의 대리석 바닥을 또각거리는 동안 심장이 터질 듯 두근거렸다. 경첩 틈새로 네드가 서재로 다가오는 것이 보였다.

"이봐요!" 리나가 불렀다. "이야기 좀 해요!"

네드는 내게서 단 30센티미터 떨어진 곳에서 걸음을 멈추고 천천히 돌아서서 리나가 다가오기를 기다렸다. 내가 숨은 곳에서 너무나 가까워 분노로 붉어진 얼굴이 다 보였다.

리나는 네드 바로 앞에 서더니 허리에 손을 얹고 눈을 부라렸다.

"저스틴은 어디 있죠?" 리나가 따졌다.

그 질문에 나는 깜짝 놀랐다. 나를 찾으러 온 것이 아니라, 저스틴을 찾으러 온 것이었다. 수치심이 밀려들었다. 리나는 내가 네드를 사랑해서 결혼했고, 그와 몰래 사귀면서 모두에게 거짓말했다고 정말 믿는 것일까?

"못 들었나?" 네드는 분노를 감추고 능글맞게 말했다. "프랑스로 돌아갔는데."

리나의 눈이 번득였다. "그 말은 안 믿어요. 저스틴은 작별 인사도 없이 떠날 사람이 아니에요."

네드가 어깨를 으쓱였다. "그렇게 떠난 것 같은데."

"아니." 리나는 완강했다. "저스틴은 여기 영국에 사는 사람이에요. 지금 어디 있죠?"

"내가 왜 계약을 종료했는지 저스틴이 창피해서 말 안 한 모양이군."

"저스틴을 왜 해고해요? 최고의 인터뷰를 따냈다고 직접 말해놓고. 저스틴의 작업을 좋아했잖아요."

"그랬지. 마약을 하는 걸 알기 전까지는."

"마약이라고요? 저스틴이?" 리나가 웃었다. "미쳤어요?"

네드의 표정이 어두워졌다. "지금 누구한테 말하는지 잊었나?"

"입만 열면 거짓말인 사람과 말하고 있지."

제발 조심해요, 리나. 나는 소리 없이 애원했다. 하지만 리나는 눈을 가늘게 떴다.

"당신이 한 짓을 알고 있어요. 캐럴린이 말했죠. 저스틴의 아파트에 계약 이야기를 하자며 찾아가서 성폭행을 했죠. 저스틴이 당신을 고소한 것도 알아요. 그럼, 내가 어떻게 할 것 같아요? 경찰서에 가서 저스틴이 당신을 고소한 이후로 사라졌고, 전화를 하면 연결이 안 된다고 신고할 거예요. 당신이 저스틴이 프랑스에 있다고 하는데, 그곳에 정말 도착했는지 출입국 기록을 확인해달라고 할 거예요. 당신이 저스틴을 얼마나 끈질기게 괴롭혔는지 진술하고, 저스틴이 내게 당신의 지속적인 괴롭힘에 시달리는 심정을 토로하며 보낸 수많은 메시지를 보여줄 거예요. 그리고 경찰에 간 김에 당신의 회계사가 당신이 성폭행한 젊은 여성들에게 비밀 합의금을 지불한 것도 알릴 거예요. 당신이 지불한 합의금 내역의 사본도 확보했어요. 당신이 협박해서 돈을 받은 거라고 그 여성들이 증언하는 녹음 파일도 있고—."

너무나 빠르게 벌어진 일이었다. 네드는 리나의 팔을 잡아 벽으로 밀치더니 한 손으로 꼼짝 못 하게 붙잡고 다른 손으로 입을 막았다. 리나는 눈이 휘둥그레져서 머리를 비틀면서 저항하고 몸을 빼내려고 버둥거렸다. 리나는 네드의 팔을 잡아 입에서 손을 떼어내려고 했지만, 붉은 토트백이 어깨에서 팔꿈치로 흘러내리며 팔을 아래로 내려뜨렸다. 리나는 발길질을 했으나 네드는 입을 막은 손을 더 세게 눌렀고, 리나는 숨을 쉬려고 콧구멍을 벌름거렸다. 나는 움직이려고 했지만 도저히 믿을 수 없고 믿고 싶지 않아 온몸이 마비되었다. 지금 네드가 하는 짓은 현실이 아닌 것 같았다. 그가 어째서 리나의 코를 손가락으로 쥐고 다른 손으로는 입을 막고 있는 것일까?

리나의 발이 바닥에 끌리기 시작했고, 새빨간 샌들이 반들거리는 대리석 바닥에 미끄러졌다. 그것이 현실이며 실제로 벌어지는 일임을 깨달은 나는 숨어 있던 곳에서 빠져나와 네드에게 달려들었다.

"떨어져! 놓으라고!"

내 몸이 부딪치는 힘에 네드는 리나에게서 떨어졌다. 리나는 바닥에 주저앉아 목을 움켜쥐며 숨을 들이쉬려고 무시무시한 소리를 냈다.

"리나!" 나는 그 옆에 주저앉아 리나를 일으켜 앉히려고 했다. 아주 짧은 순간 우리 눈이 마주쳤고 리나의 눈에는 두려움과 경고가 가득했다.

"괜찮아요. 난—,"

네드의 그림자가 내 위에 드리우는 것이 언뜻 보였다. 나는 머리를 맞고 뒹굴었다. 머리가 바닥에 부딪치고 눈앞에서 별들이 터졌다. 그리고 사방이 캄캄해졌다.

＊ ＊ ＊

힘겨운 숨소리가 들렸다. 리나였다. 나는 눈을 번쩍 뜨고 잠시 누워 머리의 통증과 싸웠다. 벽 아래 구겨져 있던 나는 네드가 바로 앞에 있다는 사실을 깨닫고 꼼짝하지 않고서 눈만 움직여 필사적으로 리나를 찾았다. 리나는 내게서 멀지 않은 곳에 쓰러져 있었고, 긴 다리는 구부러지고 팔은 활짝 벌린 채, 이상한 각도로 몸이 비틀려 있었다. 네드가 리나 위로 허리를 숙이고 있어서 리나의 얼굴이 보이지 않았다. 헉헉거리며 네드가 일어서고 나서야 리나가 두 눈을 멍하니 뜬 채 벌어진 입에서 침을 흘리는 것을 봤다. 그 순간 나는 리나가 죽었음을 깨달았다.

속에서 비명이 치밀어 올랐지만, 공포가 목구멍을 막았다. 네드는 리나의 가방을 바닥에서 집어 들고 있었다. 그는 그것을 리나의 배에 던지더니 머리 뒤로 가서 섰다. 허리를 숙이고 리나의 양팔 밑에 손을 넣더니 복도를 따라 시신을 집무실 쪽으로 끌고 갔다. 공포에 질려 보고 있는데, 리나의 머리와 다리, 발이 서서히 시야에서 사라졌다. 네드의 집무실 문이 열리는 소리에 이어 리나의 몸이 끌려 들어가는 소리가 들렸다. 그리고 네드의 음성이 들려왔다.

"에이머스, 자네가 필요해. 지금 와주게." 다급하게 지시하는 목소리였다. "옆문으로 들어와. 경호원은 치워두겠네." 잠시 말이 끊어지더니 무엇인가로 책상을 두드리는 소리가 들렸다. "그리고 에이머스. 그 여자 여권을 찾아줘. 가방 안에 없어. 이번에는 좀 더 철저하게 처리하게."

짧은 침묵 뒤, 그의 목소리가 다시 들렸다. "헌터, 지금 필요한 파일이 있으니 사무실에 가줘. 도착하면 전화해. 어디 있는지 알려줄 테니."

주위 분위기가 갑자기 위험하게 느껴졌다. 나는 움직여야 했지만, 고개를 들려고 하니 너무 어지러워서 눈을 감아야 했다. 어지럼

증이 지나가기를 기다린 뒤 다시 눈을 뜨니 네드가 내 옆에 쪼그리고 앉아 있었다.

"안 돼!" 나는 발뒤꿈치를 딛고 몸을 일으켜 그에게서 벗어나려고 버둥거렸다. 하지만 그가 손을 뻗어 내 가슴에 얹어 움직임을 막았다.

"내 말 잘 들어, 아멜리." 그가 나와 눈을 마주쳤다. 나는 시선을 피해 그만 아니라면 어디에라도 눈길을 주고 싶었지만, 그럴 수 없었다. "곧 내가 당신을 방으로 옮기면 한 달 뒤 별거에 합의했다고 발표할 때까지 거기서 지내. 그러면 나가도 돼. 하지만 오늘 봤을지도 모르는 일에 대해 누구에게 말하거나 경찰에 신고할 생각이라면, 당신 친구 캐럴린을 죽이고 당신도 죽일 거야. 알겠어?"

몸이 무섭게 떨리기 시작했다. 이가 딱딱거릴 정도였다. 네드는 무표정하게 잠시 보더니 다시 물었다.

"알겠어?"

말할 수가 없어서 나는 고개를 끄덕였고 바닥에 닿은 머리가 흔들렸다.

"좋아." 네드가 일어서더니 나를 일으켜 세웠다. 너무 어지러워 나는 그에게로 쓰러졌고, 그는 나를 반은 안아 들고 반은 끌며 내 방으로 올라갔다.

45. 현재

오늘, 9월 9일 월요일이 이 방에서 마지막 날이다. 납치범들이 요청한 액수를 알고 나니, 제스로 호소프가 더 이상 지체할 리 없어 보인다.

납치범은 네드에게 아버지가 몸값 요구를 처음에는 진지하게 받아들이지 않았다고 했다. 그렇다면, 이제는 진지하게 받아들인다는 뜻이다. 나는 그가 돈을 지불하기 전에, 네드와 함께 풀려나기 전에 반드시 나가야 한다.

남자가 들어오고 나는 준비를 하고 있다. 머릿속으로 백 번은 반복했다. 그의 움직임을 알고 있다. 그는 늘 쟁반을 같은 자리에 둔다.

"저기." 그가 다가올 때 내가 말한다. "안녕하세요."

그가 몸을 숙일 때 나는 양손을 무릎 위에 손바닥을 위로 해서 두고 있다. 그가 바닥에 쟁반을 내려놓을 때 나는 손바닥을 들어 온 힘을 다해서 쟁반을 그에게 내던진다. 그릇과 컵이 덜그럭거리고, "젠장"이라고 중얼거리는 소리가 들린다. 그가 물러서는 것을 감지한 나는 떨어진 쟁반을 찾는다. 쟁반이 손에 잡힌다. 벌떡 일어나 그의 머리가 있다고 생각한 곳을 향해 쟁반을 세게 휘두른다. 쟁반이 투시 안경을 치며 딱 소리가 크게 난다. 앓는 소리가 들린다. 쟁반을 다시 휘두르고, 타격에 양팔이 떨린다. 또 욕설이 들린다. 나는 오른쪽으로 몸을 움직여 쟁반을 그가 있는 쪽으로 세게 내던지고 문을 향해 달려간다.

문에 거의 다 와서 쭉 뻗은 손끝이 문에 닿을 때 손이 발목을 감아쥔다. 나는 발이 얽히면서 넘어지지 않으려고 문을 붙잡고 발을 걷어차며 그의 손아귀에서 벗어나려고 한다. 남자가 내 발목을 더 단단히 붙잡아, 마치 강철이 매달린 것처럼 발을 들어 올릴 수 없다. 다른 발로 그의 몸뚱이를 걷어찬다. 계속해서 더 세게 걷어찬다.

그래도 그는 손을 놓지 않는다. 별수 없이 문에서 손을 떼고 허리를 숙여 발목에서 그의 손을 떼어낸다. 하지만 그의 다른 쪽 손이 올라와 나를 끌어당긴다. 나는 그의 몸 위로 주저앉고 그의 팔이 내 몸을 꼼짝 못 하게 감는다. 그는 빠른 동작으로 나를 제압해 눕히고 허벅지 사이에 내 다리를 가두고 커다란 손으로 가슴을 내리누른다. 나는 비명을 지르려고 입을 벌리지만, 그가 다른 손으로 입을 막아 조용히 시킨다. 나는 몸을 비틀며 빠져나가려고, 그를 떼어내려고 한다. 하지만 그의 힘 앞에서 나는 무기력하다.

그의 손 밑에서 입을 뒤틀어 있는 힘껏 이로 물어뜯는다. 그는 다시 욕설을 내뱉고 손을 떨치려고 한다. 더 세게 물자 피 맛이 나지만 입을 떼지 않는다. 남자는 내 가슴에서 손을 떼고, 몸이 풀려나자 나는 남자의 손을 문 채 벌떡 일어난다. 그러자 남자가 어찌어찌 나를 빙글 돌리고, 내 뒤에 웅크린다. 남자가 움직일 수 있는 팔로 나를 가두고 손가락으로 코를 쥐자, 몸의 열기가 느껴진다. 가슴이 답답해 숨을 쉬려고 반사적으로 입을 벌린다. 남자는 다른 쪽 손을 내 이에서 떼어내고 입을 세게 틀어막는다. 그의 손가락이 코를 계속 잡고 있으니 숨을 쉴 수가 없다.

머릿속에 장면들이 스쳐 지나간다. 네드가 숨을 못 쉬게 하자 리나의 하이힐이 바닥에 끌리고 눈동자가 돌아가던 장면. 당혹감이 나를 사로잡는다. **이제 끝이야, 나는 죽는다. 리나처럼 죽는다.**

하지만 나는 리나가 아니고 그는 네드가 아니다. 그의 손이 여전히 입을 막고 있지만, 손가락은 코를 쥐지 않는다. 내가 숨을 헐떡이고 그도 숨을 몰아쉬자 숨소리가 방 안을 가득 채운다. 그때, 내가 공황 발작을 일으키던 날 그가 도와준 것이, 함께 호흡해준 것이 떠오르고, 눈물이 차올라 뺨을 타고 흘러내려 피가 난 그의 손에 떨어진다. 소리 없이 흐느끼느라 몸이 떨린다. 그는 움직이지 않는다. 그럴 수밖에 없다. 나를 놓아주고, 입에서 손을 떼면 네드에게 내가 좌절하고 절망하고 후회하며 우는 소리가 들릴 것이다. 그래서 그는 기다린다. 내가 진정할 때까지 기다린다.

그리고 방에서 나간다.

46. 과거

네드가 내 방에 왔다. 나는 꼼짝 않고 눈을 감고 있었다.

"일어나야 해." 네드가 말했다. "점심 식사에 초대를 받았어."

대답하지 않자 그가 침대로 다가왔다. 소름이 끼쳤다.

"내 말 들었나?"

"못 가요." 내가 중얼거렸다. "식사 못 해요."

"안됐군. 당신이 필요해. 비즈니스 상대인데 아내를 만나고 싶다는군. 게다가 며칠 동안 아무것도 안 먹었잖아."

나는 입을 다물었다. 그는 먹을 것을 가져왔다. 나는 그가 침대 옆 테이블에 쟁반을 두고 가는 소리를 들었다. 하지만 아무것도 손대지 않았다. 그럴 수가 없었다.

네드가 내게 다가오는 것을 감지하자 온몸이 흠칫 떨렸다.

"이 상황을 끝내고 싶지 않나? 한 달 이상 끌게 되면 아쉬울 텐데."

그의 협박을 듣고 마음속에서 뭔가 힘을 잃었다.

"30분 안에 준비해. 그리고 수영복 챙기고."

나는 그가 나간 뒤 문 잠그는 소리를 들었다. 계속되는 메스꺼움을 누르고 리나의 기억을 마음속에서 밀어내려고 했다. 그 기억이 항상 거기 있었다. 바닥에 끌리는 리나의 발, 벗어나려고 비틀고 젖히는 머리, 내가 옆에 주저앉을 때 나를 보던 두 눈. 그 시점에서 리나는 살아 있었고 나는 벌떡 일어나 네드를 다시 공격해야 했다. 하지만 네드가 나보다 빨랐다.

문득 뜨거운 샤워가 간절해 이불을 걷었다. 머리가 빙빙 돌아 서랍장을 붙들고 잠시 눈을 감았다. 점심 약속에 가고 싶지 않았다. 숨어서 모든 것을 차단하고 싶었다. 저스틴은 떠올리는 것 자체가 힘겨울 만큼 너무나 걱정됐다. 네드가 에이머스라고 부르는 사람에게 한 말, '이번에는 좀 더 철저하게 처리하게'라는 말이 머릿속에서 자꾸 반복됐다. 리나는 저스틴이 없어졌다고 했는데, 네드가 어떤 짓을 할 수 있는 사람인지 알게 되자 저스틴이 돈을 받은 것이 아니라 살해당했을지도 모른다는 두려움이 밀려들었다. 나 자신이 너무나 무기력하고 무능하게 느껴졌다. 휴대전화도 없고 방에서조차 벗어날 수 없는 이 집에서 나는 아무것도 할 수 없었다.

속에서 흐느낌이 치밀어 올랐다. 캐럴린에게 위험할 수 있다고 경고해야 했다. 숨을 들이쉬었다. 아마 이 점심 식사에는 다른 사람들도 올 것 같았다. 당분간 네드가 시키는 대로 하다가 휴대전화를 손에 넣어 탈출할 순간을 찾기로 했다.

샤워를 하고, 옷을 입고, 라스베이거스에서 산 빨간 비키니를 가방에 쑤셔 넣었다.

　네드가 문을 여는 소리가 들렸고, 그가 다가오자 몸이 마구 떨리기 시작했다. 떨림을 억누르고 바짝 붙어 선 그의 존재를 느끼면서 스물네 개의 대리석 계단을 내려갔다. 현관에 도착했다. 네드가 문을 열었을 때, 기다리는 차를 보고 나는 본능적으로 물러섰다. 하지만 네드가 손을 뻗어 내 손목을 꽉 잡더니 문을 지나 차까지 세 개의 계단을 내려갔다. 헌터가 차 문을 열고 있었고, 나는 심장이 두근거렸다. **헌터는 나를 도와줄 거야. 어떻게 해야 할지 알 거야.** 그와 눈을 마주치고 도움이 필요하다고 신호하려고 했다. 하지만 네드가 나를 차에 태우는 동안 헌터는 앞만 바라봤고 그도 이 일에 가담하고 있다는 두려움이 스쳐 지나갔다.

　네드는 내 쪽 문을 닫더니 헌터 옆자리에 앉았다.

　차가 집 앞에서 출발했다. 네드도, 헌터도 볼 수 없어서 나는 창밖을 내다봤다. 보이는 것은 리나가 그 길을 내달리는 모습뿐이었다. 핏방울처럼 빨간 하이힐로 자갈길을 내디디면서.

47. 현재

납치범이 들어올 때 나는 그에게 등을 돌리고 앉아 있다. 탈출 시도를 망친 뒤, 그의 시선을 견딜 수 없다.

그가 바닥에서 아침 쟁반을 집어 들고, 떨어진 그릇과 컵을 챙기는 소리가 들린다. 바닥을 닦는 소리가 들린다. 강한 소독약 냄새에 그가 물티슈 같은 것으로 눌어붙은 죽을 닦아내는 모습을 상상한다. 그가 그런 일을 하는 내내 나는 벽을 보고 있다.

하지만 그것으로 충분하지 않다. 그래도 그는 나를 볼 수 있다. 다음번 그가 오면 돌아갈 때까지 화장실에 숨을 생각이다.

더 이상 굴욕을 견딜 수 없다. 끝내고 싶다. 어떻게 끝나든지 상관없다. 그저 끝나기를 바랄 뿐이다.

48. 과거

우리는 다른 주택과 동떨어진 곳에 위치한 저택 대문 앞에 도착했다. 그 집이 있는 도로로 접어들기 전, 헤이븐클리프라는 표지판을 봤다.

대문이 미끄러지며 열렸다. 헌터가 차를 몰아 집 앞으로 갔다. 그가 문을 열기 전에 나는 차에서 내렸고 공기 속에서 진한 바다 냄새를 맡았다.

흰색 정장에 검은 셔츠 차림의 집주인이 우리를 맞이하러 나왔다. 키가 크고 어깨가 넓으며 머리가 새카만 남자는 자신을 루카스라고 소개했다. 루카스는 우리를 집 뒤쪽의 아름다운 테라스로 안내했고 나는 3인용 식탁을 보고 실망했다. 다른 손님은 없었다. 그는 살짝 외국 억양이 섞인 영어로 말하며 자신이 리투아니아 출신이라고 했다.

곧바로 리나가 떠올랐고, 아마 네드도 그랬는지 불편해하는 기색이 느껴졌다.

"미국 분인 줄 알았습니다." 네드가 말했다.

"로스앤젤레스에서 살기도 합니다. 그래서 그렇게 생각하실 수 있어요." 루카스가 매끄럽게 말했다. "하지만 빌뉴스에도 집이 있습니다. 실은 내일 거기로 갑니다. 이 집은," 루카스는 팔을 들어 주위를 가리켰다. "제 것이 아닙니다. 영국에 일이 있을 때마다 빌리는 곳이죠. 내 별장이라고 생각합니다."

"아름답네요." 어마어마한 인피니티 풀 주위에 일광욕 의자가 모여 있는 테라스를 둘러보며 내가 말했다.

루카스는 만족스러운 듯 고개를 끄덕였다. "네, 이곳을 좋아합니다. 로스앤젤레스와도, 빌뉴스와도 아주 다른 곳이죠."

루카스가 내놓는 점심을 먹으며 네드는 라스베이거스 출장과 결혼식 이야기를 했다. 그 운명의 날로부터 2주가 채 안 됐지만 먼 옛날 같았다. 아무 일도 없는 척 미소를 짓고 네드가 식탁 위에서 내 손을 잡도록 하기란 괴로웠다.

네드가 의자를 밀고 일어났다. "화장실 좀 써도 될까요?"

"물론이죠. 풀 하우스에 있습니다." 루카스가 그곳을 가리키며 대답했다.

"실례합니다."

네드가 테라스를 가로질러 걸어갈 때, 나는 물병에 손을 뻗었다. 그때가 내겐 기회였을까? 루카스에게 뭐라고 말할 수 있을까? 루카스는 친절한 사람 같았지만, 갓 결혼한 남편이 내 친구를 죽였다고 털어놓으면 어떻게 반응할까? 나는 풀 하우스 쪽을 봤다. 네드가 그 앞에서 걸음을 멈추고 나를 보더니 주머니에서 전화를 꺼내 손에 들었다. 그것은 경고였다. 캐럴린의 운명은 전화 한 통으로 결정된다는 경고였다.

"제가 따라드리죠."

나는 놀라서 네드로부터 시선을 거뒀다. 루카스가 내 손에서 물병을 받아 들더니 내 잔을 채웠다. 곧 네드가 돌아왔고 나는 그가 화장실을 쓸 만큼 풀 하우스에 오래 머무르지도 않았음을 깨달았다. 그는 나를 시험하며, 아무 말도 하지 말라고 경고한 것이었다.

식사가 끝난 뒤 루카스가 말했다. "부군과 저는 할 이야기가 있으니 그사이 수영장을 이용하시지요."

달아날 기회일지 모른다는 희망이 타올랐지만, 그와 네드가 뒤따라오자 곧바로 꺼져버렸다. 그들은 수영장 옆의 바 의자에 앉아 내가 수영하는 모습을 지켜봤고 나는 빨간 비키니 말고 다른 수영복이 있었으면 싶었다. 부끄러워져 수영장 밖으로 나온 뒤, 수건으로 몸을 감고 회색과 노란색 줄무늬 일광욕 의자로 갔다. 휴대전화를 찾고 싶은 마음이 간절했지만 풀 하우스에 화장실이 있으니 저택 안에 들어갈 핑계가 없었다. 풀 하우스에는 전화가 없었다. 옷을 갈아입으러 갔을 때 이미 확인했다.

루카스는 네드에게 로스앤젤레스 옆집에 사는 유명한 배우가 자신만큼 유명한 배우 남편과 함께 «익스클루시브스»에서 인터뷰를 하고 싶어 한다고 말했다. 네드는 부부 공동 인터뷰는 처음이라면서 들떴다. 루카스는 잘 아는 정치가도 들먹였다.

나는 잠든 척 눈을 감았다. 고개를 돌리고서 그들이 하는 말을 빠짐없이 들으며 기회를 기다렸다. 네드와 다시 차에 탈 수는 없었기 때문이다.

"그래서, 리나는 어떻게 됐습니까?" 루카스가 말했다.

눈이 번쩍 뜨였다. 심장이 두근거리지만 꼼짝 않고 숨을 깊이, 차분히 쉬었다.

"리나요?" 네드가 찡그리며 말했다. "리투아니아로 돌아갔죠. 그런데 리나를 어떻게 아시죠?"

"함께 아는 사람이 있습니다." 루카스가 자연스럽게 대답했다. "리나가 리투아니아로 돌아간 건 알고 있습니다. 지인 중 한 사람이 잡지사에서 일하는데 리나가 귀국해서 기쁘다는 메시지를 보냈다더군요."

"그 사람은 제 비서, 비키일 겁니다." 네드가 말했다. "리나가 메시지를 보냈다고 하더군요. 그런데 비키도 아십니까?"

"제가 궁금한 건," 루카스는 네드의 질문을 무시하고 말했다. "리나가 오래전 떠난 나라에 돌아가기로 마음먹은 이유가 뭘까 하는 겁니다. 그렇게 갑자기 말이에요." 루카스는 엄지와 검지로 딱 소리를 냈다. "떠나던 날 호소프 씨를 만나러 댁에 갔다는 소문이 있던데요."

"그렇습니다. 왔었죠." 네드가 말했다. 루카스가 리나의 방문을 어떻게 아는지 의아한 한편, 네드가 그렇게 차분히 말할 수 있다니 감탄스러웠다. "최근 리나의 친구 한 명을 해고한 일로 보자고 했죠."

"그 친구는 저스틴 엘런드이겠군요." 루카스가 받아쳤다.

나는 손을 너무 꽉 움켜쥐어 손톱이 손바닥을 찔러 따가웠다.

"네. 리나는 어째서 저스틴을 내보냈는지 물었고 슬픈 사실을 알렸습니다. 저스틴이 마약을 하는 사실을 발견했다고요. 형이 약물 과다 복용으로 사망했기 때문에 그 문제는 용인하지 않습니다. 우리 잡지사에는 약물 관련 절대 금지 정책이 있고, 모두 계약서에 있는 내용이라 약물을 오용하면 어떻게 되는지 다들 알고 있습니다."

"형님 일은 참 슬프군요." 루카스가 말했다. "이런 식으로 대응하시는 것도 충분히 이해할 수 있고요." 루카스가 잠시 멈췄다가 다시 말했다. "저스틴도 리투아니아에 있는 모양입니다." 루카스가 계속했다. "호소프 씨의 비서 비키가 리나에게서 두 번째 메시지를 받았는데, 저스틴이 프랑스에서 만나러 와서 참 기쁘다고 비키에게 말했다더군요."

"네. 비키가 그 이야기도 했습니다." 네드가 말했다. "리나와 저스틴은 좋은 친구 사이죠. 계속 연락하고 지낸다니 다행입니다."

"그럼 리나의 계약은 왜 종료하셨습니까?" 루카스가 물었다. "리나도 마약을 했나요?"

"제가 알기로는 아닙니다." 네드의 침착한 말투를 믿을 수 없었다. "저스틴과 친구 사이니 영향을 받았을 순 있죠. 하지만 그건 내보낸 이유가 아닙니다." 네드가 잠시 멈췄다가 말했다. "아마 아시겠지만 리나는 제 회계사였는데, 최근 회계감사에서 리나가 잘못된 비용 처리를 했던 것이 밝혀졌습니다. 소액이라 아무 말도 안 하기로 했습니다. 그 액수가 더 커질지, 그러고도 리나가 넘어갔다고 생각할지 지켜보고 싶었습니다. 하지만 리나가 집에 찾아오더니 매우

무례하게 저스틴을 다시 고용하라고 요구하더군요. 사실 집에 찾아온 자체로도 해고 사유죠. 제 집에 초대도 없이 쳐들어올 권리가 없으니까요. 그래서 리나가 회사에서 돈을 훔친 것을 알고 있으며, 당장 계약을 종료하겠다고 했습니다." 또 침묵이 흘렀다. "모두에게 해고 사유를 정확히 밝히겠다고 했어요."

"리나가 회사 돈을 훔쳤다면, 옳은 일을 하셨군요." 루카스가 말했다.

"하지만 그거 아십니까? 비키에게 그런 메시지를 보냈는데도, 리나가 리투아니아에 가지 않았다고 믿는 사람들이 있습니다. 너무 갑작스럽게, 친구들에게조차 작별 인사도 없이, 짐도 챙기지 않고 떠났기 때문입니다. 그래서 그 소문을 바로잡기 위해 빌뉴스 공항의 출입국관리소 친구에게 전화했습니다. 그랬더니 사흘 전에 리나가 과연 거기 도착했다고 하더군요."

"그렇죠." 네드가 침착하게 말했다. "도둑질을 한 것이 밝혀지면 이곳에서 다른 일자리를 구할 수 없을 테니, 제가 해고했을 때 리나는 굉장히 화를 냈습니다. 재고해달라고 사정했고, 거절하자 리투아니아로 돌아갈 수밖에 없다고 했습니다. 당장 떠나겠다고 했어요. 해고 이유를 말하기 창피해 아무도 만나고 싶지 않다고 했습니다. 항공권을 예매해달라고 부탁했고, 제가 안 해도 될 일이지만 너무 안쓰럽더군요. 몇 시간 뒤에 출발하는 비행편이 있기에 바로 항공권을 예약해줬습니다."

"참 관대하시군요. 리나가 공항에는 어떻게 갔는지 여쭤봐도 될까요? 택시를 탔습니까?"

"아뇨, 헌터에게 데려다주라고 했습니다."

"헌터요?"

"제 기사입니다."

"오늘 여기 모시고 온 사람 말인가요?"

"네." 네드가 말했다.

"흠, 그럼 리나가 떠나기 전 마지막으로 본 사람은 호소프 씨의 기사입니까?"

"그렇죠."

"기사가 리나를 공항에 내려줬나요?"

"그런 줄로 압니다. 그러라고 했으니까요."

누군가 테라스에 들어오기에 아주 잠시 루카스가 비밀경찰이며 누군가가 네드를 체포하러 온 것이라고 생각했다.

"방해해서 죄송합니다." 헌터의 목소리에 나는 현실로 돌아왔다. "호소프 씨께 전화가 왔습니다."

네드가 헌터와 수영장 주위에서 벗어났다. 들은 내용 때문에 머리가 빙빙 돌았다. 리나는 이미 죽었는데 빌뉴스 공항의 출입국관리소를 어떻게 통과한 것일까? 일광욕 의자에서 몸을 뒤척여 루카스가 앉아 있는 수영장 바를 마주 봤다. 네드가 리나를 살해했다고 알려야만 했다.

나는 수건을 몸에 감고 재빨리 그쪽으로 갔다. 루카스는 전화를 내려다보며 누군가에게 메시지를 보내고 있었다. 내가 다가가자 그가 고개를 들었다. 그가 검은 선글라스를 쓰고 있어 그의 눈을 볼 수 없는 것이 아쉬웠다. 그를 믿을 수 있는지, 눈을 봐야 알 수 있을 것 같았다.

"잠시만요." 희끗희끗한 그의 머리를 보면서 내가 급히 말했다. 그는 네드보다 나이가 많았다. 40대 중반 정도였다. "드릴 말씀이 있어요."

"그러시죠." 루카스는 전화를 테이블에 내려놓았다. "무슨 이야기를 하고 싶은가요?"

그에게 너무 가까이 다가가 아마 애프터셰이브인 듯, 향긋한 풀 냄새를 맡을 수 있었다. 그의 휴대전화에 눈길이 갔다.

"전화 좀 쓸 수 있을까요? 급한 일이에요. 경찰에 전화해야 해서요."

"경찰이라고요?"

가슴이 철렁했다. 경찰은 언급하지 말아야 했다.

"네." 내가 재빨리 말했다. "리나 일인데요……."

"둘이서 무슨 이야기를 하고 있죠?"

나는 홱 돌아섰다. 네드가 뒤에 서 있었다.

"이런저런 이야기죠." 루카스가 말했다.

네드는 내 눈을 보며 대답을 기다렸다. 가슴이 쿵쿵 뛰었다. 얼마나 들은 것일까?

"집이 참 아름답다는 이야기 중이었어요." 내가 말했다.

"또?" 네드의 말에 루카스가 웃었다.

"가서 옷 입지." 네드가 내게 지시했다. "이만 가자."

루카스가 눈썹을 치켜올렸다. "벌써요?"

"네, 급한 일이 생겼습니다."

"음, 그거 아쉽군요."

나는 움직이지 못했다. 움직일 수 없었다. 도움을 얻을 마지막 기회였으니까.

"서두르지, 아멜리." 네드의 음성에 날이 서 있었다. "더 지체하면 캐럴린을 보지 못할 거야." 그가 전화를 꺼냈다. "우선 전화부터 해야 되겠군."

나는 목소리를 되찾았다. "아뇨. 그럴 거 없어요."

나는 풀 하우스로 가서 재빨리 옷을 갈아입었다. 두려움에 배 속이 죄어왔다. 할 수 있는 일이 아무것도 없었다. 캐럴린의 생명을 위태롭게 할 수는 없었다. 나는 꼼짝달싹 할 수 없었다.

네드가 다가와 내 팔을 잡았다. "허튼짓 못 하게 막은 걸 고마운 줄 알아." 그가 잠시 멈췄다가 다시 말했다. "당신과 캐럴린을 구해 준 것 말이야."

밖에 나가니 루카스가 네드에게 손을 내밀었다. "제가 도움이 될 수 있기를 바랍니다." 그가 내게 말했다. "안녕히 가세요, 아멜리. 즐거웠습니다."

그가 휴대전화를 들었다. 그 순간, 그가 네드 앞에서 전화를 내게 줄 것이라는 기대감에 숨이 멎었다. 하지만 그는 전화를 손에 계속 들고 있었고, 그가 집중하는 상대는 내가 아니라 우리를 수영장에서 차로 안내하려고 기다리는 헌터였다.

나는 참고 있던 숨을 그제야 내쉬었다. 루카스는 나를 저버리지 않았다. 거기에는 의미가 있었다.

49. 현재

지하실 문이 열리는 소리에 나는 멍한 상태에서 깨어난다. 매트리스를 옆으로 밀고 엎드려 귀를 기울인다.

"좋은 소식이야, 네드. 당신 아버지가 몸값을 내기로 했다."

"다행이군." 네드의 목소리가 떨린다. "오늘, 오늘인가?"

"그건 당신 아버지에게 달렸지. 당신 아버지가 당신을 돌려받기 위해 얼마를 내야 하는지 계산했나?"

"무슨 소리야?"

"이봐, 네드. 계산을 어떻게 하는지 말했잖아. 당신 아버지가 돈을 내지 않은 날 하루마다 몸값을 두 배로 곱한다고. 여기 4주 가까이 있었지. 오늘이 26일째라고. 오늘 돈을 낸다면 얼마를 내야 할 것 같나?"

"글쎄…… 몇십만, 2백만?"

네드가 시시한 액수라는 듯 어깨를 으쓱이는 모습이 눈에 선하다.

"그보다 많아, 네드. 훨씬 많아. 다시 맞혀봐."

"천만?"

"그보다 많아."

"그보다 많을 리가. 두 배 곱하는 것으로 그럴 리가 없어."

남자가 웃는다. "글쎄, 네드, 천천히 계산해봐. 좀 있다가 답을 들으러 돌아올게."

문이 닫히자 네드는 욕을 한다. 그리고 두 배씩 곱하며 계산하다가 숫자를 잊으면 욕설을 내뱉는다.

나는 듣기를 포기하고 무릎을 끌어안는다. 네드의 납치범이 사실을 말하는 것이라면 곧 네드를 풀어줄 것이다. 그렇다면 나는? 네드는 내가 죽은 줄 알지만 그렇다고 나를 다른 곳에 풀어준다는 보장은 없다. 아마 그들은 네드를 속이고 싶은 모양이다. "봐, 아멜리는 살아 있다. 아멜리가 죽은 줄 알았지."

불안으로 속이 쓰리다. 만약 그렇게 된다면 나는 풀려나고 싶지 않다. 나는 네드와 바깥세상에 풀려나는 것보다는 이곳, 칠흑처럼 어두운 방에서 더 안전하다.

50. 과거

네드의 집으로 돌아가는 길에 나는 앞만 보고 있었다. 네드는 헌터 옆 앞 좌석에 앉았고 나는 헌터 뒤에 앉았다.

내가 한 말이 충분했을까? 루카스가 경찰에 신고할까? 그가 네드에게 전화를 걸어 내가 한 말을 전할지도 모른다는 두려움에 가슴이 두근거렸다. 하지만 차 안은 조용했다. 지금쯤 루카스가 경찰에 신고하고 있을지 모른다.

"A31 도로에 사고가 있습니다." 헌터가 앞에서 말했다. "뒷길로 가서 사고 지점을 피하겠습니다."

"알아서 하고, 기사는 자네니까 집에나 데려다줘." 헌터를 무시하는 말투에 네드에 대한 미움이 더해졌다. 그의 집으로 돌아간다고 생각하니 숨을 쉴 수가 없었다. 당혹감이 밀려들면서 필사적으로 집중하려고 했다. 도착하면 차에서 내리지 않겠다고 버틸 생각이었다. 네드가 차에서 내릴 때까지 기다렸다가 안에서 문을 잠가 그가 다가오지 못하게 할 셈이었다.

갑자기 타이어가 끼익 소리를 냈고 검정색 차 한 대가 엄청난 속도로 우리를 향해 달려들었다. 우리가 탄 차가 거칠게 방향을 바꿨다. 나는 앞으로 밀려났다가 차가 급정거하면서 안전띠 때문에 시트에 도로 처박혔다.

"씨발, 뭐야!" 네드가 욕했다.

"죄송합니다, 호소프 씨. 저 멍청이가 뭐 하는……."

헌터의 목소리가 갈라졌고, 창밖을 보니 우리에게 달려든 차가 앞에 서서 길을 막고 있었다. 가슴이 두근거렸다. **경찰이다. 루카스가 신고해서 네드를 체포하러 온 거야.** 하지만 온통 검정색 옷을 입고 눈만 내놓은 복면을 쓴 남자가 그 차에서 내리더니 우리 쪽으로 왔다. 손에 권총을 들고 있었다.

"도대체 무슨–,"

"차를 돌려!" 네드가 헌터의 말을 자르고 외쳤다. "후진해! 당장!"

헌터가 차를 움직였지만, 미처 후진하기 전에 계속 침착하게 우리를 향해 걸어오던 남자가 운전석 문을 열었다. 남자가 손을 뻗어 문을 닫으려던 헌터를 총으로 제압하고는 안전띠를 풀고 차에서 끌어내렸다.

"안 돼!" 나는 안전띠를 풀고 몸을 앞으로 내밀어 헌터를 잡으려고 했다. 하지만 너무 늦었다. 헌터의 몸이 바닥에 부딪치면서 팔다리를 버둥거렸다. 그리고 세 번의 총성이 울렸다. 탕. 탕. 탕.

"헌터!" 그의 이름을 외치며 나는 창문으로 몸을 내밀었다. 심장이 멎는 듯했다. 그가 엎드린 채 머리에서 피를 흘리고 있었다.

"안 돼!" 나는 다시 외쳤다. 괴한이 머리를 홱 돌렸다. 그가 나를 똑바로 보더니 헌터의 시체를 지나 내 쪽으로 걸어오기 시작했다. 갑자기 차가 앞으로 나아가 나는 시트에서 미끄러졌다. 네드가 운전석으로 옮겨 간 것이었다. 하지만 차는 멈춰 있었다.

네드가 다시 차를 몰았고, 차가 앞으로 튀어 나갈 때 괴한이 내 쪽으로 달려왔다. 하지만 너무 늦었다.

나는 다시 시트에 앉아 뒷좌석 창문으로 내다봤다. 헌터의 몸에서 피가 흘러나와 검은 아스팔트 도로를 붉게 적셨다.

"멈춰요!" 내가 외쳤다. "구급차를 불러요!"

"미쳤어?" 네드가 으르렁거렸다.

"그냥 두고 갈 순 없어요!"

네드가 백미러를 확인했다. "죽었어."

"아뇨, 아니에요." 아니라고 고개를 젓는데 이가 딱딱거렸다. "돌아가야 해요. 총 든 사람은 갔어요. 차를 몰고 갔어요." 나는 상체를 앞으로 밀어 넣어 운전대를 잡았다. "차를 멈춰요! 돌아가야 해요!"

네드가 손을 휘둘렀고 나는 찢어지는 아픔을 느꼈다. 머리가 뒤로 젖혀지면서 몸이 좌석 사이로 미끄러졌고, 너무 어지러워 구역질이 나기 시작했다. 눈을 감았다. **헌터가 죽었어. 헌터가 죽었어. 헌터가 죽었어.**

네드가 닥치라고 고함치기 전까지는 내가 흐느끼는지도 몰랐다. 그를 더 화나게 하기가 두려워 주먹으로 입을 막았다. 그는 이미 너무 빠르게 차를 몰고 있었다. 바닥에 쓰러진 채 보니 나무들이 초록 만화경처럼 스쳐 지나갔다.

돌아가는 길은 끝없이 계속됐다. 정신이 하나도 없었다. 괴한은 나를 잡으러 왔고, 네드가 차를 몰아 피하지 않았으면 나도 헌터처럼 되었을 것이며, 네드도 총에 맞았을 것이다. 차라리 총에 맞았으면 싶었다. 그랬다면 그 공포에서 벗어날 수 있었을 터였다. 집에 도착하면 어떻게 할지 집중했다. 네드가 문을 열자마자 차에서 뛰어내려 대문을 향해 달리기로 했다. 대문이 닫히기 전 빠져나가지 못하면 도와달라고 소리를 지를 생각이었다. 누군가가 내 소리를 들을 것이라고 생각했다. 분명히 들을 것이라고.

마침내 차가 속도를 늦췄다. 집에 도착했다. 네드가 현관 앞에 차를 세웠다. 나는 바닥에서 일어나 시트에 앉아 문을 잡은 채 이미 닫히고 있는 대문에 시선을 고정시켰다. 문 열리는 소리를 내며 네드가 차에서 내리기를 기다렸다. 하지만 그 소리가 들리지 않았다. 돌아보니 네드가 공포에 질린 얼굴로 대문을 보고 있었다. 대문이 완전히 닫히고 나서야 네드는 안심했다. 그는 닫힌 문 안에서 안전하다고 여겼다. 하지만 내가 분노로 들끓고 있었으니 그는 안전하지 않았다.

그는 차에서 내려 문을 쾅 닫고 걸어갔다. 내 자리 문을 열려고 했지만, 손잡이를 앞뒤로 움직여도 달칵거리기만 할 뿐 소용없었다. 그는 나를 차에 가둬두고 가버렸다.

"문 열어요!" 나는 창문을 두드리며 외쳤다. "내리게 해줘요!"

그는 집 쪽으로 계속 걸었고, 나는 운전석으로 상체를 기울여 경적을 찾아서 꾹 눌렀다. 요란한 소리가 났다. 그러자 네드가 달려 돌아왔다.

그가 차 문을 열자 나는 뛰어내려 그에게 달려들었다.

"떨어져!" 네드가 양팔을 들어 자기 몸을 보호하면서 외쳤다. "나한테서 떨어지라고!"

하지만 나는 멈추지 않고 그를 계속 공격했다. 주먹으로 치고, 얼굴을 할퀴었다. 네드는 성난 내 공격에 놀라 휘청거렸고 나는 그를 걷어찼다. 그가 내 다리를 붙잡았다.

"놔!" 나는 문을 잡고 버티며 외쳤다. "놓으라고! 놔!"

"입 닥쳐!" 네드가 겨우 일어섰다. 긁힌 뺨에서 피가 스며 나왔고, 그는 분노로 눈을 번득이며 나를 차에서 떼어내어 계단으로 끌고 올라가 현관문으로 들어갔다. 그의 힘은 압도적이었다. 내가 뭔가 붙들려 할 때마다 그가 나를 끌어냈다.

"놔줘!" 나는 다시 외쳤다.

나는 팔을 휘둘렀고 주먹이 그의 얼굴에 닿았다. 그는 아파하며 고함을 지르더니 내 어깨를 잡아 벽에 세게 밀고는 온몸으로 나를 옭아맸다. 헉헉거리고 욕을 하면서 내 호흡을 억눌렀다. 그는 손으로 내 입을 막더니 다른 손을 들어 코를 틀어쥐었다. 숨을 쉴 수 없었다. 눈이 튀어나왔다. 리나가 떠올랐고 몸이 축 늘어졌다.

51. 현재

네드의 납치범이 지하실에 돌아왔다.

"그래서, 답을 구했나?" 그가 묻는 소리가 들린다.

"21일에 백만 파운드 정도니, 아버지가 오늘 지불하면 천만 정도겠지. 내가 말한 대로." 네드는 흡족한 목소리다. "하지만 걱정 마. 아버지가 그 정도는 낼 수 있으니까."

"21일째에 백만은 맞지만, 오늘은 천만보다 훨씬 많은 액수다. 한번 계산해볼까? 22일째 지불하면 얼마가 되지?"

"이백만."

"23일째는?"

"사백만."

"24일째는?"

"팔백만."

"25일째는?"

"천육백만. 이봐, 이 셈을 꼭 해야 하나?"

"내 기분 좀 맞춰줘, 네드. 오늘, 26일째는?"

"삼천이백만." 그제야 네드는 깨닫는다. "어, 큰돈이군. 정말 삼천이백만 파운드를 달라고 하는 건가?"

"아니, 네드. 그렇지 않아."

"다행이군. 물론, 아버지가 부자이긴 하지만……."

"내 말을 오해했어. 당신 아버지는 오늘 돈을 주지 않았으니, 더 많은 액수를 지불해야 한다고."

"하지만……."

"계속하지. 참, 당신이 뒷자리 수를 무시해서 그런데, 실제로 당신 아버지가 오늘 지불해야 하는 돈은 약……."

"삼천삼백만." 내가 속삭인다.

"삼천삼백만 파운드야. 정확한 숫자는 삼천삼백오십오만 사천 사백삼십이 파운드지. 그러니까, 계속해보자고. 내일은 당신 아버지가 얼마를 지불해야 하나?" 침묵. "백만 단위만 두 배로 곱해."

"육천육백만." 네드의 목소리가 어두워진다.

"그다음 날은?"

"일억 삼천이백만."

"그다음 날, 29일째는?"

"이억 육천사백만."

"그리고 30일째는?"

"오억 이천팔백만."

216

"있잖아, 네드. 우린 당신 아버지에게 월요일, 당신이 잡힌 지 31일째 되는 날 몸값을 지불하라고 했어." 또다시 침묵. "그러면, 당신 아버지가 당신 목숨에 얼마를 내는 거지?"

"그, 글쎄."

딱 소리와 네드의 비명 소리가 들린다.

"허튼수작 마! 당신 아버지가 별것도 아닌 당신 목숨에 얼마를 낸다고?"

"음…… 십억 이상?"

"그렇지, 네드. 십억 파운드가 넘어." 남자는 소리를 지르지 않고 조용히 말하고 있어서 나는 귀를 쫑긋 세우고 들어야 한다. "다만, 그건 당신 목숨값이 아니야. 당신 목숨은 아무 가치도 없어. 당신이 어떤 인간인지, 무슨 짓을 했는지 알고 있다. 십억 파운드는 당신 목숨값이 아니야. 리나의 목숨값이지."

52. 과거

어둠 속에서 깨어나니 딱딱한 바닥이 느껴졌다. 잠시 시간이 흐르고 나서야 네드의 집 내 방 바닥에 누워 있었음을 깨달았다. 가슴이 욱신거리고 목이 쓰라리다. 그제야 네드가 목을 졸랐던 것이 기억났다.

침을 삼키니 아팠다. 네드가 정말로 나를 죽이고 싶었나 보다. 몇 초만 더 내 기도를 막았다면 나는 죽었을 것이다. 하지만 그는 그달 말까지 내가 필요했다. 나를 바깥세상에 데리고 나가야 했다.

전날 있었던 일들이 떠오르면서, 괴로워 울부짖는 소리가 조용한 집에 울렸다. 머릿속에 장면들이 스쳤다. 괴한이 헌터를 차에서 끌어내리고, 총을 아래로 겨누고, 세 발의 총성이 들린 것. 괴한이 고개를 들고 나를 보더니 헌터의 몸을 지나서 내게로 다가온 것.

나는 몸을 동그랗게 말았다. 루카스에 대해 착각했다. 헌터를 죽인 것은 그가 한 짓이 분명했다. 내가 말을 걸기 위해 다가갔을 때 그가 전화로 보내던 메시지부터 우리가 떠나는데 헌터를 빤히 보던 눈빛까지, 너무나 많은 것들이 그가 헌터를 살해했다고 가리켰다. 루카스는 헌터가 리나의 죽음에 책임이 있다고 생각했던 것이다. 하지만 리나를 죽인 사람은 헌터가 아니었다.

런던에서 라스베이거스로 떠나기 직전, 네드가 비행기에서 에이머스 케리건이라는 사람으로부터 받은 엄지손가락 메시지가 문득 떠올랐다. 네드는 리나를 죽인 뒤 에이머스란 사람과 통화했었다. 집으로 와서 리나의 시신을 치워달라고 부탁했던 것 같다. 네드가 저스틴을 죽였고, 에이머스 케리건의 엄지손가락은 저스틴의 시신을 처리했다는 뜻이었을까? 구역질이 치밀어 올라 비틀거리며 일어나서 욕실로 달려갔다.

속을 비우고 입을 닦은 뒤 욕실 바닥에 앉아 무릎에 얼굴을 파묻었다. 이해할 수 없는 일이 있었다. 리나는 어떻게 빌뉴스 공항의 출입국관리소를 통과했을까? 네드가 에이머스 케리건에게 리나의 여권을 찾으라고 했고, 이번에는 더 철저히 처리해야 한다는 말을 들은 기억이 났다. 그가 리나처럼 생긴 누군가에게 그 여권을 써서 리투아니아로 가라고 돈을 주었을까? 그다음, 그 사람이나 네드가 리나의 전화로 비키에게 메시지를 보낸 것일까?

하지만 루카스는 리나가 실제로 빌뉴스에 도착했는지 일부러 확인했다. 그는 리나의 여권을 쓴 사람이 실제로 리나인지도 확인하고 가짜임을 알게 됐을까? 그리고 네드가 헌터를 가리켰기 때문에, 루카스에게 헌터가 리나가 살아 있는 것을 마지막으로 본 사람이라고 말했기 때문에, 루카스가 그를 죽인 것이다.

그렇다면, 루카스는 누굴까? 리나는 가족이 없지만 루카스는 가족의 옛 친구나, 혼자 되었을 때 보살펴준 사람, 살해된 리나의 복수를 해줄 만한 사람이었을 것이다. 그렇다면 헌터를 죽인 이유가 설명됐다. 복수. 그렇다면 아직 끝난 것이 아니었다. 루카스는 네드를 찾아올 것이고, 나도 찾아올 것이다. 그가 보낸 괴한이 실패한 일을 마칠 것이다.

53. 현재

지난 사흘 동안 방 안을 맴돌며 보냈다. 납치가 리나 때문임을 알고 나니 상황을 파악하는 데 오래 걸리지 않았다. 루카스가 우리의 납치 배후에 있다. 그가 우리를 찾아올 줄은 알았지만, 납치될 줄은 몰랐다. 하지만 루카스는 우리를 죽이기 전 제스로 호소프에게서 돈을 받아내는 것도 복수의 한 방법이라고 여겼을 것이다.

걷느라 지쳐서 매트리스로 가서 담요를 두른다. 루카스를 만난 날, 그는 다음 날 빌뉴스로 돌아간다고 했다. 그곳에서 우리의 납치를 지시하고 우리를 잡고 있는 두 사람에게 명령을 내리는 것일까?

네드도 루카스가 납치 배후임을 알아냈을까? 리나 때문임을 알았으니 그도 알게 됐을 것이다. 그렇다면 네드는 이곳에서 살아 나가지 못하리란 사실도 알 것이다. 납치범들은 돈을 받으면 그를 죽일 것이다. 나는 살려줄지 몰라도 그는 죽일 것이다.

지하실에서 소리가 들린다.

"일어나, 네드. 오늘이다. 당신 아버지가 돈을 줬으니 일찍 풀어 주겠다."

"뭐?" 잠에 취한 목소리다. "나를 풀어준다고?"

"그래. 풀어줄 거다. 데려다주기로 합의한 시각까지 두어 시간 남았으니 씻을 시간이 있어. 아버지에게 이런 꼴을 보일 순 없으니까. 그렇지?"

네드는 흐느낌과 웃음의 중간쯤 되는 소리를 낸다. "샤워를 해도 되나?" 그가 묻는다. "깨끗한 옷이 있어?"

"물론이지. 원하면 커피도 있다." 잠시 조용하다. "하나만 기억해라. 아내에 대해서 누가 물으면 어떻게 됐는지 모른다고, 다른 곳에 갇혀 있었다고 해. 우리가 죽였다고 하면, 당신이 그 여자를 죽이라고 했다고 말할 거다. 당신이 그 여자를 죽이라고 하는 것을 녹음한 파일이 있어. 우리는 그 파일을 경찰서에 보내거나 소셜 미디어에 올리면 된다. 그러면 당신은 평생 교도소에서 썩겠지. 특히 리나의 살해까지 더하면 말이야. 그러니 잊지 마라, 네드. 당신 아내에 대해서는 함구하고, 영웅 놀이는 하지 말도록." 다시 조용해진다. "당신 아내가 탈출을 시도했었다. 그건 알고 있나? 하지만 당신은, 아무것도 하지 않았지. 어떤 달아날 시도도 하지 않았어."

"뭐, 그 여자가 그러다가 어떻게 됐는지 보라지." 네드가 비아냥 거렸다.

"우리를 불쾌하게 하는 말이나 행동을 하면 당신도 똑같이 될 거다. 사방에서 지켜보고 있을 거다, 네드." 문이 열리는 소리가 들린야. "좋아. 샤워하러 가자."

위층에서 나는 떨고 있다. 끝났다. 그들이 네드를 풀어준다. 네드를 죽이지 않는다. 하지만 나는 안전할 것이다. 그가 정말 내가 죽었다고 믿으니까. 내게 총을 쏜 것은 내가 염려한 것처럼 그를 속이기 위한 일이 아니었다.

납치범이 내 부탁을 들어준 것이었다.

54. 과거

네드가 내 방에 있었다. 저녁 쟁반을 가져왔다. 나는 그를 두려워하지 않기로 결심했고, 그가 테이블에 쟁반을 내려놓는 동안 계속 노려봤다. 얼굴이 엉망이었다. 사흘 전 내가 공격했을 때 생긴 흉터가 아직 남아 있는 것을 보고 기뻤다.

"이번에는 먹도록 해." 네드가 말했다. "별거를 발표할 때 수척해진 꼴은 보이고 싶지 않으니까."

나는 그를 노려볼 뿐, 대답하지 않았다. 그의 얼굴에서 일종의 경계심이 보였다. 그도 목숨을 두려워하며 살고 있다는 뜻이었고, 나는 그 점도 기뻤다. 무슨 일을 겪든지, 그가 자초한 일이었다.

인터콤 소리에 네드가 얼마나 놀라던지 나는 웃음을 터뜨릴 뻔했다. 그는 문을 열어둔 채 내 방에서 서둘러 나갔다. 네드는 계단 위에서 새로운 경호원이 아래 현관문을 열어주기를 기다렸을 것이다. 루카스의 점심 초대 다음 날, 복도에서 새 경호원 목소리가 들려왔고 나는 헌터를 그렇게 빨리 대체한 것에 화가 치밀었다.

"저는 칼입니다." 경호원이 문 앞에서 손님에게 말했다. "호소프 씨의 새 직원입니다."

"그럼 내 아들에게 좀 보자고 전하게."

네드가 계단을 내려가는 소리가 들렸다.

"아버지, 여기서 뭐 하세요?" 그가 물었다.

나는 침대에서 일어나 계단으로 살그머니 나갔다.

"얼굴은 왜 그 모양이냐?" 제스로 호소프가 쏘아붙였다. 그때도 그는 흠잡을 데 없이 차려입고 있었고, 반대로 네드는 청바지와 단추를 잠그다 만 셔츠를 입은 흐트러진 모습이었다. "싸움이라도 한 거냐?"

"아무것도 아니에요."

"아무것도 아니긴. 어디 있었냐? 화요일에 왔더니 여기 아무도 없던데. 그리고 전화는 왜 안 받는 거냐?"

"바빴어요. 아버지, 그래서 왜 오신 거예요?"

"집무실로 가자." 제스로 호소프가 복도에 계속 서 있는 경호원을 흘끔거리고는 말했다. 경호원은 삭발한 머리에 검은색 정장 차림으로 양팔을 옆구리에 딱 붙이고 있었다. 그가 문 쪽으로 돌아서는데 얼굴이 겨우 살짝 보였다.

네드의 아버지에게 도와달라고 청할 수 있으리라 생각한 이유는 알 수 없었다. 아마 그가 네드와 말할 때마다 화를 냈기 때문일 수도 있었다. 나는 경호원이 밖으로 나가 현관 계단 자기 자리에 도착할 때까지 기다린 뒤 계단을 내려가 현관 복도로 갔다. 나는 네드의 서재로 들어가는 복도가 시작되는 부분에서 휘청거리면서 눈물을 참고 서재로 달려갔다. 고개를 들고 리나가 쓰러져 있던 바닥에는 눈길을 주지 않았다. 문을 닫은 뒤, 소리 없이 집무실로 연결되는 문 쪽으로 다가갔다.

"헌터는 어디 있냐?" 제스로 호소프가 물었다. "어째서 새 사람이 문을 지키는 거야?"

"그자는 잘라야 했어요." 네드가 말했다. "일을 제대로 안 해서. 칼이 후임이에요." 침묵이 흘렀다. "다시 여쭐게요. 무슨 일로 오신 거예요?"

"네 터무니없는 결혼 때문이다. 결혼을 왜 한 거냐? 사실대로 말해라."

"걱정하실 것 없어요. 헤어질 거니까."

넌더리가 나는 듯 코웃음 치는 소리가 들렸다. "뭐, 벌써? 2주밖에 안 됐는데?"

"좋아요." 네드가 말했다. "사실대로 말하라고 하시니 말씀드리죠. 만난 지 좀 되어서 라스베이거스에 데려갔어요. 저 여자가 비행기를 타본 적 없다고 해서 불쌍했거든요. 그래서 거기 있는데 임신했다고 하더라고요. 네, 충격이었지만, 여자와 장차 제 아이에게 올바른 일을 해야 한다고 생각했어요. 그래서 결혼했고."

"뭐라고?" 제스로 호소프는 심장마비라도 온 것 같은 목소리로 물었다. "임신을 했어?"

"아뇨." 네드가 말했다. "절 속인 거였어요, 아버지. 저 여자가 절

속여서 결혼한 거예요. 제 돈을 가지려고 임신했다는 이야기를 지어냈어요." 네드가 징징거리며 말했다. "이제 아시겠어요? 제가 어떤 일을 겪었는지?"

"진담으로 하는 소리냐?" 제스로 호소프가 호통을 쳤다. "여자 속임수에 넘어갔다는 게?"

네드의 목소리가 굳었다. "중요한 건 그게 아니잖아요. 기자들에게 우리가 헤어진다고 하면, 제가 무슨 일을 겪었는지 기자들이 깨닫고, 여자들이 제게서 돈을 뜯어내려면 무슨 짓이라도 한다는 걸 알게 되겠죠. 성폭행을 당했다고 거짓말을 하든, 임신을 했다고 거짓말을 하든. 아시겠어요? 저한테 쏟아지던 비난도 사라질 거라고요. 기자들이 더 이상 저를 공격하지 않을 거고, 동정할 거예요."

나는 놀라 소리가 튀어 나갈까 봐 손으로 입을 막았다. 짐작은 했지만, 네드가 저스틴을 성폭행했다는 혐의로부터 자신을 보호하려 나를 이용하고, 내 인격에 대해 악독한 거짓말을 하는 것을 듣고 있으니 끔찍했다.

"폴 카를 불러서 혼인 후 합의는 해뒀겠지?" 제스로 호소프가 물었다.

"네, 물론이죠. 제가 바보는 아니거든요."

"얼마로 했어? 얼마를 원하더냐?"

"헤어지면 5만을 제안했지만, 거절했어요." 네드가 말했다. "결혼 기간 하루에 1파운드만 달랬어요."

"잠깐." 제스로 호소프가 네드를 향해 손을 치켜드는 모습이 떠올랐다. "그건 말이 안 되지. 저 여자가 네게서 돈을 받아내려고 속여서 결혼했다면, 어째서 결혼 기간 하루에 1파운드만 달라는 거냐? 2년 뒤에 이혼을 해도 7백 파운드 남짓밖에 안 되는데. 그것 말고도 뭔가 있을 거다."

"정확히 하루에 1파운드는 아니에요." 네드가 말했다. "두 배로 계산하는 거예요."

"두 배로 계산하다니, 무슨 소리냐?"

"음, 첫날은 1파운드, 그다음부터 날마다 두 배씩인 거예요." 네드가 설명했다. "그러니까, 결혼 첫날에는 1파운드, 이틀째는 2파운드, 사흘째는 4파운드, 나흘째는 8파운드……."

제스로 호소프가 말을 막았다. "그러겠다고 하진 않았겠지?"

"물론 했죠." 네드가 말했다.

"너 완전히 미친 거냐? 계산을 해보긴 한 거야?"

"아뇨, 하지만 염려 마세요. 결혼 첫 달 동안만 그렇게 하자니까요."

"내가 염려하는 건, 어쩌다가 이런 백치를 키웠냐는 거다! 수백만 파운드를 줘야 할 수도 있어!"

집무실 문이 열리더니 쾅 닫혔다. 제스로 호소프가 성이 나서 요란한 걸음으로 나가는 소리가 들렸다. 네드가 그를 뒤쫓아 갈까 봐 나는 그 자리에 있었다. 하지만 뭔가 벽에 부딪혀 깨지는 소리가 들렸다.

"나쁜 년! 씨발 나쁜 년이!"

나는 움츠리고 그 방에서 달려 나갔다. 내 방을 서성거리며 네드가 나를 이용한 것에 분개했다. 갑작스러운 라스베이거스 출장 따위는 없었다. 그는 출발 전부터 결혼을 계획한 것이었다. 그는 내 아킬레스건을 발견해 저스틴을 폭행한 여파로부터 자신을 보호하기 위해 이용했다. 네드와 내가 지난 몇 달간 몰래 사귀었다면, 그가 내게 청혼할 생각이었다면, 세상 사람들은 그가 출발 전날 직원을 정말 폭행했을 것이라고 믿을까?

잠시 생각하다가 아래층 주방으로 살그머니 내려가 서랍에서 길고 뾰족한 칼을 꺼냈다. 나는 방으로 달려간 뒤 문을 닫았다. 거의 어두워진 시각이었다. 네드가 나를 가두지 않은 것을 기억해낼 줄 알았지만 그는 오지 않았다. 다행이었다. 곧 그는 잠들 것이고, 그가 잠들면 나는 그의 방을 찾아가 목에 칼을 대고 휴대전화를 받아내 경찰에 신고할 생각이었다. 그리고 그가 조금이라도 움직이면, 죽일 것이었다. 저스틴과 리나, 헌터를 대신해 그를 죽이겠다고 결심했다.

하지만 그 계획을 하나도 실행에 옮기지 못한 채 나는 납치됐다.

55. 현재

담요를 끌고 화장실로 걸어간다. 그들이 언제 나를 데리러 올까? 네드가 아래층 방에서 나간 뒤 이상한 소리가 들려왔다. 물건, 아마 가구를 이리저리 끌고 다니는 소리다. 정적인 상태에서 동적인 상태로 바뀌니 신경이 곤두선다.

나는 화장실 문을 잠그고 전등을 켠다. 눈이 부셔 벽을 잡고 잠시 기다린다. 허리를 숙이고 벽장을 열어 세면도구 가방에서 못을 꺼내고 벽에 마지막 금을 긋는다. 그 금 아래 9/14라고 적는다. 납치가 끝나는 날. 잡힌 날로부터 정확히 4주째 되는 날이다.

나는 매트리스로 돌아간다. 오래 지나지 않아 문이 열리는 소리가 들린다.

"지금이요." 남자가 말한다.

보통 오는 남자가 아니라 다른 사람이다.

나는 일어선다. 남자는 내 머리에 복면을 씌우지만 아마 내가 담요를 들고 있어서인지 손을 묶지 않고 내 어깨에 손을 얹어 방에서 이끌고 나간다.

남자는 나를 데리고 복도를 지나간다. 한 쌍의 문을 지나 집 정면을 향해 걸어간다. 나를 어딘가 안전한 곳으로 데려갈 차가 대기하고 있으리라 상상한다. 하지만 남자가 걸음을 멈추더니 오른쪽 방으로 나를 안내한다. 긴 식탁이 놓인 끝에 창문이 난 주방일 것이다. 남자는 나를 앉힌다. 커피 냄새에 입에 침이 고인다.

"잘 들어요." 남자가 말한다. 뒤에서 목소리가 들린다. "복면을 벗기고 눈이 빛에 적응하도록 선글라스를 씌울 겁니다. 알겠습니까?"

"네."

"눈을 감아요."

시키는 대로 하자 복면이 벗겨진다. 빛이 감은 눈을 뚫고 들어와 나는 반사적으로 고개를 숙인다. 선글라스가 씌워진다. 나는 고개를 들고 눈을 살짝 떴다가 다시 감는다.

"곧 돌아올 겁니다." 남자가 말한다. "움직이지 말아요. 그 자리에 가만히 있어요."

문이 닫힌다. 망치질하는 소리, 물건을 들었다 내리는 소리가 작게 들려온다. 눈이 빛에 적응하는 동안 나는 선글라스를 쓴 채로 2초 정도 눈을 살짝 떴다가 다시 감으며 차츰 빛에 노출되는 시간을 늘린다. 납치범이 어디 있는지 궁금하다. 네드와 함께 간 모양이다. 네드는 이제 아버지를 만났을까? 그가 구출되었고 나는 죽은 것을 세상이 알고 있을까?

남자가 돌아와 내 뒤에서 움직인다.

"돌아보지 마세요." 남자가 말한다. "앞쪽 식탁에 지시 사항이 적힌 편지가 있습니다. 적어도 세 번, 아마 그 이상 읽어야 할 겁니다. 지시 사항이 아무리 이상해도 반드시 따라야 합니다. 협조해야 살 수 있어요." 남자가 말을 멈추고 자기가 한 말이 이해되기를 기다린다. "알겠습니까?"

온몸이 전율한다. "네."

"다른 방법이 있었다면, 그 방법을 따랐을 겁니다. 하지만 너무 위험합니다. 그걸 기억해야 합니다. 당신에게 필요한 건, 무조건적인 믿음입니다." 또 침묵. "믿어줄 겁니까?"

"네." 나는 다시 대답한다. 내겐 달리 선택지가 없으니까.

"지시 사항을 암기하고 나면, 성냥을 그어 종이를 태우세요. 아무것도 적거나 기록하지 마세요. 나는 이제 나갑니다. 나를 보려고 하지 마세요. 앞쪽 벽에 시계가 있습니다. 지금은 오전 6시입니다. 15분 동안 움직이지 말고 커피만 따라서 마셔요. 15분이 지나면 편지를 읽어도 됩니다."

그가 나가고 선글라스 밑에서 눈물이 흘러내린다. 나는 그 방에서 벗어났다. 나는 살아 있다.

56. 현재

선글라스를 들고 눈물을 닦은 뒤 다시 선글라스를 쓰고 벽에서 시계를 찾는다. 차츰 눈이 적응하자 시계를 살핀다. 검은 시곗바늘이 6시 5분을 가리킨다.

나는 식탁으로 시선을 내린다. 종이 두 장이 놓여 있다. 커피 주전자와 우유 한 병, 머그잔 두 개도 있다. 손을 뻗어 커피를 따르고 한 모금 마신다. 머그잔을 드는 손이 떨린다. 맛이 너무 강해 입안에 뜨거운 액체를 머금고 있다가 삼킨다. 종이를 바라본다. 몸은 아직 어둠 속에 갇혀 있는데 이 장면을 위에서 내려다보는 것처럼 현실에서 동떨어진 느낌이다. 커피를 한 모금 더 마시고, 잠시 눈을 감은 채 고소하면서도 살짝 탄 듯한 맛을 음미한다.

다시 종이 두 장을 본다. 거기 적힌 모든 내용이 남은 내 삶을 결정할 것이다. 새로운 이름을 쓰게 될까? 어디로 가야 할까? 차가 나를 태우러 와서 어딘가의 안전가옥으로 데려갈까? 돈은 어떻게 할까? 속이 뒤틀린다. 나는 돈 때문에 여기 왔다. 내 삶이 쉬워지길 바랐기 때문에 여기 왔다.

검은 시곗바늘이 6시 15분을 가리킨다. 나는 숨을 들이쉬고 내쉰 뒤 무릎에서 담요를 들어 식탁 위에 두고 선글라스를 벗는다. 창문으로 들어오는 빛이 너무 밝아 다시 선글라스를 쓰려는데 뭔가 내 주의를 끈다. 머그잔을 좀 더 자세히, 이쪽저쪽으로 돌려본다. 그 머그잔은 내 것이다. 라스베이거스에서 산 것이다. 납치범 한 명이 우리를 데려온 후 네드의 집에 다시 갔던 것이 분명하다. 나는 머그잔을 식탁 위에 내려놓는다. 그 일을 당장 생각하기에는 마음이 너무 피곤하다.

편지지를 뒤집어 첫 줄을 읽는다.

오늘은 8월 31일 토요일입니다.

나는 눈살을 찌푸린다. 착오가 분명하다. 오늘은 9월 14일 토요일, 잡혀온 지 29일째다. 확실하다. 나는 계속해서 읽는다.

당신이 네드 호소프와 결혼한 지 오늘로 정확히 31일째입니다.

소름이 돋는다. 이건 뭘까? 무슨 농담인가?

더 이후라고 생각할 수도 있지만, 이곳에서 보낸 하루는 24시간이 아니었습니다. 오늘은 납치된 지 15일째입니다.

15일째? 나는 깜짝 놀라 편지지에서 고개를 든다. 그 방에 갇힌 지 14일밖에 안 되었다니.

계속해서 읽는다.

질문을 받으면, 네드가 저스틴 엘런드 성폭행과 관련해서 미디어의 비난에서 벗어나 아내와 좋은 시간을 보내려고 2주간 이 집을 빌렸다고 대답해야 합니다. 그의 인스타그램 계정이 이 사실을 확인해줄 겁니다. 위층 침실에 있는 그의 전화를 보면 이것을 확인할 수 있습니다.

나는 그 문단을 두 번 더 읽지만 그래도 제대로 이해한 것인지 알 수 없다. 네드가 이 집을 빌렸다고? 나는 그 부분을 다시 읽는다. 아니, 그건 내가 질문을 받으면 해야 하는 대답이다. 하지만 왜? 누가 내게 물을 것인가? 나머지 내용을 읽고 다시 읽지만 읽은 내용, 하라는 일을 제대로 이해할 수 없다. 세 번째 읽고 나서야 마침내 이해한다.

이것은 단순한 납치가 아니었다.

II

심
판

1

오전 7시다. 나는 싱크대에 서서 한 손에는 그 편지를, 다른 손에는 불을 켠 성냥을 들고 있다. 지시 사항을 제대로 외우지 못했을지 모른다는 두려움을, 그것을 실행하지 못할지도 모른다는 두려움을 밀어낸다. 실행해야 한다. 반드시 실행해야 한다.

나는 편지 모서리에 성냥불을 댄 다음, 속도를 올려 손끝으로 다가오는 노랗고 파란 불꽃이 종이를 검게 그을리고 구부리는 동안 열기를 느끼면서 홀린 듯 바라본다. 마지막 순간 종이를 싱크대에 버리고 재빨리 물을 틀어 검은 조각을 성냥과 함께 하수구에 흘려보낸다. 성냥 상자는 발견한 서랍에 도로 넣고 주방을 빙 돌면서 주전자와 냉장고 등 모든 위치를 확인하고 찬장과 다른 서랍을 열어 내용물을 살핀다.

탈출을 시도했을 때 큰 희망이 되어준 창문으로 가서 밖을 내다본다. 널찍한 테라스와 수영장이 보이자, 문득 기묘한 기시감이 든다. 이 테라스와 수영장을 본 적이 있다.

가슴을 두근거리며 미닫이문을 열고 밖으로 나가지만, 신선한 공기와 피부에 닿는 이른 아침 따뜻한 햇볕을 제대로 느끼지도 못한다. 독특한 회색과 노란색 줄무늬 일광욕 의자와 수영장 끝의 바, 카운터 아래 가지런히 정돈된 높은 의자가 보이고 공기 중에 진한 바다 냄새가 난다. 너무 놀라 일광욕 의자에 주저앉는다. 이곳은 네드와 내가 루카스와 점심을 먹었던 헤이븐클리프의 집이다. 루카스가 우리 납치 배후에 있었다는 증거가 아직도 더 필요하다면, 바로 이 집이 증거였다.

시간이 흐르는 것을 느끼고 나는 주방으로 돌아가 복도로 나간다. 주방 맞은편에 문이 하나 있다. 그 문을 여니 식당이다. 복도로 더 들어가면 왼쪽에는 탈출하려던 때 지났던 한 쌍의 문이 있다. 그 문을 여니 상상한 대로 넓은 거실이다. 오닉스로 조각을 해 넣은 낮은 직사각형 테이블에 잡지와 책, 네드의 집 내 방에서 가져온 내 책이 놓여 있다. 내가 쓰던 숄 하나가 그 옆 소파 팔걸이에 대충 걸쳐져 있다. 머그잔도 있다. 바닥에 커피 자국이 아직도 있다.

나는 지시에 따라 그 집의 곳곳을 익힌다. 거실 맞은편에 위층으로 올라가는 넓은 계단이 있다. 그곳은 무시하고 복도를 따라 목재로 장식한 서재와 그 뒤의 집무실을 발견한다. 그리고 서재 맞은편, 거실 옆은 내가 잡혀 있던 방이다.

문을 열고 문 앞에 선다. 창문에서 합판을 떼어내어 방 안은 어둡지 않다. 내 상상과는 전혀 다른 방이다. 마음속으로 그곳이 허름

하고 벽은 오래되어 누렇게 바랬을 것이라고 상상했다. 하지만 벽은 연한 녹색으로 매끈하게 칠해져 창밖으로 보이는 수목과 잘 어울렸다.

창문 앞에는 마호가니 책상이 있다. 그 위에는 장식용 스탠드가 놓여 있다. 내 매트리스가 있던 구석에는 진녹색 천을 댄 편안한 안락의자와 또 스탠드가 놓인 낮은 목재 테이블이 있다. 반대편 벽에는 책이 가지런히 채워진 작은 책장이 있다. 이 아름다운 방이 4주, 아니 2주간 내가 살던 곳이라니 믿을 수 없다. 그들이 어떻게 그렇게 날짜를 속였는지, 이유는 무엇인지 자꾸만 궁금해진다. 하지만 당장은 그런 생각할 시간이 없다.

작은 화장실로 다가간다. 창문에서 햇빛이 쏟아져 들어오니 안으로 들어가 문을 잠그지 않아도 비누가 사라진 것이 보인다. 허리를 숙여 벽장을 들여다본다. 텅 비어 있다. 문 뒤의 벽을 살핀다. 내가 날짜를 셈하느라 문 뒤에 남긴 자국은 사포질로 지워졌다. 내 흔적은 아무것도 없다.

방으로 돌아 나와 내 혈액을 문지른 벽으로 걸어간다. 내 혈액은 아직 있다. 정말 있었던 일이다. 모두 현실이었다. 이 방에 여전히 내 흔적이 남아 있다.

나는 복도로 돌아간다. 지하로 내려가는 문이 보이지만, 네드가 갇혀 있던 방은 보고 싶지 않다.

나는 서둘러 위층으로 올라가서 침실을 찾는다. 침대가 흐트러져 있고, 싸다 만 여행 가방 두 개가 옷장 옆에 열린 채 놓여 있다. 일부는 내 것, 일부는 네드 것인 듯한 옷가지가 창가에 놓인 의자에 걸쳐져 있다. 라스베이거스에서 네드의 집에 도착한 이후로 보지 못한 내 핸드백이 침대 왼쪽 바닥에 놓여 있고, 침대 오른쪽 탁자 위에는 네드의 것으로 보이는 휴대전화도 있다. 딸린 욕실로 들어가는 문이 살그머니 열려 있다. 무엇보다 샤워가 간절하다. 하지만 우선 침대 왼쪽에 누워 시트 속에서 몸을 움직인 뒤 일어난다.

욕실은 젖어 있고 김이 서려 있다. 네드가 샤워한 곳이 분명하다. 수건걸이에 아무렇게나 걸린 진청색 수건을 만져보니 축축하다. 새 수건이 쌓여 있다. 수건 하나를 샤워실 문에 걸치고 파자마를 벗는다. 샤워실로 들어가 수도를 틀고 쏟아지는 뜨거운 물 아래 선다. 물이 내 몸에, 귀와 입 속으로, 몸을 따라 발로 흘러내리게 두고, 선반에 늘어선 병으로 손을 뻗어 머리를 감고 몸에 비누칠을 하고 살갗이 얼얼할 때까지 문지른다. 밖으로 나가고 싶지 않다. 영영 물 아래 서 있고 싶다. 하지만 몇 분 뒤 아쉬운 마음으로 수도꼭지를 돌리고 수건으로 몸을 감고 샤워실에서 나온다. 거울 앞에 서서 내 얼굴을 들여다본다. 전보다 수척하며 창백해 보이고, 눈 아래 다크서클이 있다. 하지만 여전히 나처럼 보인다.

욕실 옆에 드레스룸이 있는데, 한쪽은 2주간의 휴가에 가져갈 정도의 내 옷이, 다른 쪽은 네드의 옷이 걸려 있었다. 흰 반바지와 티셔츠를 고르고 운동화를 신은 뒤 욕실에서 빗을 찾아 젖은 머리를 빗는다.

침실로 돌아와서 침대에 앉아 가방을 무릎 위에 올려놓고 내용물을 뒤진다. 처음 보이는 것은 여권이다. 재빨리 이름을 확인한다. 나는 죽지 않게 되었지만, 여전히 아멜리 러몬트로 살고 싶다. 여권

사진은 아버지가 돌아가시기 얼마 전에 찍은 것이다.

가방에는 전에도 들어 있던 물건들이 있다. 티슈, 립글로스, 지갑, 어린 시절 레딩에서 살던 집 열쇠, 리모컨이 달린 열쇠 꾸러미, 그리고 내 휴대전화가 들어 있다. 전화를 꺼내 켜자 충전이 되어 있다. 규칙적으로 메시지를 보내던 사람은 캐럴린, 저스틴, 리나뿐이고 지각을 하게 되면 이따금 비키에게 메시지를 보냈었다. 그간 캐럴린에게서 메시지가 수없이 와 있었다. 캐럴린이 7월 26일, 내가 비행기에서 보낸 사진에 대한 답장으로 보낸 메시지를 찾는다.

아멜리, 아직 출발하지 않았으면 전화해. 긴히 할 말이 있어.
아멜리가 알아야 할 일이 있어.

이어지는 스무 통 남짓한 메시지를 보니 마음이 아프다. 모두 캐럴린이 내게 당장 전화하라고 보낸 것이었다. 캐럴린은 내가 답장하지 않자 너무나 염려했다. 하지만 이제 깨달았다. 내가 실수로 비행기에 전화를 두고 내린 것이 아니라, 네드가 치운 것이고 마찬가지로 컴퓨터도 망가뜨린 것이었다.

8월 2일, 네드와 결혼한 다음 날 캐럴린이 보낸 메시지가 있다. 호텔로 전화를 해서 저스틴 폭행에 대해 알린 다음 날이다.

아멜리, 정말이야? 정말 네드와 결혼했어? 뉴스에 나왔어.

그리고 이튿날 아침, 다음과 같이 보냈다.

아마 이 메시지를 받지 못하겠지. 안 그러면 전화했을 테니까.

하지만 메시지를 받고 있으면 제발 답장이라도 보내줘. 무사한지 알고 싶어.

그리고 네드와 내가 영국에 도착한 지 이틀 뒤, 캐럴린에게 내가 보낸 것처럼 다음과 같은 메시지가 갔다.

안녕하세요, 캐럴린. 염려해주셔서 감사하지만 제가 지금 바쁜 건 이해해주시겠죠. 염려 마세요. 저는 잘 있어요. 네드랑 결혼해서 정말 기뻐요. 곧 전화할게요.

캐럴린이 이 말을 믿지 않은 것은 당연하다. 나는 캐럴린에게 바빠서 연락할 수 없다는 말을 절대 안 할 테니까.

저스틴에게서 아무런 메시지가 없는 것을 보고, 나는 눈물을 삼킨다. 내 짐작이 맞는다면, 내가 라스베이거스로 갔을 때 저스틴은 이미 세상을 떠났을 것이다.

집 안을 마저 돌아봐야 한다는 생각에 침대에서 일어난다. 내 전화와 네드 전화를 들고 방에서 나와 모두 욕실이 딸린 나머지 침실 네 곳을 찾아보고 주방으로 돌아온다. 시계를 확인한다. 8시 15분, 다음 지시를 실행에 옮길 때가 됐다. 나는 잠시 머뭇거린다. 그들이 내게 요청한 일이 벅차게 느껴진다. 하지만 다른 방법은 없다.

첫 부분은 제대로 마친 것인지, 재빨리 떠올려본다.

우선 주위를 돌아보세요. 위치를 확인하고 주방과 집 전체에 익숙해지세요. 여기저기 둘러보고 찬장을 열고 물건을 만져보세요. 지난 2주간 당신과 네드는 이곳에서 부부로 살았다는 사실을 기억하세요.

위층 침실에 가면 옷가지가 있을 겁니다. 싸다 만 여행 가방도 있을 겁니다. 오늘 당신과 네드는 웬트워스의 집으로 돌아갈 겁니다.

샤워를 하기 전에 침대에 잠시 누우세요. 거기서 잔 것처럼 보여야 합니다. 가방에 전화가 있습니다. 샤워를 한 뒤 그동안 받은 메시지를 확인하세요. 네드의 전화는 침대 옆 테이블에 있습니다. 침실을 나올 때 전화를 가지고 주방으로 가세요. 정확히 오전 8시 20분, 다음 지시 사항으로 넘어가세요.

2

오전 8시 20분이다. 나는 의자에서 일어나 복도로 나가서 현관문으로 향한다. 걸려 있던 열쇠꾸러미에서 표시를 읽고 열쇠를 찾아 문을 열고 나간 다음 문을 닫는다. 빠른 걸음으로 대문 오른쪽의 작은 문으로 다가가면서 네드의 차가 세워져 있는 것을 확인한다. 버튼을 눌러 출입문을 열고 보도로 나선 다음 오른쪽으로 달리기 시작한다. 길 끝에 장벽이 있다. 아래를 내려다보니 해변이 보인다. 해변으로 내려갈 길을 찾아보니 왼쪽으로 50미터쯤 떨어진 곳에 산책로로 이어지는 지그재그 계단이 있다.

계단을 달려 내려가 산책로의 낮은 벽을 뛰어넘어서 해변에 도착한다. 주위에 사람들이 서너 명 보인다. 모래사장에서 개와 산책하는 남녀를 향해 달려간다.

"실례합니다." 나는 헉헉거리며 말한다. "남편을 찾고 있어요.

해변에 산책하러 간다고 했는데 아직 돌아오지 않았어요. 보통 체격에 검은 머리, 눈은 회색이고 무릎길이 청색 반바지와 흰 폴로셔츠를 입고 있어요. 혹시 보셨어요?"

그들은 고개를 젓는다. "조깅하는 사람은 두 명 지나쳤지만……."

"아뇨, 조깅은 안 해요. 아마 안 했을 거예요." 나는 이미 달려가며 말한다. "감사합니다."

바닷가에서 조깅하는 남자와 아기를 데리고 모래사장에 앉아 있는 젊은 여자, 달마티안 개를 산책시키는 나이 지긋한 아주머니에게도 같은 질문을 한다. 네드처럼 생긴 남자를 본 사람은 아무도 없다. 나는 10분째 해변을 달리고 있다. 앞에 부두가 보인다. 본머스 부두일 것이다. 계속 달리면서 만나는 사람들에게 질문을 하면 모두 네드를 보지 못했다고 한다. 부두에 거의 다다른 뒤 돌아서서 온 길을 되짚어간다. 내려온 계단을 지나쳐 더 이상 달릴 수 없을 때까지 달린다. 잠시 숨을 고르기 위해 멈춘 다음 계단으로 되돌아가 집으로 돌아온다.

9시가 다 됐다. 나는 근처 경찰서 전화번호를 찾는다.

"여보세요, 혹시 도와주실 수 있나요?" 내가 묻는다. "남편이 걱정돼서요. 오늘 아침 6시에 산책하러 나갔는데 아직 돌아오지 않았어요. 보통은 걱정하지 않을 텐데, 식탁에 휴대전화를 두고 나갔어요."

"남편분이 전에도 오래 산책한 적이 있습니까?" 전화를 받은 사람이 묻는다.

"아뇨, 적어도 휴대전화 없이 오래 산책한 적은 없어요. 하지만 요즘 스트레스를 많이 받아서요. 무슨 소송 때문에, 기자들이 쫓아

다니고……"

"성함이 어떻게 되시죠?"

"네드, 네드 호소프예요. 철자를 불러드릴까요?"

"아뇨, 괜찮습니다." 전화 받은 사람의 어조가 갑자기 높아졌다. "그럼 전화 거신 분은?"

"아멜리 호소프, 아내예요."

"주소는요?"

"정확히는 모르겠어요. 여기가 집이 아니거든요. 남편이 2주 동안 헤이븐클리프에서 집을 빌렸어요. 집 이름은 앨버트로스인데, 거리 이름은 모르겠어요."

"좋습니다, 부인. 거기 가만히 계세요. 사람을 보내겠습니다. 20분 뒤 도착할 겁니다."

"아, 알겠어요. 감사합니다." 나는 안도감을 섞어 말한 뒤 전화를 끊는다.

잔뜩 긴장한 채 기다린다. 15분 뒤 초인종이 울린다. 문 옆의 컨트롤 패드를 이용해 대문을 연다. 경찰차가 현관문 앞에 선다. 경찰 두 명이 내린다. 남자와 여자다. 나는 문으로 달려간다.

"호소프 부인?" 여자 경관이 말한다. "저는 웬디 개럿이고 이쪽은 필 올슨입니다. 들어가도 될까요?"

"네, 물론이죠." 나는 긴장한 것보다는 염려하는 것처럼 들리기를 바라며 말한다. "이렇게 빨리 와주셔서 감사합니다."

나는 그들을 주방으로 안내해 자리를 권하고 이미 전화로 한 이야기를 반복한다.

"남편분께서 최근 스트레스를 받았다고 하셨죠?" 개럿 경관이 묻는다.

"네, 성폭행으로 고소당했거든요." 나는 그들을 흘끔 본다. "아마 아시겠죠. «익스클루시브스»의 직원이 고소했어요. 그 사람을 해고했더니 보복한 거였어요." 나는 무릎 위에서 양손을 꼭 쥔다. "하지만 그 사람이 고소를 취하했는데도 기자들이 쫓아다녀서 남편이 힘들어했어요. 그래서 이 집을 빌려서 잠시 쉬러 왔어요. 남편이 조금 우울하긴 해도 괜찮은 줄 알았어요. 잘 버티는 것 같았거든요. 그런데 어젯밤에 일어났더니 남편이 옆에 없었어요. 남편을 찾다 보니 여기, 주방에 있었고 식탁에 앉아서 머리를 감싸 쥐고 있었어요. 머리가 아프다면서 저보고 돌아가서 자라고 했죠." 나는 말 속도를 늦추며 잠시 쉰다. "함께 가서 자자고는 했지만, 남편은 잠들지 못했고 5시 반쯤 샤워를 한 다음 해변에서 산책하고 돌아와서 아침을 함께 하겠다고 했어요. 남편이 키스했고 저는 다시 잠들었어요."

"그때는 염려하지 않으셨어요?"

"네, 두통이 걱정되기는 했지만 산책을 하면 나아지겠지 했어요."

"언제부터 염려되기 시작했죠?"

"샤워를 하고 8시쯤 아래층에 내려왔을 때요. 식탁에 그이 전화가 있어서 곧바로 걱정하진 않았어요." 나는 휴대전화에 손을 뻗어 집어 들었다가 도로 내려놓는다. "남편이 수영장에 있는 줄 알았어요. 전화를 멀리 두는 법이 없거든요. 그래서 커피를 내리고 부르러 갔죠. 수영장에 없어서 서재나 거실에 있는 줄 알았어요. 하지만 집

안 어디에서도 찾을 수 없었고 걱정되기 시작했어요. 6시쯤 나갔는데, 8시 20분이 다 된 시각이었거든요." 나는 침을 삼킨다. "전화도 없어요. 그래서 해변에 내려가 남편을 찾았지만 거기도 없었죠. 제가 나간 동안에 길이 엇갈렸나 싶어서 돌아왔어요. 하지만 여기에도 없었어요."

"어제나 오늘 아침, 다투셨습니까?"

"아뇨, 전혀요." 나는 부끄러운 듯 웃는다. "아직 허니문이에요. 몇 주 전에 결혼한걸요."

올슨 경관이 네드의 전화 쪽으로 고갯짓한다. "전화를 보셨어요?"

"아뇨. 비밀번호도 몰라요. 하지만 아무것도 없을 거예요. 여기 오기 전에 남편은 인스타그램 앱도 지웠어요. 소셜 미디어를 완전히 쉬고 싶다고요."

개럿 경관이 전화를 집어 든다. "비밀번호를 모르시나요?"

"어머니 생신이라고 한 적이 있지만, 맞는지 모르겠어요."

"남편분 어머니 생신을 아세요?"

"아뇨. 뵌 적도 없어요. 저희 결혼을 달가워하지 않으셨고, 결혼한 뒤로 어머니를 만난 적도 없어요. 남편은 그것 때문에도 속상해했어요."

개럿 경관이 전화에 뭐라고 입력하는 동료를 본다. "찾았어?"

"영 삼 이 삼 오 칠." 그가 말한다.

"좋아, 해보자." 개럿 경관이 네드의 전화에 그 숫자를 입력한다. "맞네."

개럿 경관이 네드의 전화를 확인하는 사이 나는 가슴을 두근거리며 지켜본다. 잠시 후, 개럿이 동료에게 전화를 보여주자 그는 곧 주방에서 나간다.

"뭔가 알아내셨어요?" 내가 불안한 표정으로 묻는다.

경관이 머뭇거리더니 네드의 전화를 내게 건넨다. 그의 인스타그램 계정이 보인다. 최근 게시물은 두 개뿐이다. 오늘 아침 6시 5분에 올린 마지막 게시물은 "미안해. 용서해"라고 적혀 있다. 그전, 지난 토요일에 올린 사진에는 다음과 같은 글이 적혀 있다.

인스타그램을 쉬겠다고 했지만, 오늘 아침에 찍은 아멜리의 이 사진은 올리지 않을 수 없군요. 아름답지 않나요?

나는 그 사진을 멍하니 본다. 빨간 비키니를 입은 내가 노랑과 회색 줄무늬 일광욕 의자에 누워 있다.

"이해가 안 되네." 나는 중얼거린다.

"남편분이 미안하다고 할 이유가 있습니까?" 개럿 경관이 묻는다. "다투지는 않았다고 하셨죠?"

나는 고개를 들고 재빨리 실수를 가린다. "네, 제 말이 그거예요. 뭐가 미안하다는 건지 이해가 안 되네요." 개럿 경관은 아무 말도 하지 않고, 이어지는 침묵 속에서 나는 차츰 깨닫는다. "설마……." 목소리가 떨린다.

개럿 경관은 동료들이 지금 네드를 찾고 있다며, 네드는 내가 염려하는지 모르고 어딘가 벤치에 앉아 있을 것이라고 친절하게 말해준다. 개럿 경관은 차를 끓여줘도 되는지 묻고 나는 찬장을 가리키며 티백과 머그잔이 어디 있는지 알려준다. 차를 마시며 개럿은 나와 네드 사이에 대해, 갑작스러운 결혼에 대해, 우리 사이에 대해, 성폭행 고소에 대해 상냥한 목소리로 질문한다.

한 시간쯤 지난 뒤에야 올슨 경관이 머리를 내밀더니 개럿 경관을 복도로 부른다. 땀이 난 손바닥을 반바지에 문지르며 낮은 대화 소리를 듣는다. 기다리기가 초조하다.

마침내 두 경관이 주방으로 돌아온다.

"호소프 부인." 올슨 경관이 부드럽게 말한다. "동료에게 연락을 받았어요. 해변 쪽 한 절벽 아래서 시신이 발견됐다는 소식을 전하게 돼서 정말 유감입니다."

나는 왈칵 울음을 터뜨린다. 개럿 경관이 티슈를 찾아서 내게 건넨다. "남편분인지는 아직 모릅니다." 그녀가 말한다. "이런 질문 드려서 죄송하지만, 그분인지 알 수 있는 표시가 있을까요?"

나는 끄덕인다. 허리 쪽에 독수리 문신이 있어요."

"다른 건요?"

"음, 발가락 사이, 엄지발가락 옆에 사마귀가 있어요."

"어느 쪽 발인지 기억하시나요?"

나는 눈을 문지르며 숨을 들이쉰다. "왼발이요."

"시신을 확인하는 데 도움이 될 만한 것이 또 있습니까?" 올슨 경관이 묻는다.

"아뇨, 다른 건 생각이 안 나네요."

그리고 나는 멍한 눈빛을 한다.

개럿에게 네드의 시신이라는 확인 전화가 오기까지 기다림은 끝이 없다. 그 전화가 온 무렵, 나는 이미 정신적으로나 육체적으로나 기진맥진 상태라 제정신이 아닌 것처럼 보이기는 어렵지 않다. 안도감이 너무 커서 울음을 멈출 수 없다. 네드는 정말로 죽었고 나를 해칠 수 없다.

내가 진정되자 개럿이 진술이 필요하니 경찰서에 가자고 한다. 나는 담요를 들고 위층으로 올라가 여행 가방에 네드의 물건도 함께 챙긴다. 개럿은 말없이 뒤따라 올라온다. 그녀는 친절하게 행동하지만, 형사로서 실마리를 찾느라 방 안을 찬찬히 살핀다.

"네드의 시신을 정식으로 확인해줄 사람이 필요합니다." 경찰차에 탄 뒤 개럿이 정중하게 말한다. "그렇게 해주실 수 있을까요?"

나는 재빨리 고개를 젓는다. "저……는 못 할 것 같아요. 어쨌든, 가족 중에서 누군가가 확인하려고 하실 거예요. 아버지라든가."

한참 뒤에, 혼자 있고 싶다고, 모든 일을 생각하고 소화할 공간이 필요하다고 소리 지르고 싶어질 무렵, 하루 종일 곁에 있던 개럿 경관이 나를 웬트워스의 네드 집으로 데려다준다. 그곳에는 데려가지 말아달라고 애원하고 싶지만, 그럴 수 없다. 네드는 죽었고 나는 그가 사랑하는 아내 역할을 계속해야 한다.

그 집에 도착한 뒤 가방에서 열쇠를 꺼내 리모컨으로 대문을 연다.

"보통 때는 경호원이 있어요." 집 앞으로 가는 사이 내가 설명한다. "하지만 집을 비운 동안 네드가 그 사람에게 휴가를 줬어요."

"이곳에 다른 사람, 부인과 함께 있어줄 사람이 있나요?" 개럿이 룸미러로 나를 보며 묻는다.

나는 고개를 젓는다. "가사도우미는 가족에게 가 있어요. 하지만 괜찮아요. 전화로 부를 친구들이 있거든요." 나는 갑자기 흐느끼다가 울음을 참으려고 손으로 입을 막는다.

"괜찮습니다, 호소프 부인. 충격이 크셨죠. 친구분들이 도착할 때까지 함께 있어드릴 수 있어요."

"감사하지만 네드의 물건과 함께 있고 싶네요. 아직도 도저히 믿을 수가……."

개럿이 끄덕이더니 차를 세운다. 나는 차에서 내리고 고맙다고 인사하지만, 그녀가 집 안에 따라 들어온다. 우리는 빈 복도에 잠시 서 있는다.

"필요한 것이 있거나 생각나는 것이 있으면 전화하세요." 개럿이 말한다.

나는 고맙다고 인사하고 개럿은 떠난다.

마침내 혼자가 됐다.

3

개럿 경관이 떠난 지 몇 분밖에 안 됐지만 돌아와달라고 외치고 싶다. 가기 전에 경관에게 집 안이 안전한지 확인해달라고 하지 않은 것이 후회된다. 이 넓은 집에 혼자 남으니 너무나 취약한 기분이다.

차근차근 방들을 돌아보고 창문을 밀어보고 주방에서 밖으로 나가는 문을 당겨보면서 모두 잠겨 있는지 확인한 뒤 주방에 돌아온다. 내 휴대전화가 식탁 위에 있다. 그것을 집어 캐럴린에게 전화하려다가 지시 사항을 기억하고 멈춘다. 아직은 그럴 수 없다. 화면이 바닥에 닿도록 전화를 뒤집어놓은 뒤, 나는 벽을 멍하니 응시한다.

햇빛이 싱크대 대리석 상판을 지나며 시간의 흐름을 알린다. 아무것도 느끼지 못한 채 앉아 있다 보니 밖이 어두워지고 배에서 꼬르륵 소리가 난다. 냉장고에 소비기한이 조금 남은 식재료가 몇 가지 있다. 훈제 연어 한 팩, 달걀, 버터, 빵 한 덩어리. 토스트를 만들어 두어 입 먹다가 입맛을 잃고 내려놓는다. 이 집에서는 마음을 놓을 수가 없고, 머릿속에서 달아나라는 소리가 자꾸 들린다. 하지만 그럴 수 없다. 네드를 묻을 때까지 여기 갇혀 있어야 한다. 그때가 되어야 떠날 수 있다.

불안이 마음속을 갉아먹는다. 오늘 하루 동안 내가 잘못한 것이 있으면 어쩌지? 경찰은 내가 한 이야기를 믿을까? 나는 제대로 모든 일을 처리했을까?

눈을 감고 암기한 두 번째 지시 사항을 떠올려본다.

오전 8시 20분에 집에서 나가세요. 대문과 옆문 열쇠는 복도 고리에 있을 겁니다. 밖으로 나가면 오른쪽으로 돌아 해변으로 가세요. 해변에 도착하면 사람들을 불러 세우고 남편을 찾는다고 하면서 보통 체격에 검은 머리, 진청색 반바지와 흰 폴로셔츠를 입었다고 설명하세요. 부두까지 달려갔다가 돌아와 샌드뱅크스까지 반대로 달려갔다가 집으로 돌아오세요. 근처 경찰서에 전화를 해서 앨버트로스라는 집에서 지내는데 남편이 아침 일찍 산책을 나가면서 식탁에 전화를 두고 나갔고 돌아오지 않아서 걱정이 된다고 신고하세요. 남편이 고소 때문에 스트레스를 받았다고 하세요. 그의 이름을 말하면 경찰이 흥미를 가질 겁니다. 아마 경관을 보낼 텐데, 보내지 않으면 한 시간 뒤에 다시 전화를 걸어 여전히 걱정된다고 하세요.

경찰이 네드의 휴대전화 비밀번호를 아는지 물을 때가 있을 겁니다. 잘 모르겠지만 어머니 생일이라고 한 것이 기억난다고 하고, 날짜는 모른다고 하세요. 경찰이 날짜를 직접 찾아보고 네드의 전화를 열어 세 개의 메시지를 찾을 겁니다. 8월 16일 금요일, 소셜 미디어를 쉴 거라고 한 것, 지난주 당신과 함께 이 집에서 머물렀다는 증거 사진, 그리고 오늘 아침 6시 5분, "미안해. 용서해"라고 쓴 것입니다. 마지막 메시지를 보고 걱정하면서 경찰에게 네드가 극단적 선택을 했을지 물어보세요. 그의 시체가 아직 발견되지 않았다면, 경찰에서 수색을 시작할 겁니다. 결국 집에서 멀지 않은 절벽 밑에서 시체가 발견되고, 자살을 암시할 겁니다. 당신은 절망한 부인 연기를 해야 합니다. 시신을 확인하겠다고 하지는 말고, 특징을 물으면 허리에 독수리 문신, 왼발 엄지발가락과 둘째 발가락 사이 사마귀를 언급하세요. 자살이 확인될 때까지 시간이 걸릴 테지만, 경찰이 보내주면 웬트워스 집으로 돌아가세요. 경호원은 네드의 전화로 다시 연락할 때까지 쉬라는 메시지를 받고 떠났습니다. 경찰이 다른 직원이 있는지 물으면 가사도우미는 휴가 중이라고 하세요. 천천히 오늘 일을 되짚어보고 다음 지시를 실행에 옮길 준비를 하세요.

네드의 인스타그램 계정에 있던, 빨간 비키니를 입은 내 사진이 떠오른다. 우리가 점심을 먹으러 간 날, 루카스가 찍은 것이 분명하다. 그는 그때부터 이 일을 계획한 것이다. 그날 그가 나를 만났기 때문에 나에 대한 대우가 네드보다 좋았고, 나를 죽이지 않은 것일까? 아니면 그의 흔적을 다 감추기 위해 내가 필요했기 때문일까?

나는 주방을 서성인다. 무엇을 해야 할지 알 수 없고, 캄캄한 방에 갇혀 있을 때보다 이곳에서 더 꼼짝할 수 없다. 하지만 떠날 수는 없다. 지시 사항에 그 점은 분명히 적혀 있었다. 할 수 있는 일은 기

다리는 것뿐이다. 내가 증오하는 집에서, 앞으로 펼쳐질 일을 기다
리는 것뿐이다.

4

오전 9시, 인터콤이 울린다.

잠을 자지 못했다. 잘 수가 없었다. 소파에 웅크리고 밤을 보냈다. 동이 틀 때 담요를 쓰고 밖으로 나가, 차갑게 젖은 풀을 밟고 서서 일출을 보면서 평화를 찾으려고 했다.

현관문 옆 비디오 패널에 다가가니 제스로 호소프가 대문 앞에 서 있고, 그의 차 운전석 문이 열려 있다. 나는 말없이 대문을 여는 버튼을 누르고 그가 차에 타는 모습을 지켜본다. 그가 차를 몰아 들어오는데, 문득 컨트롤 패드의 닫힘 버튼을 눌러 그의 차를 철문으로 찌그러뜨리고 싶다. 그렇게라도 그를 피하고 싶다.

고급 차가 현관 앞으로 다가오면서 타이어가 자갈을 짓밟는 소리가 들린다. 그는 검은 정장에 타이를 맨 근엄한 모습으로 차에서 내린다. 언제 올 것인지, 오기는 할 것인지 알 수 없었지만, 나는 그가 찾아오면 입으려고 준비해둔 진청색 원피스의 구김을 편다.

그는 계단을 오르고 나는 말없이 문을 열고 뒤로 물러선다. 우리는 잠시 서로를 살핀다. 그의 얼굴은 슬픔에 주름져 있고, 나는 동정심에 가슴이 아프다. 뭐라고 해야 할지 몰라 그가 먼저 입을 열기를 기다린다.

"집무실에서 이야기하자." 그가 말한다.

"서재가 더 좋습니다." 내 말에 그는 고개를 끄덕인다. 아들을 마지막으로 본 곳보다는 그곳이 덜 괴로우리란 사실을 깨달은 모양이다.

나는 그가 앞장서게 하고서 주먹을 꼭 쥐고 뒤따른다. 정해진 대로 따라야 한다.

"요점부터 말하겠다. 나는 아들의 사인이 자살이라고 생각하지 않고, 경찰에 그렇게 말했다." 제스로 호소프가 앉지도 않고 말한다. "그 애는 살해됐다고 생각하고, 네가―," 그가 내게 손가락질한다. "개입했다고 생각한다."

살인을 했다는 주장에 놀라, 심장이 튀어나올 것 같다. 이런 상황에는 아무런 대비가 없었다.

"어째서 제가 네드가 죽기를 원할까요?" 나는 정신없이 묻는다.

"돈 말고 무슨 이유가 있겠나?"

"그이 돈은 원하지 않아요. 저는……."

"거짓말 마라!" 그의 검은 눈이 분노로 번득인다. "네드는 네가 임신했다고 거짓말했다고 했고, 혼인 후 합의서 조건도 이야기했다. 너는 두 번이나 그 애를 속였다. 내가 계산해봤더니 10억 파운드더

구나." 그는 내게 혐오와 불신의 눈길을 던진다. "이러고도 빠져나
갈 수 있다고 생각하다니 믿을 수가 없다."

"자기 피해를 줄이기 위해서, 오로지 피해자인 척해서 성폭행 고
소를 막아보려고 저랑 결혼한 사람에게서 한 푼이라도 받을 거라고
생각하세요?" 그에게 다가가는 사이 얼굴이 화끈거린다. "속인 사
람은 그 사람인데, 제가 속여서 결혼한 거라고 떠들어댈 사람에게
서 동전 한 푼 받을 거라고 생각하시냐고요. 그 사람은 제게 아버지
가 결혼시키고 싶어 하는 사람을 떼어내고 싶다고 했고, 제가 결혼
에 합의하면 대학 학비 10만 파운드를 주겠다고 했어요."

"무슨 소리냐? 내가 누구랑 결혼시키려 했다는 거야?"

"아드님은 우리 결혼이 비즈니스 계약일 뿐이라고 했습니다. 한
달 뒤 헤어지고 실수였다고 발표할 거라고 했어요. 그래서 네, 전 그
말을 믿었어요. 제가 멍청했고, 그 대가는 평생 치르겠죠. 하지만 전
그 사람을 속이지 않았어요!"

그의 얼굴에서 고통과 혼란이 내비치는 걸 보니, 그가 내 말을
믿는 것 같다. 하지만 그의 표정이 곧 다시 굳는다.

"멋대로 말해봐라. 하지만 네 말을 믿겠냐, 내 말을 믿겠냐. 네가
그 애 돈을 손에 넣으려고 임신한 척했고, 네 거짓말을 그 애가 알아
낸 뒤 네게 따지자 네가 그 애를 절벽에서 밀었다고 사실대로 말할
거다. 아니면 사람을 시켜 절벽에서 밀었다고."

밀려드는 당혹감을 가라앉힌다. "그건 사실이 아닙니다. 임신한
척한 적 없어요. 그리고 제가 받게 되는 돈은 전부 재단에 기부하겠
어요. 그러면 제가 그 사람 돈을 탐냈다는 가설은 무너지겠죠."

그가 휘청거리고 나는 승리감을 느낀다. 하지만 그는 재빨리 정신을 차린다.

"좋은 시도로군. 당연히 수세에 몰리면 그렇게 말하겠지."

다음에는 뭐라고 할지 알 수 없다. 얼마나 말해야 할지 모르겠다. 하지만 네드가 스스로 극단적인 선택을 했다고 그가 믿게 해야 한다.

"살해란 말이 나왔으니 말인데요, 호소프 씨. 헌터가 살해된 걸 아셔야 할 것 같습니다."

"헌터? 네드의 경호원? 그건 무슨 소리냐? 헌터는 살해되지 않았어. 네드가 해고했지."

나는 너무 많은 이야기를 하는 것이 아닐까 싶어 우선 가까운 의자에 앉는다.

"아뇨." 내가 말한다. "네드가 그렇게 말씀드린 거죠. 하지만 사실 헌터는, 호소프 씨께서 이곳에 마지막으로 오시기 이틀 전에 살해됐습니다. 네드와 제가 루카스란 남자와 점심을 먹고 돌아오는데, 저희 차가 습격을 당했습니다. 헌터가 차에서 끌려 나가 총에 맞아 죽었습니다."

"어디서?" 제스로 호소프는 회의적이다. "그게 어디서 있었던 일이냐?"

"이곳에서 헤이븐클리프 사이 어딘가 시골길이었습니다."

"한마디도 믿을 수 없다. 누가 왜 헌터를 죽이려고 하겠어?"

"《익스클루시브스》의 회계사인 리나 밀쿠테를 죽인 일에 대한 보복으로 헌터가 살해됐어요."

"헌터가 네드의 회계사를 죽였다고?" 호소프 씨가 웃는다. "너 제정신이 아니구나. 뭐, 지금 장난하는 거냐?"

"아뇨, 이건 장난이 아닙니다! 헌터가 리나를 죽인 게 아니라, 아드님이 죽인 겁니다. 헌터의 살해는 경고였죠. 네드가 알아들은 경고. 그래서 네드가 헤이븐클리프에 숨었던 겁니다. 그들이 자길 잡으러 올 걸 알고서, 그곳만큼은 찾지 않으리라고 생각한 겁니다."

"어떻게 감히 그런 소릴! 내 아들이 사람을 죽였다니!"

"제 눈으로 봤습니다, 호소프 씨." 나는 일어나 그에게 다가간다. "그 사람이 저 문 바로 앞에서 맨손으로 리나를 목 졸라 죽이는 것을 봤습니다." 복도를 가리키는데 눈물이 차오른다.

그는 물러나 창가에 선다. "그 애가 그 여자를 왜 죽이지?"

"네드가 성추행한 직원들에게 돈으로 입막음한 일을 경찰에 신고하겠다고 협박했으니까요. 리나는―,"

그가 손을 들어 저지한다. "이런 헛소리는 그만 듣겠다. 너는 망상증이 있고 위험해. 네겐 도움이 필요하다."

"제 말은 사실이에요!"

그가 나를 지나쳐 문으로 향할 때 서로 어깨가 닿을 뻔한다. 그를 그냥 보낼 수 없다.

"몇 주 전에 네드를 성폭행으로 고소한 저스틴 엘런드가 사라진 건 아세요?" 실내에 카랑카랑 울리는 내 목소리에 그는 걸음을 멈춘다.

"그 여자는 프랑스에 있다." 그가 돌아서서 나를 보고 말한다. "너처럼 그 여자도 네드의 돈을 얻어낼 속셈이었고, 돈을 주니 들고 달아났지."

"네드가 그렇게 말했죠. 하지만 전 경찰서에 가면 아드님이 리나를 죽이고는 리나가 리투아니아로 돌아갔다고 말했다고 진술할 겁니다. 저스틴이 프랑스로 돌아갔다고 말한 것처럼요. 경찰에게 리나가 정말로 리투아니아에 도착했는지 확인해달라고 요청하고, 도착했다고 하면 좀 더 파보라고 할 겁니다. 그러면 빌뉴스 공항 출입국 관리소를 통과한 사람은 리나 밀쿠테가 아니라 리나의 여권을 가지고 여행한 사람임을 알게 될 겁니다. 네드가 돈을 주고 리나인 척 여행하라고 시킨 사람이겠죠. 그렇게 네드는 리나를 죽인 사실을 감췄습니다, 호소프 씨. 누군가에게 리나의 여권을 줘서 리투아니아로 보내요. 헌터가 죽은 날 점심을 함께 한 남자, 루카스는 리나를 알고 있었습니다. 그가 이 일을 알아냈고, 네드에게 진상을 알고 있다고 알린 겁니다. 네드는 헌터에게 리나를 공항에 데려다주라고 시켰다고 했습니다. 리나에게 무슨 일이 생겼다면, 헌터 짓이라고 암시한 것이죠. 그리고 저희는 곧 그 집에서 나왔고, 헌터가 살해됐어요."

"네가 하는 말이 사실이고 내 아들이 그 여자를 죽이는 것을 봤다면 어째서 경찰에 신고하지 않은 게냐?"

네드와 결혼한 후로 한 달간 바깥세상과 단절되어 있었다고 어떻게 말할까? 그렇게 말하면 그는 내가 또 허튼소리를 꾸며낸다고 생각할 것이다. 그의 협박을 멈춰야 한다. 그가 내 말을 듣도록 만들어야 한다.

"재단 때문이죠." 내가 말한다.

"네가 재단에 신경 쓰는 이유가 뭐지?"

나는 그에게 한 걸음 다가간다. "호소프 씨께 재단이 얼마나 중요한지 알고 있습니다. 네드가 살해됐다는 주장을 계속하시면, 그가 죽인 여자들에 대한 진실이 밝혀질 것이고, 재단은 어려워질 겁니다. 아드님이 죽었다고 하더라도 살해를 저질렀다는 비난을 받으면 재단에 후원금이 계속 들어올까요? 모두에게 최선은 네드가 자살했다는 사실을 받아들이는 거예요. 리나를 죽인 것에 복수하려고 루카스가 찾아올 것을 알고 겁에 질려 자살한 거죠." 나는 호소프 씨가 내 말을 믿지 않을까 싶어서 말을 멈춘다. "한 가지 더 있습니다. 네드가 죽기 전날, 저는 리나를 살해하는 것을 봤다고 말했어요. 제가 본 내용을 자세히 적어 기자에게 편지를 보내고 일주일 안에 제게서 소식이 없으면 경찰서에 찾아가 제 편지를 전하라고 지시했다고도 말했어요. 그러니 네드는 이러나저러나 리나를 죽인 대가를 치르게 될 것을 알았죠. 루카스에게 잡히지 않으면 경찰에 잡히리라는 것을."

"아냐." 호소프 씨가 고개를 젓는다. "믿지 않겠다. 내 아들은 자살할 리 없어." 그는 문으로 가서 복도로 나간다.

"내일 아침까지 호소프 씨의 뜻을 알려주세요." 내가 그를 향해 말한다. "연락이 없으시면, 경찰서에 가겠습니다!"

현관문이 닫히는 소리를 듣고 창가로 달려가니 그가 차에 타고 출발한다. 그가 대문을 지난 뒤 나는 복도로 달려가 리모컨으로 대문을 닫는다. 그리고 숨이 차서 헉헉거린다. 하지만 해냈다는 묘한 희열이 느껴진다. 이 부분에 대해서는 지시 사항이 가이드라인뿐이었으니까.

어느 시점에 제스로 호소프가 찾아올 겁니다. 이 부분에 대해서는 도울 수 없습니다. 그가 할 말을 예상할 수 없기 때문입니다. 그는 혼인 후 계약 조건을 알고 있으니 돈 때문에 네드와 결혼했다고 당신을 비난할 겁니다. 이 주장을 막기 위해, 받게 될 돈은 전부 그의 재단에 기부할 계획이라고 하세요. 제스로 호소프는 아들과 달리 재단을 통해 열심히 남을 돕는 훌륭한 사람임을 알아야 합니다.

그가 아들이 자살했다는 사실을 받아들이지 않을 가능성이 있습니다. 그렇다면 이 편지에 적힌 정보를 이용해 네드가 우울증을 겪었고 목숨을 염려했다고 그를 설득해야 합니다. 필요하다면, 네드가 리나 밀쿠테라는 젊은 여성을 살해했으며 그녀의 살해에 대한 보복으로 죽임을 당할까 두려워했다고 말하세요. 그는 아들이 살인자라는 사실을 받아들이지 않겠지만, 당신은 그의 경호원이 보복 살해당하는 것을 목격했으니 그 사실을 활용하세요.

네드가 자신을 성폭행 혐의로 고소한 저스틴 엘런드를 살해했을 가능성도 있다는 것을 알아야 합니다. 이 정보를 이용해서 제스로 호소프에게 아들이 리나뿐 아니라 저스틴도 죽였다는 사실을 받아들이도록 설득해야 합니다.

주방에서 커피를 끓인다. 들뜬 마음이 사라지고 무시무시한 의심이 자리 잡는다. 아들을 잃은 아버지에게, 아무리 사실이라고 해도 그 아들이 살인자였다고 말하는 것은 나쁜 짓이었을까? 하지만 제스로 호소프는 내가 네드를 죽였다고 했고, 그는 연줄이 있으니 그 주장을 사실로 만들 수도 있다. 내 말과 그의 말 중 누구의 말이 옳은지 판단받게 될 것이다. 제스로 호소프에게 네드가 자살했다는 거짓말을 한 것도 몹시 마음에 걸린다. 네드는 드디어 풀려나서 굉장히 기뻤을 것이다. 그렇다면 누군가 그를 절벽에서 밀었다는 뜻이다. 누굴까?

이번에도 루카스가 떠오른다. 지시 사항에서 '당신은 그의 경호원이 보복 살해당하는 것을 목격했으니 그 사실을 활용하세요'라는 부분이 떠오른다. 납치범들이 내가 헌터의 살해를 목격했음을 알 수 있는 유일한 방법은 네드와 내가 그 차에 탄 것을 본 사람의 말뿐이다. 그리고 그때 우리를 본 사람은 루카스가 우리를 죽이라고 보낸 괴한뿐이었다.

5

이튿날 나는 제스로 호소프의 방문을 기다리며 긴장하고 있다. 그에게 전화번호를 주고 전화로 알려달라고 하지 않은 것이 후회된다.

대문에서 끊임없이 울리는 초인종도 괴롭다. 매번 비디오를 통해 호소프 씨인지 확인한다. 하지만 늘 파리 떼처럼 몰려오는 기자와 카메라맨이다.

네드의 사망 뉴스는 어젯밤 터졌다. 나는 아무 감정 없이 소파에 웅크리고 앉아 그 뉴스를 봤다. 전날 헤이븐클리프 해안에서 발견된 시신이 네드 호소프로 확인되었다고 했다. 경찰이 그의 죽음을 극단적 선택으로 보고 수사를 종결한다는 말을 기다렸지만, 그런 말을 하지 않아 실망스러웠다. 그러나 단신에서는 네드에게 제기된 성폭행 혐의로 인해 소셜 미디어에서 괴롭힘당하고 언론의 표적이 되었다는 사실이 언급됐다. 대부분의 사람들은 자살을 생각했을 것이다. 하지만 경찰은 대부분의 사람이 아니었고, 제스로 호소프도 마찬가지였다.

한낮에 전화가 울린다. 발신인 번호가 없다. 나는 주방에서 이미 깨끗한 찬장을 닦고 있다. 파스타 봉지와 캔, 높다랗게 쌓인 접시와 그릇이 작업대 위에 흩어져 있다. 나는 휴대전화를 가만히 보다가 받는다.

"재단을 위해서 내 아들이 자살한 것으로 받아들이지." 제스로 호소프가 말한다.

나는 눈을 감는다. "감사합니다. 혼인 후 합의서를 쓴 변호사 이름을 알려주시면 제가 원하는 바를 알리겠습니다. 그리고 장례식 계획에 대해서도 알려주시면 좋겠습니다. 저도 참석하는 모습을 보여야 하니까요. 장례식이 끝나면 다시 연락드리지 않겠습니다."

"그러길 바라지." 그가 말하고 전화를 끊는다.

몇 분 뒤 전화가 다시 울린다. 이번에는 번호가 보이지만 모르는 사람이다. 전화를 받는다.

"여보세요?"

"호소프 부인." 누군가 말한다. "폴 카입니다. 제스로 호소프 씨와 통화하셨다고 들었습니다."

"네." 나는 식탁으로 가서 앉으며 말한다.

"상심이 크시겠습니다."

"위로 감사합니다."

"방해해 죄송하지만, 호소프 씨께서 부군 장례식이 금요일이라고 알리셔서 전화드립니다."

나흘 뒤. 이 집에서 닷새나 더 있어야 한다는 사실에 눈앞이 캄캄하다.

"감사합니다, 카 씨."

"호소프 부인−,"

"'호소프'가 아니에요." 내가 재빨리 말을 막는다. "'러몬트'입니다. 하지만 아멜리라고 부르셔도 됩니다."

"그럼, 아멜리. 내일 네드와 서명하신 혼인 후 합의서에 대해 의논하러 가도 되겠습니까?"

"네." 나는 기계적으로 대답한다. "물론이죠. 오전 10시면 괜찮을까요?"

"좋습니다. 그리고 필요한 게 있으신가요? 장 보러 나가기 힘드실 텐데요."

"네, 대문 앞에 기자들이 있네요.'

"그들과 대화하셨나요?"

"아뇨, 그럴 생각은 없습니다."

"좋습니다."

나는 며칠 지낼 동안 필요한 식료품 몇 가지를 알려준다. "괜찮으시다면, 부탁드릴게요." 내가 마지막에 덧붙인다.

"괜찮습니다. 장례식까지 도와드리라는 지시를 받았습니다. 그럼 안녕히 계세요, 아멜리. 내일 뵙겠습니다."

6

이튿날 정확히 10시, 식료품 상자를 옆구리에 끼고 현관문을 통해 들어오는 남자와 네드의 집무실에서 머뭇거리며 긴장하던 남자가 같은 사람이라고 생각하기 어렵다. 그는 차 뒤를 따라 대문 사이로 들어오려는 기자들에게 인정사정없었다. 그가 사유지에 발가락 하나만 넣어도 법적 조치를 하겠다고 협박하는 소리가 인터콤을 통해 들려왔다.

"아멜리." 그가 바닥에 가방을 내려놓고 나와 악수한다. "다시 만나서 참 반갑습니다. 폴이라고 불러주세요."

그는 상자를 주방까지 갖다 놓아주는 그에게, 내가 서재에서 이야기하자고 하자 그는 주방에서 이야기해도 좋다고, 커피를 마시자고 한다.

"호소프 씨께서 혼인 후 합의에 대해 논의하고 싶다는 말씀을 전하셨습니다." 내가 앞에 머그잔 두 개를 놓자 그가 말한다.

"그 합의가 실제로 유효하긴 한가요?" 내가 묻는다. "네드와 제가 결혼한 날짜만큼 1파운드를 두 배씩 받겠다고 했을 때, 계산해 본 적이 없어서 얼마가 될지 전혀 몰랐거든요. 그이가 그 말을 지킬 거라고 기대하지도 않았고요. 정말 유효하다면 그이는 지키지 않을 방법을 찾았을 거예요."

"절대 유효합니다. 그리고 배우자로서 아멜리는 어떤 경우라도 그의 재산을 상속받게 됩니다."

"전 아무것도 원하지 않아요. 제가 받게 될 재산은 전부 호소프 재단에 기부하고 싶어요. 그럴 수 있기를 바라요."

"그건 충분히 가능합니다. 내용을 적은 서류에 서명만 하면 됩니다."

"서류 갖고 오셨어요? 그이 재산이 전부 정리되기까지 몇 달, 몇 년이 걸리겠지만, 어서 끝내고 싶어요."

"사실, 갖고 왔습니다." 그가 가방을 뒤지며 말한다.

나는 미소를 짓는다. "호소프 씨가 이미 제 뜻을 전하셨군요."

그는 그렇다고도 아니라고도 하지 않고서 식탁에 파일을 내려 놓고 서류를 꺼낸다. 또 한 가지 생각이 떠오른다. 납치범들이 그와 만난 적 있을지도 모른다. 납치범들이 네드에게 두 배 곱하기 방법을 사용한 것을 보면, 혼인 후 합의 조건을 알고 있었을 것이다. 그들에게 그 합의 사항을 알려줄 수 있는 사람은 폴 카뿐이다. 폴 카는 처음 내 생각과 다른 사람인 것 같다. 그는 납치범을 도왔고, 지금도 돕고 있는 것일까? 나는 잠시 그를 찬찬히 살펴보지만 얼굴에서는 아무것도 드러나지 않는다.

나는 서류를 읽고 서명한다.

"장례식이 끝날 때까지 저를 돌보라는 지시를 받았다고 하셨죠." 나는 서류를 건네며 말한다. "누구의 지시인지 여쭤봐도 될까요? 제스로 호소프는 아닐 것 같은데."

그는 부드러운 미소를 짓는다. "죄송하지만 밝힐 수 없습니다. 하지만," 그의 말에 나는 기대하는 눈빛으로 본다. "드릴 정보가 몇 가지 있습니다."

"어떤 정보요?"

"호소프 씨와 결혼하신 직후, 저는 배리스턴이라는 변호사에게서 연락을 받았습니다. 레딩에서 개업한 변호사인데, 신문에서 네드의 결혼식 기사를 봤답니다. 그 사람은 아멜리의 이름을 보고 몇 년 전 작고한 의뢰인의 딸이라는 것을 깨달았습니다. 아버님인 에두아르 러몬트 씨 말입니다. 배리스턴 씨는 아멜리에게 연락을 취하고 싶어 했고, 호소프 씨의 변호사인 제게 아멜리가 있는 곳을 알려줄 수 있는지 물었습니다."

"아버지께 변호사가 있었는지 몰랐는데요." 나는 눈살을 찡그리며 말한다.

"배리스턴 씨는 아버님께서 레딩에서 사시던 집을 유언장을 통해 아멜리에게 남기셨으니 적절하게 사용하라고 전했습니다."

나는 그를 멍하니 본다. "아버지께서 유언장을 쓰셨다고요?"

"네."

알 수 없는 일이다. 아버지는 아무것도 남길 재산이 없으면서 어째서 유언장을 작성했을까? '집'이란 말이 뇌리에 박힌다.

"착오가 있는 것 같네요. 아버지가 집을 남기셨을 리 없어요. 우리가 살던 집은 빌린 집이지, 아버지 소유가 아니었어요."

그는 파일에서 종이 한 장을 꺼낸다. "여기 세부 사항이 있습니다. 아버님께서 아멜리의 외할머니, 장모님이 남기신 유산으로 그 집을 사신 것 같습니다. 제가 제대로 이해했다면 할머니께서 돌아가시고 재산이 정리되기까지 시간이 걸렸지만, 유산을 받으신 뒤 아버님께서 그 집을 사셨습니다."

머리가 빙빙 돈다. "전 몰랐어요. 아버지도 집을 사셨다고 말씀하지 않으셨고. 확실한가요?"

"확실합니다."

"그리고 제게 물려주셨다고요?"

"네."

"믿을 수가 없네요. 아니, 잘…… 잘 된 일이네요. 갈 곳이 생겼으니까요. 그래도 못 믿겠어요."

"장례식 뒤 그곳으로 가실 겁니까?"

"글쎄요……. 아니, 그래도 되나요? 그냥 거기로 가면 되나요?"

"안 될 이유가 없습니다."

"오늘은요?"

"오늘은 안 될 것 같군요."

"하지만 금요일에 장례식에 꼭 참석하겠다고 약속하면요?" 나는 고집을 부린다.

"그렇게 하지 마시라고 조언드리겠습니다." 폴은 나를 지켜보며 말한다. "네드의 불행한 죽음 때문에 기자들의 관심이 아멜리에게 집중되고 있습니다. 지금 나가면 기자들이 에워쌀 겁니다. 알고 계신지 모르겠지만 이 집은 호소프 씨 부친의 소유이며, 장례식까지 지내시라고 했습니다. 장례식이 끝나면 레딩에 가실 수 있습니다." 폴이 잠시 멈춘 뒤 말한다. "레딩에 가시면 배리스턴 씨에게 연락하세요. 연락처는 여기 있습니다." 그는 명함을 건넨다. "집 열쇠를 갖고 계신지 묻더군요."

"네, 갖고 있어요."

"배리스턴 씨도 열쇠가 있다면서, 아멜리가 돌아오기 전에 청소를 의뢰할지 물었습니다. 3년간 비어 있었으니 걱정스럽다고요. 알고 계신지 모르겠지만 배리스턴 씨과 아버님은 친구 사이였고, 아버님 건강이 안 좋아지고 나서 배리스턴 씨에게 아멜리를 돌봐달라고, 말하자면 비공식 후견인이 되어달라고 하셨답니다. 기숙학교에 대해서도 의논했고요. 하지만 아버님이 돌아가신 뒤 아멜리를 찾을 수 없어서 배리스턴 씨가 실종 신고를 했답니다. 아멜리를 여전히 찾지 못하자 배리스턴 씨는 언젠가 아멜리가 돌아오리라 믿고 집을 지키고 있었습니다."

"이해가 안 되네요." 나는 황당한 심정으로 말한다. "아버지는 왜 이런 말씀을 안 하셨을까요? 배리스턴 씨 이야기도, 제가 도움을 청할 사람이 있다는 이야기도 안 하셨어요. 아버지가 돌아가셨을 때, 제겐 아무도 없는 줄 알았어요."

"돌아가신다는 사실을 인정해 딸에게 염려를 끼치기 싫으셨던 모양이죠. 배리스턴 씨는 아버님께서 돌아가셨을 즈음 해외에 나가 있었던 것이 늘 후회됐답니다. 돌아오니 아멜리는 사라졌고요. 아멜리에게 아무도 없는지 몰랐답니다. 적어도 자신이 돌아올 때까지는 친구나 이웃이 돌봐줄 것으로 여겼답니다."

놀라서 어쩔 줄 모르는 심정으로, 나는 커피를 한 모금 마신다.

"알려주셔서 감사합니다." 나는 머그잔을 손에 쥐며 말한다. "아버지께서 저를 위해 준비해둔 것이 있다니 큰 위로가 되네요." 나는 그와 눈을 마주친다. "레딩으로 돌아갔다가 금요일에 장례식에 오는 건 확실히 어려울까요? 이 집에서는 마음이 편하지가 않아요. 편안히 지낸 적이 없으니까요." 나는 무슨 일이 있었는지 다 말할 수 있으면 좋겠다는 마음으로 덧붙인다.

"그렇습니다." 폴이 단호하게 말한다. "기자들이 뒤따라가 집 앞에 진을 칠 겁니다. 장례식이 끝나면 호소프 씨 죽음은 곧바로 옛일이 될 겁니다. 슬픈 사실이지만, 곧 헤드라인을 장식할 다른 사건이 생기겠죠. 우리는 죽은 뒤에 오랫동안 기억되지 못합니다. 마음에 우리를 담고 있는 사람들만 오래 기억할 뿐이죠." 그는 식탁에서 파일을 들어 가방에 넣는다. "돌아가신 부군의 변호사로서 저도 장례식에 참석하는 것이 적절하겠죠. 금요일 11시에 함께 가시면 어떨까요?"

"좋아요. 감사합니다."

"장례식이 끝나고 레딩으로 모시고 갈 차도 준비하겠습니다." 그는 안쪽 주머니에서 명함을 꺼내 내게 건넨다. "그사이에 필요한 것이 있으면 전화하세요."

7

눈을 감으니 레딩 집의 추억이 과거에서 흘러나온다. 아버지가 거실 의자에 앉아 눈을 감고 입을 반쯤 벌린 모습이 떠오른다. 숨결에서 약 냄새가 난다. 갈색 현관문, 좁은 복도, 무늬가 있는 계단이 눈에 선하다.

눈물이 차오른다. 아버지가 나를 위해 준비해둔 것이라니. 아버지는 돌아가신 다음 배리스턴 씨와 내가 만날 것이라 생각하고 있었다. 최후가 그렇게 빠르게, 배리스턴 씨의 부재중에 닥칠 거라고 아버지는 예상하지 못했다. 배리스턴 씨와 그때 만났다면 내 삶은 전혀 달랐을 것이다. 나는 기숙학교에 가고, 배리스턴 씨의 보살핌을 받았을 것이다. 지금쯤 나는 대학에 들어가 2학년이 되었을 것이다. 친구와 연인도 사귀었을 것이다. 살고, 사랑하고, 방학에는 유럽으로 배낭여행을 떠났을 것이다. 대신 나는 두 번의 살인 사건을 목격하고 납치를 당했다.

레딩의 집에 얼마나 간절히 가고 싶은지 이상할 정도다. 이곳에서 벗어나 자유로워지고 싶다. 다만, 나는 절대 자유롭지 못할 것이다. 납치범들이 늘 어딘가 내 마음 한구석에 남아 있을 것이다.

폴 카를 떠올리니 그들이 남긴 지시 사항이 생각났다.

어느 시점에 네드의 변호사 폴 카의 연락을 받을 겁니다. 그는 당신에 대한 정보를 갖고 있고, 믿어도 되는 사람입니다. 문제가 생기면 연락을 취할 상대는 그뿐입니다. 다른 사람에게는 연락하지 마세요.

마지막 문장이 머릿속을 울린다. '다른 사람에게는 연락하지 마세요.' 연락하지 않았지만, 그들이 하라는 일은 전부 했으니 캐럴린에게 전화해도 되지 않을까?

캐럴린과 통화하고 싶다는 욕구는 본능적이다. 급하다. 내게 남은 것은 캐럴린뿐이다. 휴대전화를 찾아 캐럴린에게 전화를 건다.

캐럴린이 전화 받기를 기다리는 동안 긴장된다. 이 일을 다 어떻게 설명할까? 내가 아는 사실이나 본 것을 아무에게도 말할 수 없다. 가짜 납치에 대해서 누구에게도 말할 수 없다. 네드가 나를 속여 결혼했다는 말은 할 수 있지만, 우리가 정말 2주간 헤이븐클리프에서 휴가를 보냈고 그가 정말 우울증에 걸려 자살했다고 말해야 한다. 내가 실제로 겪은 일을 절대 말할 수 없으리라고 생각하니 끔찍하게 불안하다.

자동 응답 기계음으로 전환되어 캐럴린의 전화번호가 없는 번호라고 말하자, 마음이 놓일 지경이다. 그러다가 얼굴을 찌푸린다. 캐럴린은 내게 연락 없이 번호를 바꿀 사람이 아니다. 하지만 그것은 예전 일이다. 가슴이 내려앉는다. 내가 네드와 결혼한 이야기를 하지 않았기 때문에 캐럴린이 더 이상 나와 연락하고 싶어 하지 않으면 어떻게 할까.

캐럴린의 회사로 전화를 건다. 캐럴린과 통화하고 싶다고 하니 전화를 받은 사람이 매우 유감이지만 몇 주 전 캐럴린이 뺑소니 사고를 당해 사망했다고 한다. 나는 들고 있던 휴대전화를 떨어뜨리고 주저앉는다. 슬프고 절망스러운 울음소리가 조용한 집 안에 메아리친다. 고통스러워 죽을 것 같다. 죄책감에 죽을 것 같다. 무엇보다 분명한 것은, 네드가 이미 죽지 않았다면 내 손으로 죽일 것이라는 생각이다.

8

구름 사이를 비집고 나온 햇빛이 수직으로 내리꽂힌다. 나는 눈을 깜빡이고, 식탁에서 고개를 든다. **캐럴린이 죽었다.**

내게 캐럴린의 사망 소식을 알리지 않으려는 의도였을까? 그래서 아무에게도 연락하지 말라고 한 것일까? 내가 알게 될까 봐? 아니면 납치범들도 모르는 것일까?

나는 느릿느릿 일어나 테라스 문으로 나가 정원을 멍하니 바라본다. 눈에 아무것도 들어오지 않는다. 토요일 헤이븐클리프의 집에서 나온 뒤로 밖에 거의 나가지 않았다. 분노가 치민다. 납치범들은 내게 장례식까지 이곳, 이 집에 있으라는 것이 무슨 의미인지 알까? 모를 것이다. 제스로 호소프 이외에는 누구도 내가 리나가 살해당하는 것을 목격한 사실을 모르니까.

그들, 납치범들은 지금 어디 있을까? 자기 아내나 아이들에게 돌아갔을까? 아니면 또 가짜 납치 음모를 꾸미고 있을까? 루카스, 그는 어디 있을까? 그를 찾아야 한다. 그를 찾지 못하면 질문의 답을 얻고 앞으로 나아갈 수 없으니까. 이유를 알아야 한다. 어째서 내가 경찰에게 거짓말을 하고, 한 사람에게는 아들이 살인자였다고 말해야 했는지 알아야 한다. 어째서 내가 그들의 일에 가담해야 했는지.

떠나고 싶을 뿐이다. 캐럴린이 세상에 없으니 런던에는 아무것도 남지 않았다. 하지만 네드의 장례식을 기다려야 한다. 슬퍼하는 부인 역할을 하고 싶지 않지만, 자유로워지려면 치러야 하는 대가다. 그리고 자유로워지면 루카스를 찾아 진실을 알아낼 것이다.

9

네드의 장례식과 화장 후 추모 예배는 고맙게도 짧게 끝났다. 나는 그의 부모에게서 멀찍이 떨어져 서서 호소프 일가의 시선을 못 본 체 무시한다.

네드가 아니라 캐럴린을 생각한다. 증거는 없지만 캐럴린은 살해되었고 분명히 그 배후에 네드가 있었다. '세상은 잔인하게도 우리에게서 그를 너무 일찍 빼앗았으며'라는 말이 들리자 눈물이 차오른다. 지켜보는 사람 중 그 누구도 네드의 죽음에 내가 느끼는 슬픔을 의심할 리 없다. 하지만 폴은 이상히 여길 것이다. 그는 더 많이 알 것이다. 그는 납치의 배후와 연결되어 있다.

오늘 아침, 폴이 내게 창백해 보인다고 했을 때 캐럴린 이야기를 하고 싶었다. 하지만 내가 캐럴린에게 연락을 취한 것을 알면 그가 납치범에게 알릴지도 모른다. 그들은 내게 그 이외에 다른 누구에게도 연락을 취하지 말라고 지시했다.

간밤에 캐럴린이 죽게 된 사고를 검색했다. 8월 11일, 전날에 있었던 뺑소니 사건을 보도하는 단신 기사를 찾았다. 캐럴린의 이름과 이른 아침 조깅 중 차에 치였다는 내용이었다. 앞선 기사를 더 검색해봤다. 기자회견은 7일이었고, 뺑소니 사고는 10일이었다. 앞뒤가 들어맞는다. 네드는 사흘 만에 캐럴린을 찾아낸 것이다.

추모 예배가 끝나자 폴은 나를 런던의 자기 사무실로 데려간다. 레딩까지 데려다줄 택시가 기다리고 있다.

"행운을 빕니다." 폴이 차 트렁크에서 내 여행 가방을 택시로 옮기고 말한다. 그와 악수한다. "필요한 것이 있으면 전화하세요."

"감사합니다." 나는 미소를 지어 보인다. "장례식까지만 절 돌보시는 걸로 알았는데요."

그도 미소를 짓는다. "맡은 일 이외에도 할 수 있습니다."

"감사합니다." 나는 다시 말한다.

레딩으로 가는 길에 기사가 아무 말 없는 것이 고맙다. 차가 흔들리자 졸음이 와서 곧 잠든다.

"호소프 부인."

눈을 뜨니 자리에서 돌아보는 기사 얼굴이 보인다.

"러몬트예요." 나는 자동으로 이름을 고친다.

"죄송합니다, 손님……. 도착했습니다."

창밖에 어린 시절 집의 갈색 현관문이 보인다. 방치됐던 집은 주위의 다른 집 틈에서 눈에 띈다. 낡아서 그렇다. 3년 만에 돌아와 보니 거리가 달라진 것 같다. 우리 집 양쪽에 있는 문은 빨강과 파랑으로 페인트칠되어 있었다. 창문도 새로 해 넣었다. 아버지와 내가 8년간 살았던 집만 세월 속에서 얼어붙은 것 같다.

손에 든 열쇠 꾸러미를 꼭 쥔다. 기사가 차 문을 열어주더니 여행 가방을 집 안까지 옮겨주겠다고 한다. 그는 나를 따라 어둡고 좁은 복도로 들어와 가방을 바닥에 놓는다.

"감사합니다."

그리고 그는 나간 뒤 문을 닫는다.

나는 오른쪽 문을 밀어 연다. 아버지가 대부분의 시간을 보낸 거실이 나오자, 병이 진행되면서 점점 쇠약해진 아버지가 의자에 앉아 있던 모습이 떠오른다. 우리가 식사를 하던 작은 식당으로 간다. 내가 공부하면서 변호사의 꿈을 키우던 곳이다. 복도 끝에는 작은 주방이 있다. 안으로 들어가 주위를 둘러본다. 오래된 목재 시계는 아직 벽에 걸려 있지만 움직이지 않는다. 창문을 통해 누가 최근 깎아놓은 작은 직사각형 잔디밭이 보인다.

위층으로 올라간다. 내 방은 거실 위에 있고, 아버지가 주무시던 방은 식당 위에 있다. 내 방이 아버지 방보다 더 컸다는 사실을 이제야 알아차린다. 늘 싫어했던 진녹색 욕실은 주방 위에 있다. 그리고 계단 밑 창고가 전부다. 전통적인 테라스 주택이다.

식탁 위에 봉투가 있다. 열어서 종이를 꺼낸다.

아멜리에게,

우선 최근 일에 깊은 조의를 전하고 싶구나.

그리고 돌아온 것을 환영한다. 집이 깨끗하고 편안하기를 바란다. 도착하기 전에 수도와 전기는 다시 연결해두었다. 새 주전자와 토스터도 사두었고, 장 보러 나가고 싶지 않은 경우에 대비해 냉장고와 찬장에 이틀 정도 먹을 것도 채워뒀단다.

월요일 오전 내 사무실에서 만나도 될까? 혹시 그때가 좋지 않다면 다음의 번호로 알려주렴. 다시 정하자.

너를 어서 만나고 싶구나.

앤서니 배리스턴

나는 식탁에 편지를 내려놓고 조용한 집 안에서 차를 끓인다. 뜨거운 물을 붓고 티백이 빙글빙글 도는 것을 지켜본 뒤 우유를 더한다. 문득, 이 모든 상황에 압도되어 갈피를 잡을 수 없다. 배리스턴 씨의 친절뿐 아니라 아버지와 그토록 오래 살았던 집에 돌아와 아버지가 쓰던 머그잔에 차를 끓이는 것마저. 나는 식탁에 엎드려서 운다. 더 이상 눈물이 흐르지 않을 때까지.

차가 식었다. 새로 차를 끓여 싱크대에 기대서서 마신다. 모락모락 피어오르는 김을 느끼며 싱크대 위 창밖을 내다본다. 머그잔을 내려놓고, 예전에 열쇠를 넣어두던 서랍에서 뒷문 열쇠를 찾는다. 열쇠를 열고 문을 밀고 밖으로 나간다. 갓 깎은 잔디 냄새가 코에 닿자, 곧바로 칠흑처럼 캄캄한 방으로 되돌아간다. 납치범이 쟁반을 내려놓느라 허리를 숙인다.

나는 정신을 차리고 주위를 둘러본다. 문 바로 앞 작은 회색 보도는 비어 있다. 풀이 듬성듬성하고 울타리는 안으로 기울어져 있다. 이 작은 정원에서 놀았던 기억이 있던가. 아마도 단 한 번, 아버지가 생일 선물로 준 반짝이는 녹색 줄넘기를 한 것이 전부일 것이다.

먹을 것을 만들어 식당으로 들고 간다. 긴 하루였고 온몸이 노곤하다. 이곳, 어린 시절 집에서는 드디어 잠들 수 있을 것이다.

위층 아버지 방 서랍장에 침구가 있다. 내가 떠나기 전 거기 보관해둔 것이다. 침구에서 퀴퀴한 냄새가 난다. 너무 피곤한 나머지 세탁기가 아직 작동하는지 확인하지 못하고 어린 시절 쓰던 침대 매트리스에 누워 담요를 덮는다. 커튼이 드리워져 있고 문은 닫혀 있지만 반대편 벽 선반이 보인다. 줄지어 꽂힌 책 양옆에 내 보석 상자와 소중한 물건을 넣어둔 오래된 비스킷 깡통이 있다. 눈을 감는다. 풀려난 지 일주일이 됐지만, 한 번에 한두 시간 이상 잠들지 못했다.

내일은 근처 가게에 가서 쓰레기봉투를 사 온 다음 집 안의 남은 옷가지를 정리한 뒤 중고 상점에 가져갈 것은 가져가고 나머지는 쓰레기통에 넣기로 한다. 월요일 배리스턴 씨와 만난 뒤 레딩 시내로 가서 모두 새것을 살 생각이다. 침구와 수건, 그릇과 식기를. 내 방 벽지는 뜯어내고 아주 연한 하늘색으로 칠할 것이다. 캐럴린의 집 내 방처럼.

눈물이 나고 목이 멘다. 캐럴린만 생각하면 자꾸 눈물이 나서 루카스에게로 생각을 돌린다. 그를 어떻게 찾아내야 할까. 그러다가 돌연 내 납치범이 떠오른다. 그가 어디 있을지, 무엇을 하고 있을지.

10

배리스턴 씨를 만나고 과거와 연결 고리를 찾는 데 호기심이 생긴
다. 그는 내 아버지를 알고 있었다. 폴은 아버지와 배리스턴 씨가 친
구 사이라고 했다. 아버지에게 친구가 있었다는 사실을 몰랐던 게
아쉽다. 아버지가 날마다 종일 거실 의자에 앉아만 있던 것이 아니
라 배리스턴 씨도 만났다고 생각하면 기뻤을 텐데. 그러다가 죄책
감이 든다. 아버지에게 어떻게 지냈는지 물어본 기억이 없다. 만약
물었다면, 아버지가 이야기했을 것이다.

앤서니 배리스턴은 나를 사무실로 맞이하고 자리를 권한 다음
책상 뒤 기계에서 직접 커피를 내려준다. 그사이 나는 그를 찬찬히
살핀다. 그는 폴 카와 비슷한 40대 후반이나 50대 초반이며 숱 많은
검은 머리와 짙은 눈썹을 가졌다. 상냥하고 솔직한 그의 얼굴에 나
는 곧 마음이 따뜻해진다.

"드디어 만나서 정말 기쁘구나, 아멜리." 그는 커피를 내놓고 말한다. "최근 겪은 일이나 아버지 일 모두 유감이구나. 아버지가 돌아가시기 한 달 전쯤 만났지. 그렇게 빨리 가실 줄 몰랐어. 그때 휴가를 갔었는데, 아버지의 유언을 전하지 못해 정말 미안했다. 너를 사방으로 찾았고 실종 신고도 했다. 하지만 너를 봤다는 사람이 한 명도 없었어."

"죄송해요." 내가 말한다. "변호사님과 집에 대해 알았다면 떠나지 않았을 거예요."

"그래서 런던에서 혼자 살았던 거니?"

목이 멘다. "운이 좋았어요. 참 좋은 분들을 만났고, 그분들이 가족처럼 대해주셨어요."

배리스턴 씨가 미소를 짓는다. "정말 힘든 일을 겪지 않아서 다행이다. 더군다나 아버지께서 그렇게 준비를 잘해두셨으니까."

"집을 사셨다는 말씀을 안 하셨어요. 그래서 집이 제 것이라는 말에 깜짝 놀랐어요. 아마 집을 팔게 될 것 같아요. 대학에 가서 법학을 공부하고 싶은데, 집을 팔면 내년에 입학할 수 있겠죠."

"집을 팔고 싶지 않다면 안 팔아도 된단다. 다행히 아버지께서 상당한 돈도 남기셨으니까."

나는 그를 멍하니 본다. "돈이요?"

"응. 알고 있는지 모르겠지만, 프랑스에서 병원에 의료 과실 소송을 하셨어. 어머니와 동생 일로 말이야."

"네, 알고 있어요. 하지만 아무 진전도 없었어요."

"음, 그 병원에서 드디어 과실을 인정했고 네가 위자료를 받게 됐단다."

"하지만…… 언제 그렇게 됐죠?" 나는 어지러움을 느끼며 묻는다. "언제 해결된 거예요?"

배리스턴 씨가 불편한 표정으로 자세를 바꾼다. "아버지가 돌아가신 지 한 달쯤 뒤였지."

"그럼 아버지는 모르셨어요?" 눈물이 차올라서 나는 주머니에서 티슈를 꺼낸다. "너무하네요. 아버지가 바라신 건 그것뿐이었는데. 병원이 과실을 인정하는 것. 왜 좀 더 일찍 책임을 인정하지 않았을까요? 아버지가 편찮으신 것도 알았을 텐데. 프랑스에 있는 변호사가 알렸을 텐데 말이에요."

"유감이다, 아멜리. 나도 모든 정황을 다 알진 못해서."

나는 손에 쥔 티슈를 구기며 분노와 짜증을 억누른다.

"이해가 안 되는 점은, 아버지가 집을 사셨다고 말씀 안 하신 거예요. 그랬다면 모든 것이 정말 달라졌을 텐데."

"곧 돌아가실 줄 알았으면 말씀하셨겠지. 병원에서 네게 준 합의금에 관해 자세히 설명해줄까?"

"네, 부탁드려요."

나는 배리스턴 씨와 한 시간 더 이야기를 나눴고, 대화가 끝나자 너무 피곤해서 생각을 정리할 수 없었다. 돈이 생겼다. 아무리 써도 남을 액수다. 기뻐야 한다. 배리스턴 씨는 내가 기뻐할 것이라고 예상했지만 나는 기쁘지 않다. 너무 화가 난다. 병원에서 인정하기까지 그렇게 오래 걸린 것, 아버지가 승소한 줄 모르고 돌아가신 것에 화가 난다. 게다가 나는 이 돈을 받을 자격도 없다. 네드와 그런 계약을 한 나는.

"잘 지내렴, 아멜리." 헤어지면서 배리스턴 씨가 말한다.

"그럴게요. 감사합니다." 나는 돌아서서 그를 본다. "한 가지 여쭤도 될까요? 집에 오신 적이 있나요? 아버지께 친구분이 계셨던 건지 알고 싶어서요."

"아니. 집에 찾아가진 않았어. 하지만 우리는 확실히 친구 사이였지. 아버지를 이곳 사무실에서 여러 번 만났고, 점심도 함께 했어. 아버지는 참 좋은 분이셨다."

나는 고개를 끄덕인다. "이만 가볼게요. 변호사님 시간을 너무 많이 썼네요."

"아니다." 그가 말한다. "생각하는 데 시간이 필요할 거야. 아마 충격에 가깝겠지. 택시를 불러줄까?"

"감사합니다. 장을 보러 가려고요. 집에 필요한 물건이 있어서요."

내 감정을 털어놓을 사람이 있었으면 좋겠다고 느끼며 상점가로 걸어간다. 하지만 아무도 없다. 소중한 사람들은 전부 죽었다.

11

가정용품 상점 앞에 팔짱을 끼고 서서 열리기를 기다린다. 시내 외곽에 위치한 곳이라 버스를 타고 왔다. 정류장에 설 때마다 하루 일과를 위해 버스에 오르는 평범한 사람들로 버스 안이 점점 붐비는 데에 당혹감이 느껴진다.

말로 하자면 지난 몇 주간 내 삶은 악몽에서 동화로 변했다. 갇힌 곳에서 풀려났고, 안전해졌으며, 돈도 있다. 하지만 여전히 악몽이다. 먹을 수도, 잠들 수도 없다. 깨어 있어도 머릿속이 너무 복잡해서 아무 데도 집중할 수 없다. 납치 사건과 납치범에 대해서, 내가 싸우고 할퀴고 물어뜯은 사람에 대해서 잊을 수만 있다면.

그 사람이 아주 가까이 있다는 느낌이 든다. 물건 사러 나와서 두 번째다. 돌아서면 그가 등 뒤에 서 있을 것 같다. 내 상상일 뿐이지만 너무나 생생하게 느껴졌다. 그를 떨쳐낼 수 없으리라는 생각이 든다. 나는 남은 평생을 창문이 가려진 캄캄한 방에서 그가 내게 걸어오는 모습을 상상할 것이다.

한 남자가 가게 문을 연다.

"급하셨군요." 남자가 미소를 지으며 말한다. 검은 티셔츠에 스콧이라는 이름이 적힌 주황색 명찰을 달고 있다.

"합판 파세요?" 내가 묻는다.

"그럼요." 남자가 말한다. "보여드리죠."

그를 따라 가게 안을 걸어가자 높은 천장에 발걸음 소리가 울린다.

"어디 쓰게요?" 남자가 묻는다.

질문이 당황스럽다. "네?"

"합판 말이에요. 뭘 만들 건데요?"

"그냥 필요해서요." 내가 대답한다.

우리는 구획을 나누어 다양한 합판을 세워둔 곳으로 간다.

"사이즈는요?" 남자가 묻는다.

내가 말하자 그가 합판 한 장을 꺼낸다.

"다른 것도 필요하세요?"

"네, 망치랑 못이 필요해요."

"합판을 붙이는 데 쓰려고요?"

"네."

"이쪽으로 오세요."

그가 합판을 들고 다른 진열대로 가더니 검은 손잡이가 달린 망치를 하나 집어 들고, 더 걸어가 못 한 통을 꺼낸다.

"5센티미터 못. 이거면 될 거예요."

"네, 감사합니다."

계산대로 가서 나는 돈을 내고 망치와 못을 가방에 넣은 뒤 합판을 든다.

그가 의심쩍은 표정으로 본다. "들고 갈 수 있겠어요?"

"네. 감사합니다."

남자가 끄덕인다. "안녕히 가세요."

합판이 무겁지는 않지만 크기 때문에 들기 불편하다. 버스 정류장까지 걸어가 버스가 오자 합판을 들고 통로를 지나서 좌석에 밀어 넣고 앉는다. 합판 때문에 무릎을 어색하게 구부려야 한다. 집에 돌아와 합판을 들고 현관문을 지나 벽에 기대어놓고 숨을 고른다. 다시 합판을 들고 아버지 방으로 올라간다. 어제 부른 사람들이 침대와 서랍장, 옷장을 치웠기 때문에 그 방에는 가구가 하나도 없다.

나는 가방에서 망치와 못을 꺼내고, 합판을 들어 원하는 위치에 붙인다. 하지만 망치와 못을 쥐려고 한 손을 놓을 때마다 합판이 미끄러진다.

"아얏!" 합판이 세 번째 미끄러져 발등에 떨어진다.

팔이 욱신거려 바닥에 주저앉는다. 도와주는 사람 없이는 할 수 없는 일이다. 하지만 아무도 없다. 나 혼자다.

잠시 궁리하다가 가방을 집어 들고 휴대전화를 꺼낸다.

"이렇게 와주셔서 정말 감사합니다. 이상한 부탁인 거 알아요." 한 시간 뒤 배리스턴 씨에게 말한다. "부탁할 곳이 없었어요."

그는 아버지 방에서 소매를 걷고 있다. 이마에 땀방울이 맺혀 있다.

"고객에게 이런 일을 부탁받은 적이 없긴 한데." 그가 미소를 지으며 대답한다. "하지만 나도 딸이 있거든. 이런 일에 도움이 필요하면 누가 도와주면 좋겠구나. 그때 전화해서 다행이다. 그리고 나도 점심시간에 바람 쐬러 나오니 좋고."

"감사합니다." 내가 말한다.

그는 방 안을 둘러본다.

"새로…… 장식 중이니?" 그가 묻는다.

나는 당황해서 얼굴을 붉힌다. "네. 좀 바꿔야 할 것 같아서요."

그가 끄덕인다. "그렇지."

나는 그를 따라 계단을 내려간다.

"음, 다 잘되기를 바란다." 그가 말한다.

"정말 감사합니다." 나는 고마운 마음으로 인사하고 그는 손을 흔들며 떠난다.

나는 방으로 돌아와 낡은 카펫을 치우고 벽지를 뜯어내며 해가 질 때까지 일한다. 일을 마친 뒤 내 방으로 가서 시트를 걷어내고 매트리스를 끌고 아버지 방으로 가 구석에 꼭 붙여놓는다. 그리고 문을 닫는다. 창문에 합판을 붙였으니, 방 안은 캄캄하다. 나는 매트리스에 누워 담요를 덮고 눈을 감는다. 그리고 몇 주 만에 처음으로 잠에 빠져든다.

12

9월에서 10월로 접어든다. 정원에 두려고 산 초록색 연철 테이블에 앉아 휴대전화로 라디오를 들으며 두 다리를 쭉 뻗은 채 햇볕을 향해 고개를 젖히고 있다. 아름다운 가을 낮이다. 문득 행복감에 가슴이 벅차다. 그 느낌을 붙들려고 하지만, 언제나 그렇듯이 기억이 쳐들어온다. 언제나 같은 기억, 캐럴린과 저스틴, 리나의 기억이. 헌터의 기억이.

간절히 마음의 평화를 원한다. 마음이 차분해지기를 원한다. 하지만 그런 일을 겪고서 어떻게 마음의 평화를 얻을까?

뉴스가 나온다.

두 사람의 것으로 보이는 유해가 에핑 숲에서 시민에 의해 발견됐습니다. 현재 경찰은 더 이상 자세한 내용을 발표하지 않았으며, 해당 지역 접근을 자제해달라고 요청하고 있습니다.

마음이 묘하게 가라앉는다. 멍하니 휴대전화를 들어 뉴스 앱을 찾는다. 뉴스 속보 내용은 방금 들은 것과 같다. 두 명의 것으로 보이는 사람 유해가 에핑 숲에서 발견됐다.

심장이 낮고 둔하게 쿵쿵 뛰기 시작한다. 나는 집으로 들어가 소파에 웅크리고 앉아 전화로 해당 기사를 더 확인한다. 그 밖의 내용은 없이, 똑같이 우울한 헤드라인이 계속 반복된다. 나는 다리를 끌어당겨 무릎을 안고 고개를 숙인 뒤, 닥쳐올 심리적 충격으로부터 나 자신을 보호한다.

충격이 결국 닥친다. 이튿날, 전화에서 BBC 뉴스 속보를 클릭한 때다. 단 한 줄이다. '에핑 숲에서 발견된 시신 여성으로 확인.' 간절히 기다리던 기사를 한 번, 그리고 다시 읽는다. 별 내용은 없다. '경찰은 시신의 신원 확인을 위해 20세에서 40세 사이 실종 신고된 여성을 확인하고 있다.'

경찰에 익명으로 전화를 걸어 저스틴과 리나가 희생자일 수 있다고 알리고 싶다. 간절하다. 하지만 저스틴과 리나의 시신이 아닐 수도 있다. 그리고 경찰이 내 전화를 추적하면? 나뿐만 아니라 납치범들을 연루시키게 될까 봐 두렵다. 대답할 수 없는 질문을 받을 수도 있다. 만약, 신문을 받다가 견디지 못하고 다 털어놓으면?

실종된 여성들의 가족이 딸, 동생, 어머니, 아내의 소식을 기다리며 얼마나 처절한 고통을 겪을지 생각하니 죄책감이 더해진다. 결과가 두렵지만 않다면 내가 도울 수도 있는데, 경찰의 시신 신원 확인에 몇 주가 걸릴지도 모른다는 생각을 떨칠 수 없다.

저스틴과 리나의 죽음에 다시 슬퍼진다. 어마어마한 파도처럼 슬픔이 덮쳐온다. 먹을 수도 없고, 창문을 막은 방에서 담요를 덮고 누워도 잘 수 없다. 그리고 며칠 뒤, 두려워하던 뉴스가 나오니 후련하기도 하다. 익명의 제보 덕분에 숲에서 발견된 시신의 신원이 저스틴 엘런드와 리나 밀쿠테로 밝혀진다. 6주 전 자살한 네드 호소프가 운영하던 잡지사, 《익스클루시브스》의 전 직원이다. 직원 두 사람을 살해하는 데 네드가 개입했는지 추측성 기사가 나오기 전, 경찰은 지하 범죄 조직 소속 에이머스 케리건의 소행이라고 발표한다. 케리건은 8월에 암흑가 살인 사건에서 총에 맞아 사망했다.

저스틴과 리나의 시신을 처리한 것이 분명한 에이머스 케리건이 죽었다는 소식에 나는 명해진다. 그러나 곧, 그가 이 살인 사건과 네드를 연결하는 고리이므로 살해당해야 했음을 깨닫는다. 리나와 저스틴의 살해 동기로, 에이머스 케리건이 마약 딜러이고 두 여성이 그를 경찰에 신고하겠다고 협박했을 것이라는 가설이 나온다. 아마 네드가 절대 조사받지 않기를 바라는 사람이 내놓은 가설인 듯하다. 네드를 지키려는 시도에, 망연자실 아무것도 느끼지 못하던 나는 억울하고 분하다.

흘리지 못한 눈물에 목이 멘 채, 나는 마음을 정리한다. 리나와 저스틴을 찾아서 장례를 치를 수 있으니 다행이다. 하지만 리나의 장례식은 누가 준비할까? 장례식에 와서 작별 인사를 할 가족이 없다면? 그리고 저스틴은? 저스틴의 가족이 프랑스에서 올 것인가, 아니면 고향 보르도에서 장례를 치를까?

네드가 죽은 뒤 «익스클루시브스»가 어떻게 됐는지 모른다. 네드와 라스베이거스로 떠나 결혼하고 돌아온 이후 그곳 누구와도 연락을 못 했다. 우리 결혼 소식을 듣고 비키와 다른 직원들은 뭐라고 생각했을까? 휴대전화에 축하 메시지는 하나도 없었다. 사람들은 내가 돈을 보고 네드를 속여 결혼했다고 생각했을 것이다.

새로 산 노트북 컴퓨터를 꺼내 페이스북에 접속한 뒤 «익스클루시브스» 웹사이트를 찾는다. 네드 호소프의 사망으로 잡지사가 문을 닫는다는 공지뿐일 것이라고 예상한다. 하지만 놀랍게도 잡지사는 여전히 존재하며, 비키가 운영 중이다. 비키가 안쓰럽다. 리투아니아에 도착했다는 리나의 메시지가 타인에 의해 작성된 것임을 이제 알 테니, 큰 충격을 받았을 것이다.

게시물을 읽어 내려간다. 저스틴과 리나에 관한 애도가 쏟아졌고, 한 동료는 장례식이나 추모 예배가 있는지 물었다. 하루가 지나면서 «익스클루시브스» 웹사이트뿐 아니라 전 세계 여러 플랫폼에서 추모 모임을 하자는 이야기가 나오고, 그들의 이야기가 사람들의 마음을 움직인 것에 나도 위로를 받는다.

전화가 온다. 폴 카의 전화다.

"안녕하세요, 아멜리?"

그가 얼마나 아는지 모르기 때문에 대답하기 어렵다.

"좀 나아졌어요." 내가 대답한다.

"그러리라 믿습니다. 잡지사에서 근무하던 시절 저스틴 엘런드와 리나 밀쿠테를 아셨죠."

"네, 알았어요."

"도와드릴 일이 있을까요?"

"아뇨, 감사하지만 괜찮아요. 전화해주셔서 감사합니다."

"네, 필요한 일 있으면 연락하세요."

"네. 감사합니다."

나는 전화를 끊으며 그가 스스로 전화한 것인지 납치범의 확인 요청을 받고 전화한 것인지 궁금해진다.

13

화장품 전문점에서 샴푸를 찾으려고 서 있다가 남성용 제품 진열대 앞임을 깨닫는다. 가게 안이 너무 밝아서 두통이 몰려드는 것이 느껴진다. 저스틴과 리나의 일이 마무리되었으니 기분이 좀 나아지기를 바랐다. 하지만 마음속에 쌓이는 산더미 같은 슬픔을 떨치는 것도, 리나와 캐럴린의 죽음에 관한 죄책감을 처리하는 것도 불가능하다. 그리고 캐럴린이 만나던 대니얼도 있다. 그에게 전화를 했어야 하지만, 너무 두려워서 못 했다. 캐럴린의 죽음에 내가 관련이 있다고 말해버릴까 봐 두려웠다. 기자 인터뷰 날 네드의 집에 오지 않았다면, 캐럴린은 아직 살아 있었을 것이다.

나는 아무 생각 없이 샤워 젤을 들어 뚜껑을 열고 병을 꾹 누르면서 숨을 들이쉰다. 유칼립투스 향이 난다. 뚜껑을 닫고 다른 병을 집어 든다. 그것은 오렌지 향이 난다. 나도 모르게 샤워 젤과 샴푸를 줄줄이 집어 들며 향을 맡고 선반에 도로 넣는다. 자꾸만 떠오르는 향, 갓 깎은 잔디와 시트러스 향을 찾아서. 내 납치범의 향.

루카스의 향.

들고 있던 병이 바닥에 툭 떨어진다. 나는 돌아서서 문을 향해 달린다. 어린아이 손을 잡고 있는 여자를 밀치고 달린다.

"이봐요!" 여자가 외친다.

하지만 나는 멈추지 않는다. 멈출 수 없다.

밖으로 나와 쇼핑몰에서 나가려고 다급하게 뱅글뱅글 돈다. 울음이 터지려는데, 지나가는 사람들의 눈길이 느껴진다.

"저기, 괜찮아요?" 나이 지긋한 아주머니가 쇼핑 카트를 끌고 내 앞에서 걸음을 멈춘다.

"네……. 길을, 좀, 못 찾겠어서요." 내가 더듬거린다. "밖으로 나가는 길을 모르겠어요."

"저기 카페를 지나가요. 거기 문이 있어요."

"감사합니다." 나는 달리기 시작한다. "감사합니다."

출구를 통과한 뒤 더 달릴 수 없을 때까지 달린다. 허리를 숙이고, 숨을 헉헉 몰아쉰다. 사실이 아니기를 바라지만, 너무나 자명하다. 루카스가 빌뉴스의 자택에서 우리의 납치를 계획하고 조종하는 모습을 상상했었다. 하지만 그는 거기, 헤이븐클리프의 집에 계속 있었던 것이다. 그가 바로 내 납치범이었다.

고개를 숙이고, 어깨를 끌어당기고 집까지 걸어오는 동안, 머릿속이 쪼개지는 느낌이다. 그래서 그가 내게 말을 하지 않았던 것이다. 내가 목소리를 기억할까 봐. 집에 도착해 복도에 잠시 서서 적막

을 느낀다. 주방으로 가서 식탁에 앉아 주머니에서 휴대전화를 꺼
낸다. 떨리는 손으로 스톡홀름 신드롬을 검색한다.

납치 피해자가 느낄 수 있는 감정적 반응. 납치범과 감정적 교류를 했다고
느끼고, 헤어진 뒤 그리워하는 것. 스톡홀름 신드롬에 시달리는 사람들은
불면증, 회상, 타인에 대한 강한 의심, 악몽을 경험할 수 있다.

이것이 내가 겪는 증상일까?

위층으로 올라가 옷도 벗지 않고, 수치심을 감추고 싶다고 느끼
며 매트리스에 눕는다. 어떻게 헌터를 죽인 사람과 감정적 교류를
할 수 있을까? 간절히 잊고 싶은 마음에 눈을 꼭 감는다. 하지만 망
각은 좀처럼 찾아오지 않는다.

14

며칠 뒤, 전화가 온다. 또 폴 카다.

"아멜리, 다음 주 수요일에 저스틴 엘런드와 리나 밀쿠테의 추모 예배가 있다는 소식을 들었는지 모르겠군요."

안도감이 밀려든다. 《익스클루시브스》의 페이스북 페이지는 며칠 동안 확인하지 않았다. "알려주셔서 감사합니다. 그걸 놓쳤으면 속상했을 거예요."

"아." 어색한 침묵이 흐른다. "죄송하지만 가시지 않는 편이 좋겠습니다."

가슴이 철렁한다. "왜요?"

"기자들 때문인 듯합니다. 아멜리가 스포트라이트를 받게 될까 우려가 있어서겠죠."

"누군가요?" 내가 따진다. "누가 저더러 가지 말라고 하나요?"

"이해하시길 바랍니다."

"아뇨, 이해 못 해요. 그 이야기를 한 사람이 누군지 몰라도 저도 참석해야 한다고, 작별 인사가 필요하다고 전해주시겠어요?"

"저는 메시지를 받기만 합니다." 폴이 우울한 목소리로 말한다. "그리고 중요한 메시지일 경우에만 아멜리에게 전달하라는 지시를 받습니다." 또 잠시 침묵이 이어진다. "전달한 내용을 따라주실 겁니까?"

그의 탓이 아니다. 그는 연락책일 뿐이니까. "네, 물론이죠. 안녕히 계세요, 폴."

나는 정중히 전화를 끊지만 속이 부글거린다. 내 삶을 그토록 잔인하게 뒤집어놓은 그자들이 시키는 일은 다 했다. 하지만 이번에는 하지 않을 것이다. 그들이 싫어하든 말든, 추모 예배에 갈 것이다.

식당에서 나는 노트북 컴퓨터를 열고 《익스클루시브스》 페이스북 페이지를 찾는다. 저스틴과 리나에 관한 메시지가 더 올라와 있다. 추모 예배는 잡지사 건물 근처 세인트앤 교회에서 수요일 오후 2시에 열린다. 시간을 확인한 뒤, 나는 한 번도 안 해본 일을 한다. 네드와 나의 결혼 기사를 찾는다.

타블로이드 언론에서 그 결혼에 대해 얼마나 많은 기사가 나왔는지 놀랍다. 하지만 네드가 영국에서 가장 탐나는 신랑감이었던 점을 감안하면, 놀라운 일이 아닐지도 모른다. 다양한 기사를 읽으면서 이미 알고 있던 사실과 몰랐던 사실을 알게 된다. 네드의 재산은 할아버지가 직접 물려준 것이며, 자기 아버지가 손자의 버릇을 망친다고 제스로 호소프가 반대한 탓에 네드의 아버지와 할아버지 사이가 멀어졌다. 네드가 열여덟 살에 너무 심하게 폭행해 상대를 병원에 입원시킨 것, 6개월 뒤 빨간 페라리로 나무 한 그루와 젊은 여성을 치어 중상을 입힌 것은 나도 몰랐던 일이다.

충격을 받은 이유는 모르겠다. 라스베이거스에서 네드가 두어 차례 사고에 연루되어 재단 창립을 지연시켜 아버지를 화나게 했다고 말한 적 있었다. 그가 젊은 여성에게 중상을 입혔다거나 청년을 입원시켰다는 말은 하지 않았다. 제스로 호소프가 네드와 관련된 추문에 편집증 증상을 보이는 것도 놀랍지 않다.

계속해서 찾을 수 있는 내용을 검색하다가 포기하려는데, 2008년 네드 호소프의 전 여자친구가 사망했다는 내용의 기사를 발견한다. 섹스 중 실수로 질식사했다는 것이다.

나는 읽게 될 내용에 두려움을 느끼며 숨을 들이쉰다. 하지만 네 줄짜리 기사에는 타니아 호턴이라는 여성이 네드의 전 연인이라는 내용뿐이다. 사망 당시 누구와 섹스 중이었는지 언급이 없고, 경찰이 정황을 수사하고 있다는 말뿐이다. 그 뒤부터 현재까지 매년 관련 기사를 검색하며 경찰 조사 결과를 찾는다. 하지만 전혀, 아무것도 없다. 즉 누군가가 수사를 중단시킨 것이다.

아버지가 권력자라는 이유로 네드가 그렇게 많은 짓을 저지르고도 빠져나갈 수 있었다니, 분노가 가라앉지 않는다. 나는 네드가 타니아 호턴의 죽음에 연루되었는지 확실하지 않다고 생각한다. 하지만 살해 방식부터 은폐까지, 모든 것이 네드를 가리킨다.

나와 네드의 결혼 기사를 찾으려던 것이었음을 기억하고, 나는 관련 기사를 다시 찾는다. 나에 대해서는 별 내용이 없다. 조금 들쑤시긴 한 모양이다. 내가 고아이며 아버지가 돌아가신 뒤 열일곱 살 때 실종 신고가 되었다는 내용이 있으니까. 하지만 네드와 내가 어떻게 만났고 어떻게 갑자기 결혼했는지에 기자들은 더 집중했다. «익스클루시브스»의 비키와 다른 직원들의 인터뷰 내용은, 그들이 네드와 내가 사귀는 것을 몰랐기 때문에 결혼 소식에 놀랐다고 전한다. 적어도 기사에서는 아무도 내가 돈을 보고 결혼했다고 말하지 않는다. 하지만 그들이 한 말을 읽으면 저변에 깔린 비난을 느낄 수 있다.

네드의 자살에 관한 기사도 굉장히 많다. 그 기사를 읽으며, 저스틴의 성폭행 고소 이후 네드가 다양한 악성 댓글에 시달렸고 언론의 지탄을 받았음을 상세히 알게 된다. 자살이라는 주장이 쉽게 받아들여진 이유가 이제야 납득된다. 하지만 그렇게 많은 죄를 저지른 그가 피해자로 그려지는 것은 부당하다.

오랫동안 하고 싶었지만 용기가 없어서 못 한 일이 있다. 하지만 마음을 굳게 먹고 검색 엔진에 "도싯에서 발견된 남성 시신"이라고 입력한다. 서너 개의 기사가 나오고, 가슴을 두근거리면서 재빨리 훑어보며 무관한 것을 버린다. 그리고 발견하지 못하기를 바랐던 기사, 8월 14일 수요일 헤이븐클리프에서 멀지 않은 B222 도로에서 남성 시신이 발견되었으며, 지하 범죄 조직의 살인 피해자로 보인다는 기사가 등장한다.

방이 기우는 느낌에 식탁을 꽉 잡고 현기증이 지나가기를 기다린다. 당시에는 바로 며칠 전 리나의 살해가 너무나 끔찍해서 헌터의 죽음을 깊이 생각할 겨를이 없었다. 잘 알지도 못하는 남자의 죽음을 슬퍼하는 것이 잘못된 행동처럼 느껴졌다. 하지만 이제 슬픔이 파도처럼 내 온몸을 흔든다. 루카스가 그를 죽이라고 명령하지 않았다면 어땠을까.

루카스가 내 납치범인 것을 알고 나니, 그를 떠올리기도 싫다. 하지만 내 질문에 대답해줄 사람은 여전히 그뿐이다. 추모 예배에 오지 말라고 하던 폴의 전화가 떠오른다. 그 경고는 내가 기자들에게 둘러싸이는 상황과는 무관하다. 기자들이 어째서 나를 찾을까? 추모 예배는 나를 위한 것이 아니라 저스틴과 리나를 위한 것인데. 누군가가 나를 알아본다 해도, 왜 왔냐고 묻지 않을 것이다. 내가 그 잡지사에서 일한 것은 모두 아니까. 다른 사람, 바로 납치범들이 내가 마주치기를 원하지 않는 사람이 그 자리에 참석하기 때문에 경고한 것이고, 그런 사람은 루카스밖에 없다. 그리고 루카스가 빌뉴스 혹은 로스앤젤레스에서 추모 예배에 참석하러 온다면 헤이븐클리프의 그의 별장에서 머물 가능성이 높다.

15

기차에서 내려 본머스 역을 빠져나가 택시 승강장까지 걸어간다. 기사가 창문을 내린다.

"어디 가세요, 손님?"

"헤이븐클리프요." 내가 차에 타며 말한다.

"주소 있어요?"

"앨버트로스라는 집인데, 바보처럼 거리 이름을 잊었네요."

"염려 마세요." 그가 내비게이션을 조작한다. "찾았어요."

"다행이네요. 감사합니다."

나는 등을 기대고 앉아 창밖을 내다보며 긴장을 가라앉히려 해본다. 이제부터 무슨 일이 일어날지 알 수 없지만, 내가 바라는 전개는 확실하다. 루카스가 그곳에 있고, 나와의 대화에 동의하고, 헌터를 죽이라는 지시를 내렸다고 인정하고, 나와 네드를 납치해 네드를 죽였다는 사실을 시인하는 것. 그는 모든 것이 리나의 죽음에 대한 복수이며, 리나를 사랑했고 지키기로 했기 때문이라고 말한다. 그리고 나는 집을 나와서 몰래 녹음한 파일을 가지고 경찰서로 간다. 하지만 이대로 흘러갈 것이라고 믿을 만큼 내가 순진하지는 않다.

"다 왔어요." 15분쯤 뒤, 기사가 말한다.

창밖을 내다보니 검은 대문과 양쪽에 펼쳐진 높다란 흰 담이 있다. 중앙 대문의 옆에 있는 작은 검은 문은 기억이 난다. 해변에서 네드를 찾는 척하며 나왔던 문이다.

기사에게 요금을 내고 차에서 내린 뒤, 잠시 서서 2주간 갇혀 있었던 그 집의 2층 창문을 살핀다. 납치범들이 우리를 처음 데려왔을 때는 공기에서 바다 냄새를 느끼지 못했다. 네드와 함께 끌려올 때 두려움에 감각이 무뎌졌던 모양이다. 바다 냄새가 났어도 네드와 내가 루카스와 점심 식사를 한 곳이라고 생각하지는 못했을 것이다. 머릿속으로 어딘가 숲에 감춰진, 낡고 버려진 곳에 끌려왔다고 상상했다.

택시가 돌아가기를 기다린 뒤 인터콤 버튼을 누른다. 대답을 기다리는 동안 넓은 도로를 훑어보니 집들이 이웃에서 멀리 떨어져 아무리 고함을 질러도 아무도 듣지 못했을 것 같다.

인터콤을 다시 누르지만 대답이 없다. 불쑥 화가 치민다. 루카스가 내일 저스틴과 리나의 추모 예배에 간다면, 지금쯤 여기 와 있을 것이기 때문이다. 그래서 나는 오늘이 오기를 기다렸다. 그가 아직 도착하지 않았을까 봐 어제 혹은 그저께는 오지 않았던 것이다.

인터콤을 계속 누르며 루카스가 높다란 흰 벽 뒤에 없다는 사실을 인정하지 않는다. 교회와 가까운 런던에서 묵기로 한 것일까. 하지만 런던은 본머스에서 기차로 두 시간밖에 걸리지 않으니, 죽음에 대한 복수로 살해와 납치까지 저지를 만큼 소중한 여자를 추모하기 위해 왔다면, 분명히 여기 오지 않았을까?

나는 걸어간다. 그가 만약 대문에 달린 카메라로 나를 보고 있다면, 이제 안전하다고 착각하게 만들고 싶다. 나는 벽을 따라 오른쪽으로 걷다가 끝에서 또 하나의 대문을 발견한다. 중앙 대문만큼 화려하지 않다. 거기에는 카메라도 없고, 주위에 아무도 없기에 나는 대문 위를 잡고 기어오른다. 발을 디디기에 문이 너무 매끄럽다. 신발이 쓸모없이 미끄러지면서 나는 길바닥에 떨어진다. 문 오른쪽의 석조 기둥으로 옮겨 가 대문 위를 잡고 기둥의 거친 면을 이용해 기어오른다. 디딘 발이 미끄러지기 직전에 대문 너머를 살짝 내다보니, 그 문은 집 옆의 나무가 자라는 곳으로 연결된다. 납치범들이 나와 네드를 여기 데리고 왔던 날 밤, 이 문을 지난 것이었다.

중앙 대문으로 돌아가 초인종을 계속 누른다. 루카스가 대답하지 않는 것에 화가 나고, 상황이 내 바람대로 흘러가지 않는 것에 화가 난다. 그곳에 영영 있을 수 없으니 기운이 빠진다. 고개를 들고 카메라를 똑바로 바라보며 천천히 루카스에게 메시지를 전한다. '내일 봅시다.'

교회로 걸어간다. 이미 사람들로 가득하지만, 나는 뒤에 서 있고 싶지 않다. 그조차 너무 눈에 띌 것 같다.

오른쪽으로 돌아 왼쪽 통로를 걸어가다가 벤치 끝자리에 앉으며 내게 자리를 내주느라 움직이는 젊은 여자가 잡지사 사람이 아니기를 바란다. 나는 쓰고 있는 파란 모자의 챙을 당겨 이마를 가리고 머리를 앞으로 쓸어내려 얼굴을 덮지만, 눈은 내놓는다. 그가 어디 있을까?

추모 예배 중 주위에서 들려오는 작게 흐느끼는 소리를 듣지 않으려 애쓴다. 울기 시작하면 멈추지 못할까 겁이 나기 때문이다. 캐럴린의 집에서 저녁 식사를 하며 마지막으로 만난 날에, 저스틴이 말들이 가득한 마구간에서 유명한 기수와 인터뷰한 이야기로 우리를 웃게 한 것에 집중한다. 리나의 경우에는 좋은 추억을 떠올리기가 더 어렵다.

추모 예배가 끝나고, 사람들이 중앙 통로로 나오기 전에 교회를 벗어나고 싶어서 자리에서 재빨리 빠져나온다. 내 계획은 가장자리 어딘가에 서서 루카스가 보일 때까지 나가는 사람들의 얼굴을 확인하는 것이다. 하지만 문 쪽으로 서둘러 걸어가는데, 교회 반대편 어두운 곳에서 한 남자가 나처럼 서둘러 문 쪽으로 향하고 있었다. 숨이 가빠진다. 루카스는 아니지만, 내가 아는 사람이다. 확실하다. 누군지 기억을 더듬는다. 중키에 보통 체격이지만, 누군지 알 수 있는 실마리가 그것밖에 없다.

착각한 것이라고, 모르는 사람이라고 생각한다. 그 사람이 문으로 다가가는데, 조금 더 잘 보려고 얼쩡거리다가 삭발한 머리를 알아차린다. 그러자 퍼즐 조각이 맞아 들어간다. 칼, 칼이 분명하다.

사람들 사이를 뚫고 교회를 나가 보니 그는 가까운 공원을 가로질러 큰 도로로 향하고 있다. 당혹감이 덮친다. 그가 근처에 차를 주차했다면, 내가 말을 걸기 전에 떠나버릴 것이다.

"칼!"

그는 돌아보지 않고 계속 걷는다. 하지만 내가 이름을 부르자 멈칫했다. 분명히 칼이다. 그는 더 빨리 걷고 있고, 공원 사방에 출구가 있다. 그가 왼쪽 출구로 향하기에 나는 오른쪽 출구로 달리기 시작한다. 공원을 빠져나갈 때 모자가 날아가지만, 나는 멈추지 않고 더 빨리 달려 칼이 향하는 출구로 길을 되짚어간다. 철책을 통해, 당장이라도 나와 맞닥뜨리게 된다는 사실을 모른 채 고개를 숙이고 걷는 그가 보인다. 내가 출구로 튀어 나가자 사람들이 놀라 흩어지고,

그 소리에 고개를 든 칼은 내가 곧바로 달려오는 모습을 본다. 그는 깜짝 놀라 눈을 번득이며 내 앞에서 피하려고 한다. 하지만 나는 그의 움직임을 따라서 길을 막고, 그는 멈출 수밖에 없다.

"이야기 좀 해요." 내가 헉헉거리며 말한다. "칼 맞죠, 제가 누군지 아실 거예요."

그는 무표정으로 나를 마주 본다. 거의 검은색에 가까운 짙은 눈이다. 곧 미간의 주름이 펴진다.

"호소프 부인. 죄송합니다. 얼굴을 제대로 본 적이 없어서 누구신가 했습니다." 칼이 교회를 돌아본다. "와서 명복을 빌고 싶었습니다."

"왜요?"

"네?"

"알지도 못하는 저스틴과 리나의 명복을 빌고 싶은 이유를 물었어요. 네드를 위해 일하신 건 며칠뿐이잖아요. 두 사람을 만나지도 못했고."

"그분들의 이야기가 많은 사람들의 마음을 사로잡았습니다, 호소프 부인."

나는 그제야 칼이 외국 억양을 쓰는 것을 알아차린다. 오스트레일리아인지 남아공인지 모르겠다. 나는 잠시 머뭇거린다. 네드를 경호하던 남자에게는 억양이 없었다. 본능적으로 떠올린다. 내 생각이 옳다. 확실하다.

나는 고개를 젓는다. "아뇨. 왜 오신지 알아요. 마음을 정리하기 위해서죠."

"무슨……."

"그만해요." 주변에 사람들이 지나가서 목소리를 낮춘다. "다른 억양을 쓰고 있지만, 당신이 나와 네드를 가뒀던 사람 중 하나란 걸 알고 있어요."

그는 염려스러운 눈빛으로 주위를 둘러본다. "누구와 함께 오셨습니까? 그분을 모시고 올까요?"

"바보 취급하지 말아요."

그는 시계를 확인한다. "죄송하지만, 가봐야겠습니다."

그가 비켜서려고 하지만 나는 길을 막아선다. "아뇨. 대답을 들어야 되겠어요. 제가 그만큼 했으면 이 정도는 해줘야죠. 그러니까 알려줘요. 루카스는 어디 있죠? 왜 여기 안 왔죠?"

칼이 너무나 알 수 없다는 표정을 지어서 한순간 착각했구나 싶었다. 하지만 좀 전과 마찬가지로 내 생각이 옳다는 직감이 든다.

"나와 이야기하지 않겠다면," 나는 화가 나서 말한다. "경찰에 가서 네드 호소프가 리나 밀쿠테를 죽이는 걸 목격했다고 말하겠어요."

그의 눈에서 뭔가 번득이는 것이 보인다. 하지만 그것이 무슨 의미였든지, 재빨리 사라진다.

"그래요." 내가 숨죽여 말한다. "네드가 리나를 죽이는 걸 봤어요. 자기 손으로 리나의 목을 조르는 걸 봤어요. 서재 문 뒤에 숨어서 모든 걸 다 봤어요. 헌터가 총에 맞는 것도 봤어요. 하지만 그것도 이미 알고 있겠죠. 지시 사항 편지에 그렇게 쓰여 있었으니까." 그가 내 팔꿈치를 잡고 벤치 쪽으로 향하는 것도, 눈에서 눈물이 흘러내리는 것도 모른 채 말한다. "두 번의 살인을 목격하다니, 어떤 심정인지 알기는 해요? 당신은 마음을 정리할 수 있어도 나는 못 해요. 당신의 대답을 듣기 전까지는."

"이런 말을 듣고 싶지 않으리란 걸 압니다." 내가 가방에서 티슈를 찾는데 그가 말한다. "하지만 호소프 부인, 무슨 말씀인지 전혀 모른다는 제 말을 믿어주세요."

분노가 치민다.

"아뇨, 그 말 안 믿어요!" 나는 일어나 가방을 어깨에 걸친다. "그리고 난 호소프 부인이 아니에요! 내가 경찰에 안 갈 줄 알겠지만, 갈 거예요. 대답을 듣기 전까지 나는 절대 자유롭지 못해요. 전처럼 갇혀 있는 신세일 거예요." 나는 눈물을 삼킨다. "창문을 합판으로 막아 어두운 방 매트리스 위에서만 내가 잘 수 있다는 걸, 신경이나 쓰나요? 나는 지금 그 정도로 엉망이에요. 루카스가 날 이 지경으로 만들었어요."

나는 걸어가다가 돌아선다. "루카스에게 메시지를 전해줘요. 어디 있든지 찾으러 간다고 전해요."

17

빠르게 걸어가면서도 칼이 나를 따라잡지 못할 정도로 빨리 걷지는 않는다. 그는 나를 따라올 테니까. 그래야만 하니까. 출구에 다가가서 그가 나를 부르기를, 내가 알아야 하는 일을 말해주기를 기다리며 걸음을 늦춘다. 하지만 그는 나를 부르지 않고, 나는 낙심한다. 바닥에 주저앉아 포기하고 싶다. 칼이 도와주지 않는다면 누가 도와줄까?

내 상황이 어떤지 실감 난다. 지금 걸어가버리면 필요한 답을 결코 얻지 못할 것이다. 칼을 놓치면 그를 영영 만나지 못할 것이다.

나는 홱 돌아선다. 하지만 그는 흔적도 없다. 이미 떠난 뒤다. 빙글빙글 돌면서 그가 어느 길로 갔는지 확인하다가 보도를 빠르게 걷는 그를 반대쪽 철책 위에서 다시 발견한다. 다른 출구로 나간 것이 틀림없다.

나는 그를 따라 달리다가 가까워지자 걸음을 늦추고 적당한 거리를 두고 뒤따라간다. 그는 앞서 보지 못했던 가방을 메고 있다. 도로 끝에서 그는 잠시 멈추더니 양옆으로 고개를 돌리고 시계를 확인한다. 길을 건널 생각이 아니라 택시를 찾는 것이리라. 가슴이 철렁한다. 만약 그가 택시에 올라타면 그를 영영 놓치게 될 것이다. 곧이어 오는 다른 택시를 타고 칼의 택시를 뒤따라가지 않는 한. **부디 택시가 없게 해주세요.** 누군가가 내 기도를 들어준다. 2분 정도 후, 그가 빠르게 길을 건넌다.

나는 멈춰 선 곳에서 움직여 그를 뒤따른다. 어디로 가는지 안다. 전방의 지하철역이다. 계단을 내려가 그를 따라서 요금을 내고 피카딜리선 쪽 에스컬레이터를 타고 플랫폼에 닿는다.

그가 뒤를 밟는 나를 볼지도 모른다는 두려움이 증발하기 시작한다. 내가 뒤따라올 것이라고 생각했다면 그는 적어도 한 번은 돌아봤을 것이다. 열차가 들어온다. 나는 그와 같은 객차에 타지만, 끝쪽 문으로 들어가 앉아서 그를 살그머니 훔쳐본다. 그는 다리 사이에 가방을 놓고 멍하니 정면을 응시하며 생각에 잠겨 있다. 칼이 네드를 납치한 사람이었다. 그렇지 않고서야 알지도 못하는 저스틴과 리나의 추모 예배에 왜 왔을까? 그들을 알았다면 모를까. 기억을 되짚어보지만, 저스틴이나 리나가 칼이라는 사람 이야기를 한 것은 기억나지 않는다.

객차에 곧 사람들이 가득 차지만 걱정 없다. 칼이 여전히 보인다. 내 계획은 그가 사는 곳까지 찾아가고, 주소를 알게 되면 나와 이야기를 할 때까지 밤낮으로 성가시게 구는 것이다. 그가 어떤 역에도 반응하지 않고 위치도 확인하지 않는 것을 보고서야, 종착역까지 가기 때문에 내릴 역을 놓칠 걱정을 않는다는 사실을 깨닫는다. 벽에 붙은 노선도를 확인한다. 마지막 역은 히스로 공항 5번 터미널이다.

가슴이 철렁한다. 비행기에 어떻게 따라 타지? 그의 목적지는 어디든 될 수 있다. 아까의 억양이 떠오르자 다시 가슴이 철렁한다. 남아공이나 오스트레일리아로 가면 어떻게 할까? 어떻게 그곳에서 그를 찾을까?

열차가 5번 터미널에서 선다. 그가 문으로 다가가고, 나는 조금 뒤에 따라 내린다. 그가 뒤를 돌아보지 않고 에스컬레이터로 향할 때까지 기다린다. 그는 에스컬레이터 오른쪽에 서 있는 사람들을 지나쳐 왼쪽으로 걸어 오르기 시작한다. 급한 모양이라 나도 서둘러 걸어 올라간다. 에스컬레이터 끝에 다다르자 그는 뛰어내리더니 중앙 홀을 가로질러 달리기 시작한다. 한순간 그가 나를 본 줄 알고 당황한다. 하지만 그는 달리면서 주머니를 뒤지고, 휴대전화를 꺼낸다. 그는 문이 따로 있는 보안 검색 구역에 다가가고, 전화를 기계에 붙이더니 급히 통과한다. 나는 몇 초 뒤 도착해 그가 시야에서 사라질 때까지 지켜본다.

18

밤중에 매트리스에 웅크리고 있는데 문득 이런 생각이 든다. 칼이 헌터와 같은 보안업체에서 일한 걸까? 헌터의 검은 재킷 앞주머니에 적힌 그 이름을 자주 봐서 기억한다. 그곳에 전화를 걸어 칼과 통화하고 싶다고 하면 뭔가 알아낼 수 있을지 모른다. 가능성은 희박하다. 헌터가 살해된 뒤 네드가 다른 보안업체에 연락했을지도 모른다. 하지만 해볼 만하다. 새벽 3시부터 시계를 지켜보고 있다. 오전 9시, 그곳에 전화한다.

"안녕하세요, 지난해 그곳 회사에서 보낸 보안 요원을 찾고 있는데요. 이름은 칼이에요. 죄송하지만 성은 기억나지 않네요."

"회사 이름을 알 수 있을까요?" 여자가 묻는다.

"네, '익스클루시브스'예요."

"잠시 기다려주세요. 확인해보겠습니다…… '익스클루시브스'

라는 이름으로는 계약서가 없네요."

"아, 그럼 다른 회사에서 보낸 모양이네요. 기록에 다른 칼은 없
나요?"

"칼은 저희 이사이신 헌터 씨뿐인데 이제 여기 안 계십니다."

손에서 전화가 미끄러져 바닥에 떨어진다. 얼굴에서 핏기가 가
신다. 나는 어지러워 주방을 지나 정원으로 나가서 신선한 공기를
마신다. 칼 헌터라고? 그게 무슨 뜻이지? 그저 우연일까? 하나는 성,
하나는 이름이 같은 두 사람이라니? 아니면, 내가 헌터라고 아는 사
람의 성이 헌터였을까? 그럼 칼과 헌터는 친척이었을까? 만약 그들
이 친척 사이라면, 그때의 납치는 리나의 살해뿐 아니라 헌터의 살
해에 대한 복수였을까?

머리가 터질 것 같다. 나는 관자놀이를 문지르며 괜찮다고, 어떻
게든 다 파헤칠 것이라고 생각한다. 하지만 어떻게 해야 할까? 조금
전진했다고 생각할 때마다, 항상 뒷걸음질 치게 된다.

주방으로 가서 바닥에 떨어진 휴대전화를 주워 잠시 생각한다.
계획을 세운 뒤, 내가 다시 전화한 줄 모르게 음성을 바꿀 태세로 보
안업체에 다시 전화한다.

"칼 헌터 씨와 통화할 수 있을까요?" 내가 묻는다.

"죄송합니다. 그분은 퇴직하셨습니다."

"그래서 정장을 찾아가지 않는 걸까요. 한 달 전에 드라이클리닝
을 맡기셨는데요. 그분 전화번호가 있나요?"

"아뇨, 없네요."

"아니면 주소는요? 고급 정장인데, 안 찾아가면 아까울 것 같네

요. 택배로 보낼 수도 있거든요."

남자가 웃는다. "그렇긴 한데 꽤 비쌀 거예요. 뉴질랜드로 돌아가셨거든요."

가슴이 두근거린다. 드디어 나왔다. "거기가 고향인가요? 외국 억양을 쓴다고 느끼긴 했지만, 어딘지 몰랐네요."

"네, 뉴질랜드 사람이에요."

"그분 형은요? 형에게 헌터 씨의 연락처가 있을지도 모르겠네요."

"형이요? 헌터 씨에게 형이 있는지는 모르겠네요."

"아, 형과 함께 일한다고 했어요. 아니면 사촌이라고 했나."

"여긴 없어요. 확실합니다."

"몇 달 전쯤이었어요." 나는 포기하지 않는다. "헌터 씨가 형은 성을 이름으로 써서 헌터라고 부른다던데. 헌터 씨가 형을 경호원으로 채용한다고 했어요."

"그런가요? 기록을 찾아볼 수 있긴 해요."

"그래줄래요? 아까도 말씀드렸지만, 비싼 옷이에요."

"잠시만요." 나는 칼의 성이 헌터라는 사실에 여전히 어지러운 심정으로 기다린다. "아뇨, 아무것도 없네요."

"음, 그러면 이 정장은 중고 상점에 가져가야 되겠군요. 고마워요. 큰 도움이 됐어요."

나는 전화를 끊고 궁리하며 잠시 서 있다. 어째서 그 보안업체 이름이 적힌 재킷을 입고 있었던 헌터의 기록이 없을까?

그리고 뉴질랜드에서 칼을 어떻게 찾을까? 찾을 수 없다는 현실을 멍하니 깨닫는다. 건초 더미에서 바늘 찾기나 마찬가지일 것이다. 어쨌든 나는 컴퓨터를 가져와 '뉴질랜드 칼 헌터'를 검색하지만 결과는 1,280만 건이 넘는다. '뉴질랜드 보안 칼 헌터'를 시도해봐도 여전히 881만 개의 결과가 나온다. 그의 이름과 '뉴질랜드'를 입력하고, 보안업체 이름을 넣고 이미지 검색을 시도하지만 아무것도 찾지 못한다.

풀이 죽어 주방으로 가서 창문에 코를 꾹 누른다. 칼을 찾지 못하면 루카스를 찾을 수 없다. 그리고 진실을 알아내지 못하면 나는 자유로워질 수 없다.

19

폴 카의 사무실이 있는 건물로 들어가 곧장 안내 데스크로 향한다.

"카 씨를 만나고 싶어요."

나보다 서너 살 많아 보이는 남자가 고개를 든다.

"예약하셨나요?"

"아뇨."

"예약을 하면 어떨까요?"

"아뇨, 당장 만나야 해요."

"그건 불가능할 것 같네요."

"아멜리 러몬트가 만나러 왔다고 전해주실 수 있나요? 만나주실 것 같은데."

그는 소리 죽여 한숨을 쉬더니 수화기를 들고 버튼을 누른다.

나는 진정하려 애쓰며 책상에서 자리를 옮긴다. 전화를 먼저 할 수도 있었다. 먼저 해야 했다. 하지만 폴이 전화로 이야기하자고 할 것 같았다. 그를 직접 만나서 얼마나 알고 있는지 가늠하고 싶다. 나를 도와줄 수 있는 사람은 폴뿐이다.

"아멜리, 만나서 반갑습니다." 폴이 내 앞에 서 있다. "함께 가실까요?"

나는 그를 따라 사무실로 가면서 사과부터 한다. "먼저 전화를 드렸어야 하는데."

폴은 미소를 짓는다. "괜찮습니다." 그는 낮은 테이블 앞에 놓인 두 개의 가죽 안락의자를 가리킨다. "벤에게 커피를 부탁했습니다. 잘 지냈어요?"

커피가 온 덕분에 대답을 생략할 수 있다. 폴이 나와 자신 앞에 커피를 놓고 의자에 기대어 앉는다.

"어떻게 도와드릴까요?" 폴이 묻는다.

"도와주실 수 있는지도 모르겠어요." 내가 말한다.

"무슨 고민이 있는지 들어볼까요?"

그제야 그는 내게 일어난 일을 알 리 없음을 깨닫는다. 만약 안다면 그런 질문은 하지 않았을 것이다. 그리고 내게 일어난 일을 그가 모른다면, 어떻게 도울 수 있을까?

절망감에 솟아오르는 눈물을 참을 수 없다. "어떤 일, 나쁜 일이 있었는데 잊을 수가 없어요. 잊으려고 노력하면서 괜찮아질 거라고 생각하고 있어요. 하지만 괜찮지 않아요. 나아지지 않을까 봐 무서워요. 알아야 할 일이 있지만, 대답해줄 사람이 없어서 정말 힘들어요. 전 이제 스무 살인데 너무 늦은 것 같아요. 제가 보고 들은 일 때문에 밤에 잠이 오지 않아요. 장기 말로 이용된 느낌이에요.......”
나는 너무 많은 말을 한 것 같아 멈춘다. “저스틴과 리나의 추모 예배에 갔다가 저를 도와줄 수 있을 것 같은 사람을 만났어요. 하지만 그 사람은 제가 무슨 말을 하는지 모르는 척하면서 제가 미쳤다고 생각하게 만들었어요.” 폴을 보니 얼굴에서 무엇인가, 분노로 보이는 표정이 스쳐 지나간다. “알고 계셨죠, 그렇죠?” 내가 단념하고 말한다. “제가 추모 예배에 간 걸 알고 계셨죠.”

그가 나를 꾸짖고 어째서 명령을 어겼는지 물을 거라고 예상한다. 하지만 그는 일어나더니 창가로 가서 내게 등을 돌리고 밖을 내다본다. 심장이 더욱 내려앉는다. 생각보다 힘들어질 것 같다.

“계획이 있는지 물어도 될까요?” 그의 질문에 작은 승리감을 느낀다. 루카스를 찾으러 간다고 했을 때, 칼이 겁을 먹었으니까.

“실은 휴가를 가질까 해요.” 폴이 이 대화를 칼에게 전할 것이므로, 그를 얼마나 몰아붙일 수 있는지 확인해야 한다.

폴이 창가에서 돌아선다. “정말인가요?”

“네. 시간과 돈이 있으니, 이제 마음대로 할 수 있죠.”

“어디로 가실 생각인가요?”

“여기서 최대한 멀리 가야 하니 뉴질랜드를 생각 중이에요.”

그의 표정은 변하지 않지만 아무 말이 없다. 폴이 뉴질랜드에는 가지 말라고, 제대로 쉬려면 좀 더 이국적인 곳에 가라고 말하기를 기다린다.

“좋은 생각 같군요.” 폴이 말한다.

나는 그와 가만히 눈을 마주친다. “그런가요?”

"네. 특별히 마음에 둔 곳은 있습니까?"

"글쎄요." 짐작으로 대답해 본다. "웰링턴으로 가서 돌아다닐까 해요."

폴이 끄덕인다. "하지만 남섬의 크라이스트처치에서 시작하기 좋다고 들었습니다."

심장이 더 빠르게 뛰기 시작한다. "크라이스트처치요?"

"네, 특히 뱅크스반도의 아카로아라는 곳이요. 아름답더군요."

나는 차분하고 고른 목소리를 유지한다. "그럼 거기서 시작해야 겠네요. 지금 가도 좋을 것 같으세요? 여긴 겨울이 다 됐으니, 그곳은 여름이 되어가겠네요."

"아주 좋은 시기라고 생각합니다."

"그리고…… 아카로아에서 혹시 제가 묵을 곳은 아시나요?"

폴은 고개를 젓는다. "죄송하지만 모릅니다. 아마 부두 근처에서 찾을 수 있을 겁니다." 그가 잠시 멈췄다가 이어 말한다. "그곳에 있는 동안 퍼플 피크에 가보세요. 언덕에 아름다운 집을 짓고 있다더군요." 그가 말한다. "그럼, 저는 다음 예약이 있어서요."

"그렇군요." 내가 급히 말한다. "만나주셔서 감사합니다. 정말 큰 도움이 됐어요."

"필요한 답을 찾으시길 바랍니다."

"감사합니다." 나는 희망을 느끼며 그를 본다. "저랑 함께 가실 생각은 없으시지요? 뉴질랜드에요."

폴이 미소를 짓는다. "아멜리, 그 여행은 혼자 하셔야 할 것 같군요."

20

나는 넉 달 전 라스베이거스에 가져갔던 여행 가방을 밀며 택시를 타고 공항으로 간다. 주위에는 다른 사람들이 친구와 가족을 끌어안으며 작별 인사 중이다.

"즐겁게 보내고, 도착하면 연락하렴." 한 어머니가 딸에게 말하며 끌어안는 것을 보고 나는 눈길을 돌린다.

온라인으로 체크인을 마쳤기에 곧바로 에어뉴질랜드 수화물 위탁소로 간다. 오늘 아침 폴 카가 보낸 메시지가 떠오른다. '안전한 비행, 안전한 여행 되세요. 폴.' 적어도 누군가가 내가 가는 곳을 알고 있으며, 내가 사라지면 그가 알 것이라고 생각하니 안심이 됐다.

추모 예배에 갔다고 했을 때 폴의 얼굴을 스쳐 지나간 분노가 나를 향한 것이 아니라, 나와 이야기하지 않고 모든 게 내 상상이라고 생각하게 만든 칼을 향한 것임을 깨달았다. 그렇지 않다면 폴이 내게 아카로아로 가라고 알려주면서 도울 리 없기 때문이다.

긴 여정이다. 싱가포르까지 약 열세 시간, 다섯 시간의 대기, 그리고 크라이스트처치까지 열 시간. 첫 비행에서 나는 생각할 시간을 허용하지 않는다. 책을 읽고, 먹고, 자고, 영화를 본다. 크라이스트처치행 비행기에 타자 불안해서 속이 쓰리다. 정보를 얻었지만 칼을 찾을 수 있을지 확신할 수 없다. 그리고 조심해야 한다. 아카로아에 대해 찾아보니 작은 곳이다. 언덕에서 집을 짓는 칼 헌터라는 남자에 대해 묻고 다니면 그의 귀에 들어갈 수 있다. 나는 그를 놀라게 하고 싶다.

비행기가 드디어 착륙한다. 다른 승객들을 따라 출입국 심사를 받고 수화물 찾는 곳으로 간다. 내 가방을 기다리는 동안 폴에게 간단히 답장한다. '크라이스트처치에 도착했어요. 감사합니다.'

내 여행 가방을 받아서 기내에 들고 탔던 담요를 넣은 다음 출구로 향한다. 아카로아로 타고 갈 차를 불렀고, 부두의 게스트하우스에 방을 예약해뒀다. 중앙 홀에 내 이름을 적어 들고 있는 남자를 보고 그쪽으로 다가간다.

"크라이스트처치에 오신 걸 환영합니다." 남자가 활짝 웃으며 내 여행 가방을 받아 간다. "이곳엔 처음인가요?"

"네." 나도 미소를 지으며 말한다.

"오, 마지막 여행이 아니길 바랍시다."

그는 빌이라고 자기소개를 하고, 아카로아로 가는 한 시간 동안 그곳에 사촌이 산다고 이야기한다. 나는 잠시 칼 헌터라는 이름을 들어봤는지 물어보려다가 그만둔다. 대신 그는 여행 안내서에 나와 이미 아는 사실, 아카로아는 뉴질랜드 최초이자 유일한 프랑스인 정착지라는 사실을 알려준다. 그는 프렌치베이의 해변, 항구와 부두 이야기를 들려주고, 나에 대해 묻기에 내가 원하는 삶을 지어내어 이야기한다. 나는 석사학위 과정에 들어가기 전 1년간 휴가를 갖고 있다. 부모님이 영국에서 기다리고 있으며 오스트레일리아에 사는 친구들을 곧 만날 예정이다.

아카로아에 도착하자 시차 때문에 어서 자고 싶다. 작은 건물 앞에 차가 선다. 빌이 내 여행 가방을 안까지 밀어다 준 뒤 떠난다. 접수 데스크 직원 글렌다는 따뜻하며 상냥하다. 내 방까지 계단을 오르는 동안 나는 빌에게 들려준 것과 똑같이 이야기한다.

방이 예쁘다. 침실과 욕실뿐 아니라, 소파, 의자, 간이 주방이 딸린 큰 공간이 있다. 바다가 내려다보이는 발코니도 있다.

"냉장고에는 우유와 버터가 있고, 찬장에는 차나 커피, 빵 같은 이런저런 음식이 있어요." 글렌다가 말한다.

"감사합니다." 나는 키위와 귤, 사과, 아보카도가 가득 담긴 그릇을 보고 말한다. "정말 친절하시네요."

"천만에요. 필요한 거 있으면 부르세요."

나는 샤워를 하고 침대에 눕는다. 영국은 한밤중이기 때문에 곧 잠들면서, 칼은 어째서 알지도 못하는 여자들의 추모 예배에 참석하기 위해 뉴질랜드로부터 이렇게 길고 피곤한 길을 왔을까 의아해진다.

21

시차에 적응하기 위해 이틀간 아카로아 주위나 프렌치베이의 해변을 따라 산책한다. 아름다운 경치를 감상하고 상쾌한 바닷바람을 마신다. 하지만 언제나, 한순간도 예외 없이 칼을 찾는다. 아직 정한 것이 없어 계획을 세워야 한다. 하지만 칼을 보면 지난번처럼 뒤를 밟을 것이다.

손님이 체크아웃하고 새로 들어오기 전, 글렌다가 한가한 시간을 기다려 접수 데스크로 향한다.

"안녕하세요. 여기서의 생활은 좀 어떠세요?" 내가 다가가자 글렌다가 묻는다.

"괜찮아요. 고맙습니다. 여긴 참 아름답고 편안하네요."

"그렇죠. 그리고 요즘이 날씨가 좋은 때랍니다." 글렌다가 카운터에 기대며 잡담을 시작한다. "오늘 좋은 계획이 있나요?"

"음, 부모님이 영국에서 알던 사람들을 찾으려고 해요. 그 사람들이 아카로아로 이주했다는데, 부모님과 연락이 끊어졌어요. 부모님이 제가 여기 있는 동안 꼭 찾아보라고 당부했어요." 나는 과장되게 한숨을 내쉰다. "주소도 없는데 어떻게 찾아야 할지 모르겠네요."

"이름은 알아요?"

"네, 헌터예요."

글렌다가 끄덕인다. "저기 언덕에 집을 짓는 사람이 있어요." 글렌다는 건물 뒤를 가리키며 말한다. "그 사람 이름이 헌터일 거예요. 하지만 부모님 세대인지는 모르겠네요. 30대 중반이라던데. 그리고 몇 달 전까지 영국에서 살았으니, 아마 찾는 사람은 아닐 거예요."

심장 뛰는 소리가 글렌다에게 들릴까 봐 뒤로 한 걸음 물러선다. 그가 바로 내가 찾는 사람 같다.

"네, 안 맞네요." 내가 말한다. "부모님은 50대이시고 그 부부는 오래전에 여기로 왔거든요." 너무 놀라서 무슨 말을 하는지도 모르고 말한다.

"아들일 수도 있죠."

나는 고개를 젓는다. "그분들에게는 자녀가 없을 거예요. 자녀가 있다는 말은 못 들었어요." 나는 재빨리 머리를 굴리며 의심을 사지 않고 물어볼 수 있는 방법을 찾는다. "언덕 위의 집이라면 참 좋겠네요. 하지만 여기서 꽤 멀겠죠."

"그렇게 멀지 않아요. 내 생각대로라면, 꼭대기로 가는 길에 있을 테니 걸어서 한 시간 정도면 닿을 거예요."

"정말요? 와, 완벽한 곳 같네요."

"거기 올라가면 그 사람에게 말 좀 걸어보세요. 좀 외톨이거든요."

"아뇨, 같은 가족일 리 없는걸요. 그래도 부모님께 찾아보기는 했다고 말할 수 있게 됐네요. 지금 전화를 해볼래요. 늦게 잠자리에 드니까 아마 깨어 계실 거예요." 글렌다가 더 묻기 전에 나는 걸어 나온다.

너무 떨려서 열쇠 카드를 바닥에 떨어뜨리고 문도 제대로 열지 못한다. 방에 들어온 뒤 나는 발코니로 가서 난간을 꽉 쥐고 바다를 내다본다. 칼이 분명하다. 나이부터 영국에서 최근 돌아온 것, 언덕의 집까지 모든 것이 들어맞는다.

그제야 나는 그를 찾아가려면 조심해야 한다는 사실을 깨닫는다. 하지만 칼이 나를 해칠 수 있다고 여겼다면 폴이 나를 보내지 않았을 것이다. 그리고 나는 뉴질랜드에서 돌아오지 못할 경우, 내 시신이 해변에서 발견될 경우 혹은 발견되지 않을 경우에 대비해 레딩의 집에 편지도 남겨놓았다. 앤서니 배리스턴 앞으로 보내는 편지에 네드가 저스틴과 리나를 살해한 것부터 네드 혹은 제삼자가 캐럴린을 죽인 것으로 의심되는 점, 루카스 혹은 그의 지인이 헌터를 죽인 것까지 전부 적어뒀다. 칼과 루카스를 내 납치범으로 지목하고 내 목숨의 대가로 그들이 무엇을 시켰는지도 상세히 기록했다. 그리고 가장 중요한 것을 적었다. 내 삶이 이렇게 죄책감과 불확실성으로 가득하리라 생각했다면, 그 삶을 그토록 소중히 여기지 않았을 것이라고.

글렌다가 집을 짓는 곳까지 한 시간 정도 걸어가면 된다고 했으니, 냉장고에서 물 한 병을 꺼내 가방에 넣고 야구 모자를 쓰고 선글라스를 챙긴 뒤 아래층으로 내려간다.

"제가 착각했어요." 나는 어깨를 으쓱이며 글렌다에게 말한다. "부모님의 친구분 이름은 헌터가 아니라 험버였어요. 그리고 부모님보다 나이가 많은 분들이라서 70대쯤 되셨을 거예요." 나는 웃어 보인다. "이제 여기 살아 계시지 않을지도 몰라요."

"우체국에 한번 알아봐요." 글렌다가 말한다. "거기서 도와줄 수도 있어요."

"좋은 생각이네요. 그렇게 할게요. 하지만 다음에요. 오늘은 프렌치베이 해변을 산책할래요."

"잘 다녀와요!"

밖으로 나온 나는 왼쪽으로 돌아 잠시 걷다가 휴대전화의 지도를 확인하면서 다시 왼쪽으로 돈다. 15분 뒤 길이 갈라진다. 왼쪽으로 접어들어 도로를 따라 걷는다. 이곳에 온 목적과 그 모든 일에도 불구하고, 이따금 걸음을 멈추고 나무와 수풀의 생생한 빛깔을 감상하며 바다의 장관을 바라본다. 사방이 아름답게 고요하다. 나는 마지막으로 이렇게 편안했던 것이 언제였는지 생각해본다. 라스베이거스에서, 네드와 결혼한 때라는 것을 깨닫고 참 우습구나 싶다.

주위에 집이 별로 없고 지나치는 집들은 오래된 것 같다. 계속 언덕을 오르며 공사 중인 집을 찾는다. 길이 비포장도로로 바뀌어 그만 돌아갈까 생각하는데 나무 사이로 뭔가 슬쩍 보인다. 계속 나아가자 축구장만 한 땅 위에 세워진 담이 보인다. 아직 지붕이 없고 비계가 서 있지만 베란다로 에워싼 1층은 완성된 것 같다. 걸음을 멈춘다. 생각보다 인적이 드물다. 이곳이 그곳이라면, 칼이 근처에 있을지 모른다.

나는 나무들 사이로 들어가 그 땅 근처를 살그머니 돌아다니다가 안전하게 몸을 숨기고 한 번 더 살핀다. 집이 살짝 비탈에 있어서 그곳을 내려다볼 수 있다. 공사 구역에 흩어진 건축 장비 이외에, 집 왼쪽에 창고도 하나 있다. 인적은 없지만 20분 정도 더 기다리다가 돌아온다. 길을 따라 발걸음을 재촉하며 칼과 마주치지 않기를 바란다. 그를 만날 마음의 준비가 안 되었기 때문이다. 그가 차를 타고 온다면 나를 등산에서 돌아가는 관광객으로 여기기를 바란다. 하지만 그가 걸어와서 우리가 얼굴을 마주한다면 나를 알아볼 것이다.

시내로 돌아와서야 비로소 마음이 놓인다. 그렇게 외딴곳에 다시 돌아가야 한다고 생각하니 초조하다. 하지만 바로 그것이 내가 여기까지 찾아온 목적이다.

22

이번에는 잘되기를 바라며 그 집을 향해 언덕을 오른다. 아침이라서 걷는 동안 훨씬 시원하다.

그저께와 마찬가지로 어제도 오후가 되어서야 공사 부지에 도착했다. 오전에는 바다에서 수영을 했기 때문이다. 어제도 집이 비어 있었다. 하지만 건설 장비가 옮겨져 있고 자동차 바퀴 자국이 새로 난 것을 보니 거기 있던 사람이 그날 일을 마친 모양이었다. 그래서 오늘은 일찍 올라가고 있다.

집에 다가가니 사람들 소리가 들린다. 두근거리는 가슴을 안고 나무들 사이로 몸을 숨긴 뒤 앞을 막는 가지를 밀며 살금살금 다가간다.

가장 먼저 보이는 것은 집 앞에 서 있는 트럭 비슷한 큰 차량이다. 두 번째는 그 차량 보닛에 몸을 기댄 여자다.

칼에게 여자가 있다는 사실에 왜 놀라는지 모르겠지만, 놀랍다. 사람을 인질로 삼고, 괴롭히고 협박한 사람이 보통의 생활로 돌아갈 수 있다는 사실이 몹시 충격적이다.

검은 머리의 여자가 누군가와 이야기하고 있다. 너무 멀어서 내용은 알 수 없지만, 목소리가 오르내리는 것은 들린다. 여자가 내게서 가장 가까운 건물, 창고로 고개를 돌리자 조그만 검은 개가 튀어나온다. 개가 자기 쪽으로 달려오다가 잽싸게 창고로 돌아가니 여자가 깔깔 웃는다. 남자 목소리가 들려오자, 나는 숨을 멈추고 온몸의 신경을 곤두세운다. 그리고 그가 창고에서 나온다. 개를 품에 안고서. 실망감이 덮친다. 칼이 아니다. 칼보다 키도 크고 머리가 좀 길다. 하지만 아는 사람이다. 확실하다. 숨을 멈춘다. 루카스인가?

그때 그가 돌아서고 얼굴이 보인다. 나는 뒷걸음질을 친다. 모든 것이 정지한다. 이럴 리가 없지만, 사실이다.

헌터다.

23

주저앉아 무릎을 꿇고, 숨을 헉헉 몰아쉬며, 온몸으로 부정한다. **헌터일 리 없어, 헌터는 죽었잖아. 총에 맞는 걸 봤어. 피가 흘러나오는 걸 봤다고.**

통증이 가슴을 짓누른다. 폐로 공기를 들이쉬려고 하지만, 숨이 너무 가쁘다. 앞으로 맞닥뜨릴 진실을 보아버린 탓에 진정이 되질 않는다. 배낭에서 물을 꺼내 뚜껑을 열고 한 모금 마시지만, 사레가 든다. 그래서 두 손을 모아 입에 대고 규칙적으로 호흡하면서 소리를 죽이려고 한다. 눈에서 눈물이 흐르고 호흡을 겨우 늦춘 뒤에는 온몸이 덜덜 떨린다.

모로 눕는다. 헌터가 살해되는 것을 똑똑히 봤고 그의 시신이 발견됐다는 기사도 읽었는데 어떻게 여기 있을까? 이것이 어떻게 가능할까? 불가능하다. 그러니 이것은 꿈이다. 아니, 악몽이다. 곧 아카로아의 방에서, 혹은 레딩의 집에서 나는 눈을 뜰 것이다.

수풀 속에서 얼마나 누워 있었을까. 자동차가 다가오는 소리를 듣고서야 서서히 일어나 앉는다. 차가 어디로 가는지 귀를 기울인다. 집에서 도로 쪽으로 향한다. 헌터와 여자가 떠났다.

나는 물을 한 모금 마신다. 내 방으로 돌아가고 싶을 뿐이다. 그 무엇도 이해되지 않는다. 헌터가 살해당한 척한 이유는 생각할 수도 없다. 하지만 이유가 무엇이든, 그를 절대 용서하지 않을 것이다.

그렇다면 이곳은 헌터의 집일까, 칼의 집일까? 폴은 칼의 집이라고 암시했지만, 칼을 만나려면 어디로 가야 하는지 헌터가 알려줄 수 있으므로 이곳을 알려준 것일지 모른다. 나는 숲에서 나와 집을 향해 걷기 시작한다. 그곳 주인이 누군지 알 수 있기를 바란다. 너무 깊이 생각에 잠겨, 트럭이 아직 그 자리에 있다는 것을 잠시 뒤에야 깨닫는다.

가슴을 두근거리며 나는 몸을 숙인다. 다른 차가 트럭 반대편에 서 있어서 보지 못한 모양이다. 그렇다면 헌터는 아직 여기 있을까? 아니면 그 여자가 있을까? 나는 숲으로 살그머니 돌아가 위에서 집을 살핀다. 몇 분 뒤 창고에서 헌터가 나오더니 트럭으로 가서 문을 열고 대시보드에서 무엇인가를 꺼낸다. 화면에 햇빛이 반사되는 것을 보니 휴대전화다. 그는 전화를 보며 잠시 서 있다. 청바지와 데님 셔츠를 입은 모습이 낯설다. 마지막으로 본 때보다 살이 빠지고 머리도 길었다. 그는 대시보드에 전화를 도로 넣고 양팔을 머리 위로 들더니 잠시 서서 공사 중인 집과 눈부신 경치를 지켜본다. 내가 슬퍼하고 괴로워하는 동안 그는 이곳 뉴질랜드에서 내내 잘 살았다고 생각하니 화가 나서 치가 떨린다.

그는 차 문을 열어두고 창고로 돌아간다. 나는 그가 떠나기 전 붙잡고 싶어 비탈을 미끄러져 내려가 창고 옆으로 달려간다. 안에서 들리는 소리를 보니 그는 안쪽 어딘가에 있다. 나는 소리 없이 천천히 움직인다. 문 앞에 선 내 모습에 충격받은 표정을 보고 싶다. 하지만 모서리를 돌자 문에 열린 자물쇠가 걸려 있다. 나는 생각할 겨를도 없이 나아가 문을 탁 닫고 자물쇠를 잠근다.

"어이!" 안에서 헌터의 목소리가 들린다. "마라, 너야? 뭘 잊고 갔어?" 그가 문 쪽으로 다가온다. "무슨 장난이야. 이제 열어줘."

심장이 너무 빨리 뛰어서 가슴속에서 터질 것 같다. 나는 그가 문을 부수고 나올까 봐 뒤로 물러선다.

"마라." 그가 문을 흔든다. "그만해. 이제 됐잖아."

나는 겨우 목소리를 낸다. "죽은 사람이 말을 하나요?"

이어지는 침묵 속에서 온 세상이 숨을 죽인 것 같다.

"아멜리?" 도저히 믿을 수 없다는 목소리에 나는 힘을 얻는다. 그는 예상 못 하고 있었던 것이다. "아멜리예요? 세상에, 여기서 뭐 하고 있어요?"

"당신은 여기서 뭐 하고 있어요?" 나는 화가 난 것을 감출 생각도 없이 외친다. "어디 땅에 묻힌 거 아니었어요?"

"잠깐만요. 설명할게요."

"어디 해봐요. 듣고 있으니까."

"이렇게 말고요. 열쇠를 문 밑으로 보내주면 열어줄래요?"

"아뇨. 왜 살해당한 척했는지, 네드가 어떤 사람이고 무슨 짓을

했는지 알면서 왜 나를 도와주지 않았는지, 다 듣고 나면 열어줄게
요." 나는 창고 문을 손바닥으로 친다. "헌터, 사람들이 죽었어요. 내
가 사랑한 사람들이, 당신이 아는 사람들이 죽었어요. 모두 죽었어
요. 캐럴린, 저스틴, 리나가." 목소리가 갈라진다. 문을 발로 걷어찬
다. "어떻게 그럴 수가 있어요?"

"아멜리." 헌터가 말한다. "부탁이에요. 설명할게요."

"그럼 해봐요." 나는 단호하게 말한다. "왜 죽은 척했는지 설명
해요."

"좋아요. 여기 문 옆에 앉을게요. 아멜리도 앉아요." 잠시 말이
끊어진다. "한참 걸릴 거예요."

그가 털썩 소리를 내며 문에 기대어 앉는다. 나는 다가가서 문을
마주 보고 앉는다.

"어디서부터 시작해야 될지 모르겠네요." 헌터가 말한다.

"처음부터요." 나는 냉혹한 목소리로 말한다. "전부 다 알고 싶
어요. 내게 그 정도 빚은 있잖아요."

24

"칼이랑 나는 형제예요." 헌터가 이야기를 시작한다. "아버지는 뉴질랜드, 어머니는 영국이 고향이고. 우리는 영국에서 태어났지만 어릴 적에 이민을 와서 뉴질랜드가 고향이 됐어요. 이곳에서 대학을 마친 뒤 나는 떠났어요. 뉴질랜드는 너무 외진 곳이라고 느꼈고 세상 곳곳을 살펴보고 싶었어요. 한동안 유럽을 돌아다니다가 영국에 정착했죠. 결국 경찰이 되고……."

"경찰이었어요?" 나는 놀람을 감추지 못한다.

"네, 수사반에 있었어요. 아버지도 경찰이었으니, 아마 집안 내력인 모양이죠. 칼은 대학을 졸업하고 곧 보안 일을 했는데, 결국 나를 따라 런던에 와서 보안업체를 차렸어요. 나는 1년 전쯤 경찰을 관뒀어요. 직전에 사귀던 사람과 헤어졌고 늘 꿈꾸던 일을 시작하기 좋은 시기라고 느껴졌어요. 이곳으로 돌아와 내 손으로 집을 짓는 거였죠. 칼은 영국에서 잘 지냈어요. 사업도 잘됐죠. 네드 호소프 같은 유명인들과 계약도 맺고." 헌터가 잠시 멈췄다가 말한다. "리나 밀쿠테와 사귀기도 했죠."

너무 놀라 말문이 막힌다. "칼이 리나와 사귄 거예요?"

"네. 계약 갱신 지불 건으로 문제가 있어서 처음 전화 통화를 했대요. 마음이 맞아서 결국 직접 만났고. 하지만 사귀는 것을 비밀로 했어요. 저스틴에게도 숨겼어요. 네드에게 알려지는 것을 원하지 않았대요. 보안업체 사장과 회계사가 만나면 네드가 불편하게 여길 것이라고 생각한 거죠. 두 사람은 메시지를 주고받을 때도 본명을 안쓸 정도로 주의했어요."

저스틴이 리나에게 비밀 남자친구가 있다고 놀린 것이 떠오르면서 그 이야기가 조금씩 이해되기 시작한다.

"내가 막 영국에서 떠나려는데, 칼이 호소프 재단과 관련이 있는 높은 사람에게 연락을 받았어요. 그 사람이 네드가 굉장히 염려된다고 했대요. 네드가 회사의 젊은 여성을 성추행한다는 설이 있다고. 그 사람을 일단 스미스 씨라고 부를게요. 스미스 씨는 네드와 관련된 추문이 호소프 재단에 미칠 부정적인 영향을 염려했어요. 본인이 큰 후원자일 뿐 아니라 다른 부자들도 기부하도록 안내하고 있었거든요. 소문에 불안해진 스미스 씨가 칼에게 사실 여부를 확인해보라고 부탁한 거예요.

칼은 이미 리나가 두어 건의 지불을 께름칙하게 여기는 것을 알고 있었어요. 지불 상대와 지불 이유는 밝히지 않아도 마음에 걸린다고 했대요. 칼이 좀 더 정보를 달라고 졸랐더니 리나는 입을 꾹 다물고 윤리적인 일은 아니었다고만 말했어요. 칼은 스미스 씨를 돕기로 했어요. 하지만 칼은 자기 회사에서 설치한 장비로 네드를 감시하고 싶지는 않았어요. 규칙 위반이니까요. 칼이 다른 방법을 찾는데 네드가 칼의 회사에 경호원을 보내달라고 연락했어요. 칼은 완벽한 방법을 찾았다면서 내게 뉴질랜드 귀국을 미뤄달라고 설득했어요." 헌터가 잠시 쉬었다가 말한다. "나는 경찰에 있을 때 네드를 알게 됐어요. 사건을 은폐했다느니, 할아버지가 경찰 지휘관에게 영향력을 사용해서 네드를 꺼내줬다느니 소문이 있었죠. 젊은 여성이 사망했지만, 아무도 잡아넣지 못하는 사건도 있었어요. 칼이 네드의 상주 경호원으로 가달라고 했을 때, 그를 영영 잡아넣을 방법이 될 수 있겠다고 생각했어요."

"리나도 이 일을 전부 알고 있었어요?" 내가 묻는다.

"전부는 몰랐어요. 칼이 리나가 불편한 상황에 놓이는 것을 원하지 않았으니까요. 리나는 내가 네드 경호원으로 들어가는 것은 알았지만, 뉴질랜드로 떠나기 전 몇 달 동안 일할 곳이 필요해서 도와준 거라고 들었어요." 그가 자세를 바꾸는 소리가 들린다. "어느 날 아침, 네드가 일찍 전화하더니 라스베이거스에 급히 가야 한다고 차를 준비하라고 했어요. 당신도 함께 가니 당신을 태우고 웬트워스로 돌아오라고 했죠. 며칠 뒤, 리나가 스코틀랜드에서 친구를 만나고 돌아와서야, 네드가 저스틴을 성폭행했다는 소식을 캐럴린에게서 들었어요. 리나가 칼에게, 칼이 내게 알렸어요." 또 잠시 침묵이 흐른다. "곧바로 당신이 걱정돼서 어느 호텔에 묵는지 알아내려고 했어요. 하지만 아무도 모르는 모양이었고, 네드는 누가 전화를 걸어도 받지 않았어요. 이튿날 칼이 다시 내게 전화했어요. 리나는 저스틴이 전화를 안 받는다고 걱정하고 있었어요. 캐럴린은 당신과도 연락이 안 된다고 전했어요."

"네드가 내 휴대전화를 가져갔어요. 비행기에 전화를 두고 내린 줄 알았죠. 그리고 컴퓨터가 작동하지 않았어요. 가방을 떨어뜨릴 때 고장 난 줄 알았어요. 하지만 그것도 네드 짓이었어요. 자기가 저스틴을 성폭행했다는 말을 듣지 못하게 막은 거였어요. 떠나는 날 호텔에서 캐럴린의 전화를 받고서야 알게 됐어요."

"그때는 이미 결혼한 뒤였죠."

"당신이 생각하는 그런 결혼이 아니었어요."

"이제는 알아요. 하지만 그때는 몰랐어요."

나는 손가락으로 바닥에 동그라미를 그린다. "결혼은 어떻게 알게 됐어요?"

"네드가 목요일 저녁에 전화했어요. 좋은 소식이 있다고 알리더니 당신 짐을 집에서 옮기라는 거예요. 열쇠가 없다고 하니까 상상력을 활용하라면서, 다음 날 아침 공항에 마중 나오기 전까지 짐을 다 옮기라고 했어요."

"내 집에 어떻게 들어갔어요?"

"집주인을 찾아서 아멜리가 호소프 씨와 갑자기 결혼했다고 알리고 물건을 호소프 씨 집에 옮길 수 있도록 문을 열어주면 호소프 씨가 고마워할 거라고 말했죠. 내 말 믿어요. 한 문장에 호소프란 단어를 세 번 쓰면 놀라운 효과를 발휘해요." 그의 목소리는 다시 진지해진다. "하지만 저스틴은 여전히 흔적도 없이 사라졌고, 네드는 저스틴이 프랑스로 돌아갔다고 했지만 우리는 의심하고 있었어요. 그러다가 리나가 네드의 집에 왔죠."

침묵이 내려앉는다.

"칼이 알려줬어요." 헌터가 조용한 음성으로 말한다. "추모 예배에서 당신을 만났을 때 네드가 리나를 살해하는 것을 봤다고 했다고."

눈앞이 흐려진다. 뭐라고 말하고 싶지만, 울게 될 것 같다.

"아멜리, 열쇠를 넘겨주면 문을 열어줄래요?" 잠시 후 그가 묻는다.

나는 눈물을 삼킨다. "아뇨, 계속해요."

한숨 소리가 들린다. "리나의 죽음이 모든 것을 바꿨어요. 칼도 그렇지만, 나도 마찬가지였죠."

"리나와 저스틴이 죽은 건 어떻게 알았죠?" 내가 묻는다. "네드가 그분들을 죽인 건요?"

"사실 몰랐어요. 그들의 시신이 발견되기 전까지 몰랐어요. 의심은 했지만, 증거가 없었어요. 리나가 네드의 집에 왔을 때, 나는 돌아가라고 설득했어요. 리나가 저스틴이 프랑스에 있다고 거짓말한 네드에게 따지려는 것을 알았는데, 저스틴을 살해했다는 의심을 받고 있다는 사실을 그에게 알리고 싶지 않았거든요. 네드가 남긴 흔적을 감추기로 할까 봐 그랬어요. 리나의 안전에 대해서는 별로 염려하지 않았어요. 네드가 대낮에 사람들이 있는데도 누군가를 죽일 것이라고는 생각하지 않았어요. 칼에게 전화를 걸어 리나가 집에 있다고 했고, 칼은 리나가 떠나면 바로 알려달라고 했어요. 하지만 그때 네드가 런던 사무실로 가서 파일을 가져오라고 했고, 두 시간쯤 지나 돌아오는 길에 칼이 리나가 아직 집에 있냐고, 저녁에 만나기로 했는데 나타나지 않는다고 전화했어요. 리나에게 전화를 걸어도 받지 않는다고.

네드가 필요하다고 한 파일을 가지고 집에 돌아가 리나가 오래 머물렀는지 물었어요. 내가 그 질문을 한 것에 놀란 눈치더군요. 해고했더니 리나가 화를 내면서 영국에 더 이상 아무것도 없으니 리투아니아로 돌아간다고 말했다고 했어요." 헌터가 건조하게 웃는다. "그 순간 머릿속에서 경보기가 얼마나 요란하게 울렸는지 몰라요. 칼에게 전화했고, 칼이 사무실로 가서 보안 카메라를 확인했어요. 리나가 집에 도착해 네드의 차를 따라 대문 사이로 들어가는 모습은 볼 수 있었지만, 그 문으로 나온 흔적은 없었어요. 하지만 내가 런던으로 출발한 지 30분 정도 뒤에 검은 밴이 그 문으로 통과하는 것은 보였죠. 칼이 자동차 번호를 알려줬어요. 누구 소유의 차량인지 알아내기는 어렵지 않았어요. 익명을 쓰긴 했지만."

"에이머스 케리건이죠." 내가 조용히 말한다. "네드가 통화하는 걸 들었어요."

"경찰 시절 들은 적이 있던 이름이라, 리나가 죽었을 거라는 걸 알았어요. 에이머스 케리건은 청부 살인으로 유명해서, 네드가 그를 시켜 리나를 죽였으리라 생각했어요. 그리고 비키는 리나에게서 리투아니아에 돌아갔다는 메시지를 받았죠. 칼은 그것이 사실이기를 너무나 믿고 싶어 했어요. 마음속으로는 리나가 말없이 떠날 리 없다는 것을 알고 있었으면서도. 하지만 혹시라도 진짜인지 확인해 봐야 했어요."

"칼이 어떤 심정이었을지 상상할 수도 없네요. 작은 희망을 놓치지 못하는 것이.”

“참 힘들어했어요. 사실 확인을 해줄 사람이 있어서 도움이 됐어요. 친구가 두바이로 이주한 뒤, 동생이 영국 집을 관리하면서 단기 대여를 해주고 있었어요.”

“헤이븐클리프의 집이군요.” 내가 중얼거린다.

“네, 루카스 안드리스라는 리투아니아 사람이 정기적으로 집을 빌렸어요. 칼은 루카스와 아는 사이가 됐어요. 루카스가 자기 나라에서는 거물인 것을 알고, 리나가 리투아니아에 도착했는지 알아봐줄 수 있냐고 청했어요. 루카스가 몇 군데 문의하더니 리나가 네드를 만나러 간 다음 날 빌뉴스의 출입국관리소를 통과했다는 사실을 알아냈어요. 칼이 어찌나 기뻐했는지 네드가 리나처럼 생긴 사람에게 여권을 줘서 보낸 것일지도 모른다는 말을 꺼내기 어려웠어요. 실제로 그런 일이 있거든요. 또 리나가 그날 네드의 집을 떠난 흔적이 없으며, 내가 런던에 있는 동안 에이머스 케리건이 그 집에 찾아왔고, 리나가 연락을 취하지 못한 것까지 합치면 모든 것이 리나의 죽음을 가리켰어요.”

헌터는 입을 다문다. 리나가 동생과 사귀었다면 헌터도 리나를 잘 알았을 것이다.

“칼은 사실을 확인하고 슬픔으로 제정신이 아니었어요.” 헌터가 말한다. “리나의 실종이 확인시켜주는 일이 있다면, 그건 네드가 저스틴의 실종에도 책임이 있다는 거였어요. 증거가 없으니 네드를 신고할 수는 없었어요. 그럴 목적도 아니었고. 내가 네드의 경호원으로 있었던 건, 칼에게 보고하기 위해서였어요. 칼이 다시 스미스 씨에게 보고했고. 네드가 살인죄로 체포되면 호소프 재단은 끝장났을 거예요.

그때쯤 나는 나오고 싶어서 칼이 네드의 경호원 자리에 들어오 겠다고 했을 때 말리지 않았어요. 어서 비행기를 타고 뉴질랜드에 서 새로운 생활을 시작하기만 바랐고 칼은 네드에게 최대한 가까이 접근하기만을 바랐기 때문에, 우리 둘에게 모두 윈윈이었어요. 네드는 칼과 통화만 했지 만난 적 없으니 칼은 면접을 보러 가서 뉴질랜드 억양을 썼어요. 그런데 나는 네드의 경호원 일을 하루아침에 그만둘 수 없었어요. 우선 한 달 전에 퇴사 신청을 해야 하고, 갑자기 출근하지 않으면 네드가 의심할 수도 있었어요. 리나에 관해 물어보기도 했으니까요. 그래서 칼이 루카스를 설득했어요. 잡지 인터뷰를 할 돈 많고 유명한 사람들을 연결시켜주는 척 네드를 점심 식사에 초대하라고. 그날 점심 식사 중에 루카스가 리나를 잘 알고 있으며, 리나의 실종에 네드를 의심한다고 네드에게 넌지시 알렸어요. 그 다음 웬트워스로 돌아오는 길에 내가 '살해'당하면서 네드에게 공포심을 심어주고 칼이 내 대신 경호원으로 들어가기로 했어요. 다만, 네드가 리나가 살아 있는 것을 마지막으로 본 사람이 나라고 하면서 리나의 실종을 내 탓으로 돌릴지는 예상하지 못했어요. 하지만 그 일은 우리에게 유리했죠. 원래 내 '살해'는 경고였어요. 네드가 나를 가리키면서 '복수'가 됐죠."

"그런데 내가 당신이 살해됐다고 아는 건 아무렇지 않았어요?" 나는 비참한 목소리로 말한다.

"아멜리는 잠시만 그렇게 생각하도록 할 계획이었어요. 원래는 칼이 아멜리를 차에서 끌어내리고 네드는 달아나게 해서 아멜리를 어딘가 안전한 곳으로 데려갈 계획이었어요. 그런데 네드가 너무 빨리 움직이더군요."

"칼이 괴한이었군요." 나는 그제야 깨닫는다.

"네."

나는 헌터가 한 말을 곱씹으며 이맛살을 찌푸린다.

"그럼, 루카스는 리나를 아는 척만 한 거예요?"

"네."

"하지만…… 리나를 모르면서 어째서 루카스도 납치에 관여한 건가요?"

"관여하지 않았어요."

"하지만 그 사람도 칼과 집에 있었어요. 그가 다른 납치범이었잖아요."

문이 가로막고 있지만, 나는 그에게서 엄청난 긴장감이 흘러나오는 것을 느낀다. 긴장감이 차츰차츰 커지더니 숨이 막힐 듯하다. 처음에는 이해할 수 없다. 그러다가, 모든 것이 맞아들어간다. 잔인하고 놀라울 정도로 명료하게. 어쩌면 그렇게 아무것도 몰랐을까 싶다.

나는 1분쯤 기다린다. "열쇠를 줄래요?" 내가 묻는다.

"물론이죠." 헌터가 낮은 목소리로 말한다. "아멜리, 난……." 그는 말을 멈춘다. 뭐라고 덧붙여야 할지 몰라서. 그리고 방금 문 밑으로 밀어준 열쇠로 내가 자물쇠를 열어주기를 기다리고 있어서.

나는 열쇠를 집어 들고 일어선다. 그리고 걸어가버린다.

25

바다에서 불어오는 차가운 바람도 잊고 프렌치베이의 해변에 앉아 있다. 어쩌면 그렇게 아무것도 모르고 둔했을까? 하지만 나는 그가 죽은 줄 알았다.

그가 살해된 과정을 머릿속으로 돌려보며 연기인 것을 알 수 있는 순간이 있었을까 찾아본다. 하지만 없다. 헌터가 차에서 끌려 나간 것부터 총성, 흘러나온 피까지 모든 것이 진짜 같았다.

굴욕감이 가장 견디기 어렵다. 그가 총에 맞은 순간 내가 얼마나 괴로워했는지 그도 들었을 테니까. 헌터와 칼이 내 생각을 조금이라도 했다면, 내가 헌터의 살해와 납치에 모두 루카스가 개입했다고 여기리라는 것을 알았을 것이다. 그러나 그들은 나를, 내 짐작을, 내 감정을 전혀 생각하지 않았다. 내가 도로에서 겪은 일과 2주간 인질로 잡혀서 겪은 일에 헌터가 조금이라도 가책을 느꼈다면 자신이 누군지 알려줬을 것이다. 하지만 그는 그러지 않았다. 그리고 그들 중 누구도 친구들을 잃은 내 고통을 생각하지 않았다.

그를 창고에 가두고 돌아와버린 것에 죄책감은 없다. 그곳에 창문도 없고, 연인인 듯한 검은 머리 여자가 그가 왜 저녁을 먹으러 오지 않는지 의아해할 때까지 아무도 꺼내주지 않으리라고 생각하면 기분 좋기는 하지만, 한번 당해보라고 한 짓은 아니었다. 내가 견딜 수 없는 것은, 그가 죽었다고 믿고 괴로워하는 내 목소리를 그가 들은 것이다. 그는 나에 관해 너무 많은 것을 알고 있다.

항공사에 전화해서 이틀 뒤 일요일 귀국 항공편을 예약한다. 내일 떠나고 싶지만 헌터를 만나야 한다. 아직 알아야 할 내용이 남았기 때문이다. 하지만 헌터가 나를 찾아올 수도 있다. 내가 아카로아에서 지내는 것을 짐작하면 나를 곧 찾을 수 있을 것이다. 그리고 그는 내게 올 것이다. 끝나지 않은 일이 있으니까.

하지만 그는 오지 않는다. 그날 저녁에도, 다음 날에도 오지 않는다. 일요일 아침, 내 비행기는 저녁 8시이고 아직 짐을 덜 쌌다. 내가 찾아가야 한다는 사실이 분해서 부글거리며 언덕을 올라 그의 집을 찾는다. 그 여자가 거기 있기를 바란다. 그 여자도 사실을 알아야 한다. 자신이 젊은 여자를 납치한 남자와 함께 산다는 사실을 알아야 한다.

트럭은 그 자리에 있지만 주위에 아무도 없는 것 같아서 앉아서 기다린다. 이틀 전 떠날 때와 모든 것이 똑같다는 생각이 조금 지나서야 든다. 트럭은 문이 열린 채 그 자리에 서 있고, 다시 보니 헌터의 휴대전화가 대시보드에 놓여 있다. 갑자기 두려움이 몰려든다.

아무도 오지 않았고, 헌터는 아직 창고에 있는 걸까? 그 여자가 연인이 아니라 건축에 관계된 사람이거나, 그를 며칠 만나지 못해도 염려하지 않을 친구라면? 두려움이 휘몰아친다. 창고 안이 숨 막히게 더울 텐데, 물이 없다면?

열쇠는 헌터가 문 밑으로 밀어준 뒤로 계속 내가 갖고 있었다.

창고로 달려간다. 안으로 들어가기가 두렵다. 무엇을 발견하게 될지 두렵다.

자물쇠에 열쇠를 끼우는 손이 떨린다. 자물쇠를 젖히고 문을 열며 어두운 내부에 빛을 드리운다. 처음에는 아무것도 보이지 않는다. 하지만 어둠에 눈이 적응하면서 그가 바닥에 방수포를 덮고 누워 있는 것이 보인다.

"안 돼." 내가 속삭인다.

나는 공포에 떨며 앞으로 나아가 쪼그리고 앉아서 방수포를 걷는다. 안도감이 파도처럼 밀려든다. 거긴 아무것도 없다. 사람이 그 밑에 있는 것처럼 보였을 뿐, 그저 방수포일 뿐이다.

"당신에게 배운 속임수죠."

휙 돌아선다. 헌터가 문 앞에 서 있다.

"합판을 뜯어내지 못했으면 나는 죽었을 거예요."

"난……."

"내가 죽은 줄 알았어요?"

그가 내게 다가올 때 나는 바닥에서 나무 판자를 집어 든다.

"다가오지 말아요!"

헌터는 두 손을 들고 멈춘다.

"말해봐요." 내가 말한다. "멈춘 곳부터. 그리고 움직이기만 해봐요. 정말로 죽여버릴 거예요."

26

"당신이 라스베이거스에서 네드와 돌아왔을 때." 헌터가 시작한다. "다들 믿은 것처럼, 당신이 네드와 몇 달 동안 몰래 사귄 줄 알았어요."

"하지만 그 시점에는 네드가 저스틴을 폭행한 것을 알았잖아요. 그의 정체를 알고 있었어요. 어째서 내게 한마디도 안 한 거죠?"

"네드를 사랑해서 결혼한 줄 알았으니까요. 나를 가지고 논 줄 알고 짜증이 났어요."

"하지만 기자 인터뷰 때 네드가 내게 어땠는지 봤잖아요. 우리 뒤에 서 있었으니, 내가 캐럴린에게 달아나려고 하는 것을 봤을 거예요. 나를 도와줬다면 리나도, 캐럴린도 구할 수 있었을 텐데."

"그들의 죽음은 아멜리 탓이 아니에요. 어떻게 되었어도 리나는 그 집에 찾아갔을 거예요. 그리고 미안하지만, 내가 알기로 당신은 호소프 부인이었어요."

"아뇨." 나는 이를 악물고 말한다. "나는 호소프 부인이었던 적 없어요. 네드를 죽일 생각이었어요. 우리가 납치된 날 밤, 그가 잠든 뒤에 그의 방에 가서 전화로 경찰에 신고할 계획이었어요. 그가 휴대전화를 내놓지 않으면 죽일 생각이었어요. 달리 벗어날 방법이 없었어요. 그를 죽이지 않으면 그가 날 죽일 것 같았어요."

"네드는 그렇게 할 계획이었어요."

그의 등 뒤 열린 문에서 빛이 들어오니 그의 얼굴을 제대로 보기 어렵다. "네? 언제요?"

"바로 그날 밤이요. 하지만 조금 쉬어야 되겠어요." 헌터가 잠시 뒤에 입을 연다. "햇볕 잘 드는 바깥으로 나가서 이야기하는 편이 낫지 않아요?"

"여기도 괜찮아요."

"좋아요. 리나가 죽은 뒤 칼은 리나 집에서 다섯 명의 젊은 여성 이름이 든 파일을 발견했어요. 전부 네드가 성폭행한 《익스클루시브스》의 전 직원이고, 네드가 그들의 입을 막으려고 지불한 돈 액수도 함께 있었어요. 그 여성 중 넷이 무슨 일이 있었는지 진술한 녹음 파일도 있었어요. 칼은 그 파일을 스미스 씨에게 넘겼어요. 저스틴과 리나의 실종까지 더하면 감당하기 벅찬 일이었고, 네드가 재단에 더 해를 끼치기 전에 넘겨달라는 명령이 내려왔어요. 칼은 그러면 네드가 죽는다는 뜻인 것을 알았지만, 개의치 않았어요. 오히려 네드의 벌이 너무 가볍다고 생각했어요. 칼은 네드가 리나를 살해한 죗값을 육체적으로, 정신적으로, 감정적으로 치르게 하고 싶었고, 스미스 씨에게 네드를 잠시 데리고 있다가 넘기겠다고 했어요. 스미스 씨도 좋다고 했죠. 하지만 한 가지 문제가 있었어요. 네드가 갑자기 사라지면 경찰이 그를 찾을 것이고, 결국 살해되어 발견되면 경찰 조사가 시작될 테니 재단은 어쨌든 피해를 보게 되잖아요. 스미스 씨는 칼에게 해결책을 찾으라고 했어요."

그는 한 발에서 다른 발로 체중을 옮긴다. "죽은 척했던 날 뉴질랜드행 항공편을 예약했어요. 그 비행기에 타고 떠나고 싶을 뿐이었어요. 하지만 당신을 구하는 계획이 실패하자 모든 것이 바뀌었어요. 당신의 안전을 확인하기 전까지는 떠날 수 없었어요. 그날 밤 당장 당신을 데려오고 싶었지만, 칼은 나와 자신의 정체가 드러날까 염려했고 이틀만 더 기다리면 당신을 데리고 나올 방법을 찾겠다고 했어요. 당신은 네드와 떨어져 방에만 있다고 했고-,"

"네드가 날 가뒀기 때문이죠." 내가 말을 막는다. "그리고 그건 네드가 날 거의 죽일 뻔한 뒤예요." 나는 그의 얼굴에 떠오른 충격을 무시하고 덧붙인다.

"무슨 말이에요?

"네드가 리나를 목 조른 것처럼 내 목도 졸랐어요. 다만, 내가 계속 필요해서 끝까지 가지 않았죠."

헌터가 턱을 쓰다듬는다. "세상에, 아멜리. 그런 줄은 정말-."

"계속해요." 내가 단호한 목소리로 가로막는다.

헌터가 고개를 끄덕인다. "그 무렵에 칼은 네드의 계획을 이미 알았기 때문에 감시에는 신경 쓰지 않았어요. 우리가 납치한 그날 밤, 네드가 에이머스 케리건과 통화하는 내용을 들었어요. 제스로 호소프가 집에 왔었고 네드는 화가 나 있었어요. 당신이 자기를 바보로 만든다면서 당신을 제거하고 싶다고 했어요. 네드는 에이머스에게 집으로 가서 당신을 죽이고 강도가 든 것처럼 꾸미라고 했어요. 내가 당황하자 칼이 계획을 말해줬어요. 네드를 납치할 것인데, 당신도 데려갈 거라고 했어요. 네드의 실종을 감추려면 당신이 완벽한 해결책이었으니까요. 무슨 말이냐고 물으니, 칼은 당신과 네드를 함께 납치하면 두 사람이 함께 휴가를 보내는 것처럼 꾸밀 수 있고, 아무도 네드가 납치된 사실을 모를 거라고 했어요. 또 네드가 사라진 것은 성폭행 고소 때문에 기자들에게 쫓겼기 때문인 것처럼 보이게 할 수 있고, 그것이 극단적인 선택을 한 이유도 되는 것이었죠. 그리고 재단에 오점을 남기는 대신, 그의 죽음이 동정을 살 수 있고요."

들은 내용을 이해하는 데 시간이 걸린다.

"그럼, 내가 네드와 함께 납치되지 않고 집에 남아 있었다면 에이머스 케리건에게 살해당했을 거라는 말인가요?"

"그래요. 칼은 당신과 네드를 2주간 가둘 것이고, 그 기간이 끝나면 마무리 작업에 당신이 필요하다고 했어요. 그러고 나면 당신은 자유로워질 거라고요. 칼은 내게 항공편을 예약하라면서 자기가 알아서 할 테니 나는 더 있을 필요 없다고 했어요. 하지만 당신을 칼에게 맡길 수 없었어요. 리나는 칼이 가장 사랑한 사람이었어요. 둘은 결혼하고 아이를 낳기로 약속한 사이였어요. 리나의 죽음으로 칼은 알아볼 수 없는 사람이 됐어요. 분노로 가득한 칼이 당신을 네드와 똑같이 취급할까 걱정이 되더군요. 그래서 칼에게 납치를 돕고 끝까지 함께하겠다고 했어요. 내가 한 짓을 당신이 이해하거나 용서하기는 바라지는 않지만–,"

"걱정 말아요. 안 할 테니까." 나는 그의 말을 자른다. "스미스 씨가 누군지 모르지만, 그 사람이 살인을 저지르고 혐의에서 벗어나기 위해 내가 납치됐다니, 기분이 어떨 것 같아요?" 나는 다시 억울함을 감추지 못한다. "그럴 가치가 있었나요? 재단을 지키려고 그런 짓을 할 가치가?"

"내 입장에선 아니죠."

"네드를 스미스 씨에게 전달한 건 당신이었어요?"

"아뇨, 칼이었어요. 칼이 네드를 절벽에 데리고 가면 누군가 와서 데리고 갈 거라고 했어요."

"당신이 살해되었다고 신문에도 났어요. 그것도 스미스 씨 짓인가요?"

"네. 누가 확인할지 모르니 진짜처럼 꾸며야 했어요."

"내게 알려줄 수도 있었잖아요." 내가 말한다. "헤이븐클리프의 집에 도착한 뒤에 당신이 사실대로 알려줄 수도 있었잖아요. 칼이 하는 일을 설명하고 나를 끌어들여도 난 네드와 내가 휴가 중이었다고 말할 수 있었어요. 그리고 언제라도 죽을지 모른다고 생각하며 캄캄한 방 매트리스에서 지내는 대신, 위층 침실에서 2주를 보낼 수 있었죠."

"알아요, 미안해요. 얼마나 미안한지 모를 거예요." 헌터가 내게 다가오려고 하지만 내가 판자를 높이 들자 그는 다시 물러선다. "하지만 칼은 당신을 믿지 않았어요. 당신이 우리 얼굴을 보면 풀려난 뒤 경찰을 찾아갈지 모른다고 했어요."

"하지만 당신은 나를 믿을 수 있었잖아요."

"나는 죽은 사람이었어요. 그리고 우리가 하는 일을 당신이 어떻게 느낄지 알 수 없었고."

"내가 네드를 싫어하는 건 알고 있었죠."

"누굴 싫어한다고 해서 죽기를 바라는 사람은 드물어요. 네드에게 어떤 일이 생길지 알면 당신이 윤리적으로 괴로워할 거라고 생각했어요."

"그 사람이 리나를 죽이는 걸 봤어요. 그것만으로 내가 느껴야할 윤리적 의무는 모두 사라졌어요."

"그걸 목격한 걸 알았으면 당신이 그렇게 잔인한 짓을 겪지 않게 했을 거예요." 헌터가 나직이 말한다.

"리나는 네드에게 폭로하겠다고 협박했고 괴롭힌 여성들의 진술 녹음 파일이 있다고 했어요." 나는 잠시 멈췄다가 말한다. "칼은 어디 있어요? 칼도 여기서 당신처럼 자기 행동을 변명해야 하는 것 아닌가요?"

"내 행동을 변명하려는 게 아니에요." 그의 목소리에 날이 서 있다. "나는 떠날 수도 있었고, 남을 수도 있었어요. 나는 남았고 그 선택의 결과를 안고 살아야 해요."

뺨이 뜨거워진다. 그는 나를 칼과 함께 남겨두지 않기 위해 남은 것이다.

"칼은 안 만나요." 그가 말한다. "칼이 추모 예배에서 돌아온 이후로 만나지 않았어요. 리나가 어떻게 죽었는지 알고 나서 칼은 힘들어했어요. 어머니랑 잠시 지내다 떠났어요. 언제 다시 볼지, 다시 보기는 할지 모르겠어요. 당분간은 거리가 필요해요." 헌터는 내가 들고 있는 나무 판자를 보며 고개를 끄덕인다. "그거 내려놓고 싶지 않아요?"

어떤 부탁도 들어주고 싶지 않지만, 그 나무 판자는 바닥에 떨어뜨린다.

"앉아도 될까요?"

"네. 하지만 그 자리에 있어요."

그는 문간에 앉아 무릎을 세우더니 팔꿈치를 올려둔다.

"뭐 좀 물어봐도 될까요?" 헌터가 말한다.

"네."

"네드랑 왜 결혼했어요?"

거짓말을 할 수 없다. 그러면 나도 그와 똑같은 사람이 되니까. "돈 때문에요. 10만 파운드 때문에 결혼했어요."

"와." 헌터가 나직이 말한다. "10만 파운드에 자신을 팔았군요."

비판이 따갑다. "감히 그런 말 말아요." 내가 보복한다. "당신은 훨씬 나쁜 짓을 했어요. 그 기자는 어떻게 됐어요?"

"무슨 기자요?"

"네드가 당신에게 찾아내라던 기자 있잖아요. 기자 인터뷰 때 성폭행 고소에 대해서 질문한 기자요. 이름이 샐리였던 것 같은데. 그 기자도 죽었어요?"

"아뇨. 왜 죽어요?"

"확실해요?"

"아뇨, 하지만……."

"네드가 시키는 대로 그 기자가 누군지 알아내서 이름을 전달했어요?"

"네."

"캐럴린은 언론 인터뷰 사흘 뒤 뺑소니 사고로 죽었어요. 네드에게 저스틴이 어디 있느냐고 외친 지 사흘 뒤에."

"세상에." 헌터는 턱을 문지르고 머리를 쓸어 넘긴다. 그의 눈빛에서 의심이, 스스로에게 던지는 질문이 보인다.

그는 일어나더니 창고에서 걸어 나간다. 어디로 갔는지, 왜 갔는지 알 수 없다. 나도 뒤따라야 하는지 알 수 없다. 하지만 내가 미처 움직이기 전에 그가 휴대전화를 가지고 돌아와 무엇인가를 검색하며 화면을 내려다보고 있다.

"다행이다." 그가 눈을 감고, 콧잔등을 엄지와 검지로 누른다. "그 기자는 무사해요. 인스타그램을 찾아보니 어제 게시물을 올렸어요."

그의 목소리가 떨리는 것을 보고 내가 한 짓이 부끄러워진다. 하지만 취소하기는 너무 늦었다.

"캐럴린 일은 정말 유감이에요." 헌터가 조용히 말한다. "물 좀 마시고 싶은데. 아멜리도 좀 마실래요?"

"네."

"집에 들어올래요? 주방은 다 완성됐어요."

"아뇨. 고맙지만 여기 있을래요."

"그래요."

헌터가 나가고 나는 손에 난 땀을 청바지에 닦는다. 창고 안이 더워지지만, 이 침침한 곳에서 나가고 싶지 않다. 그에게 내 얼굴을 보이고 싶지 않다. 그와 가까이 있기가 얼마나 힘든지 드러날까 봐.

27

헌터가 물 두 병을 들고 와 문 앞에서 한 병을 내게 던진다.

"고마워요." 나는 뚜껑을 열고 한 모금 마신다.

그가 앉기를 기다리지만, 헌터는 계속 서 있다.

"아직 궁금한 것이 있어요." 내가 말한다.

헌터가 끄덕인다. "계속해요."

"그 방에서 내가 탈출하려던 뒤에, 왜 그렇게 못되게 굴었어요? 물론, 내가 탈출하려고 했으니 그랬겠죠. 하지만 음식도 가져다주지 않더니, 안까지 들어오지 않고 문 앞에 두고. 왜 그랬던 거예요?"

"내가 그런 게 아니에요." 헌터가 말한다. "그때는 내가 없었어요. 이틀 정도 해결할 일이 있어 다녀올 곳이 있었는데, 당신이 방에 가두는 바람에 늦은 상태였어요. 칼이 꺼내주자마자 출발했어요."

"해결할 일이 뭔데요?"

"에이머스 케리건이요."

"무슨 일을 했어요?"

"예전 동료 두 사람과 이야기를 했고, 그 동료들은 에이머스 케리건이 사라져야 한다고 정보원에게 알렸죠."

한 사람이 죽은 원인이 그라는 사실을 받아들이는 데 시간이 조금 걸린다. 그 사실을 머릿속에서 밀어낸다. 지금은 그런 생각을 할 수 없다.

"납치가 자꾸 떠올라요." 내가 말한다. "납치를 진짜로 믿게 해야 한 것은 알겠지만, 어째서 실제 기간보다 더 오래 잡혀 있다고 생각하게 만든 거죠?"

"말했다시피, 칼은 리나를 살해한 네드가 괴로워하기를 바랐어요. 자기 아버지가 납치에 무관심하다고 믿고, 몇 주나 몸값을 내지 않고 지냈다고 믿기를 바랐어요. 하지만 네드가 당신과 휴가를 떠난 것으로 하려면 2주밖에 없었고, 그래서 실제 기간보다 오래 갇힌 것처럼 느껴지게 한 거예요. 어둠 속에 갇혀 있으면, 시간 감각이 사라지고 시간에 아무 의미가 없어지죠." 그는 내가 이미 아는 것을 말하고 있다는 것을 깨닫고 말을 멈춘다. "나도 동의했어요. 당신에게는 날짜가 빠르게 흘러가는 것처럼 느껴지면 그렇게 고통스럽지 않으리라고 생각했기 때문이에요. 날짜를 보고, 8월 31일까지 모든 일을 마치면 당신이 서명한 혼인 후 계약과 완벽하게 들어맞는다는 것을 깨달았어요. 당신이 네드와 40일간 결혼을 유지하든지, 두 달을 유지하든지, 근본적으로는 상관없었지만요. 그래도 8월 31일은 중단하기에 좋은 날짜 같았어요."

"혼인 후 계약 조건은 어떻게 알았죠? 폴 카가 알려줬나요?"

"네. 폴은 그 조건이 천재적이라면서 칼에게 말했고, 칼은 네드에게 써먹기에 좋겠다고 했어요. 우리가 그에 대해 생각보다 많이 알고 있다고 느끼게 하자고."

"폴은 얼마나 알고 있어요?"

"충분히 알아요. 폴도 스미스 씨가 시키는 대로, 네드가 무슨 짓을 하는지 지켜봤어요."

"스미스 씨가 혹시 스티브 앨저슨의 가명인가요?"

"말할 수 없어요. 그거, 둘씩 곱하는 건 어디서 알게 됐어요?"

"아버지요. 내가 어릴 때 아버지가 당장 백만 파운드를 받을지, 1파운드를 한 달 동안 매일 두 배씩 늘린 액수를 받을지 물었어요. 계산도 하지 않고 두 배씩 늘린 액수라고 바로 대답했어요. 지금은 그걸 후회해요. 계산해보고 정확한 액수를 말하지 않은 것을 후회해요."

"욕실 문 뒤에다 계산했잖아요."

"그렇죠. 아버지를 생각해서 계산했어요."

"폴에게서 듣기 전까지는 부모님을 여읜지 몰랐어요. 힘들었을 거예요. 런던으로 도망쳐왔다고 하던데."

"운이 좋았어요. 캐럴린을 만났으니까. 하지만 전혀 다른 결과가 나올 수도 있었어요." 나는 숨을 들이쉰다. "또 궁금한 것이 있어요. 총격이요. 무서웠어요. 칼은 왜 그렇게 한 거죠? 나를 쏘는 척할 거라는 걸 알고 있었어요?"

"아뇨. 칼이 총을 쏘는 순간까지 몰랐어요. 칼은 네드에게 겁을 주고, 둘 중 한 사람을 죽일 수 있다는 걸 보여주려고 했어요. 네드가 칼에게 당신을 적극적으로 죽이라고 할 줄은 몰랐어요. 언젠가는 칼에게 멈추라고 할 줄 알았어요. 특히 칼이 안전장치를 푼 다음에는요. 하지만 네드는 말리지 않았고, 칼은 네드의 매트리스에 대고 총을 쐈어요." 헌터가 잠시 말을 멈춘다. "정말로 쏘다니 믿을 수 없었어요. 내가 당신 입을 막은 건, 글쎄요. 당신이 아직 살아 있다는 걸 알리려고, 총에 맞은 건 아니라고, 내가 거기 있다는 걸 알리려고 한 행동이었어요. 모든 일이 너무 빨리 일어났어요." 그는 다시 말을 멈춘다. "나중에 칼이랑 그 일로 다퉜어요. 지겨웠어요. 우리가 하는 일이 싫었어요. 우리가 한 일, 네드 말고 당신에게 한 일을 떨칠 수가 없어요."

"나는 살아남았죠."

"당신은 대단했어요. 겁을 낼 줄 알았는데, 그러지 않았어요."

"겁이 났어요. 하지만 당신은 무섭지 않았어요. 그리고 네드와 지낼 때보다 그 방이 더 안전하게 느껴졌어요."

"그것밖에 하지 못한 게 후회돼요. 더 돕고 싶었는데……."

그는 죄책감 가득한 얼굴로 말을 멈춘다.

"알 수 없는 일이 또 있어요. 네드의 인스타그램에 올라온 내 사진 말인데요. 루카스와 점심을 먹으러 간 날, 헤이븐클리프의 집에서 찍은 거죠. 루카스가 찍은 줄 알았는데. 아닌가요?"

헌터가 고개를 숙인다. "아뇨, 내가 찍었어요. 칼이 찍어달라고 했어요. 당신도 함께 데려가기로 정하기 전에, 칼은 네드를 납치한 뒤에 그의 납치에 아무도 특별히 신경 쓰지 않는다고 생각하게 만들 계획이었어요. 부모도, 아내도. 칼은 호소프 부인이 테니스를 치는 사진은 이미 갖고 있었고, 당신 사진을 갖고 싶어 했어요. 그 사진으로 네드를 조롱할 생각이었죠. 당신이 그를 조금도 걱정하지 않아서 루카스의 초대를 받아 헤이븐클리프의 집에 다시 갔다고 하면서. 나중에 계획이 변경되면서 당신도 데리고 간 뒤에 그 사진은 우리 생각보다 더 유용해졌어요. 당신과 네드가 2주간의 휴가를 떠났다는 이야기에 신빙성을 더해줬으니까요. 그의 휴대전화로 업로드만 하면 됐어요."

"당신 여자친구가 당신이 한 일을 알아요?"

"여자친구 없어요."

"엊그제 여기 여자가 왔던데. 당신을 가둘 때, 당신이 저녁 식사 때까지 돌아가지 않으면 여자친구가 와서 꺼내줄 거라고 생각했어요."

헌터가 미소를 짓는다. "날 죽일 뜻은 아니었다니 다행이네요. 우리 동생, 마라예요. 그 애는 더니딘 살고 나는 여기 살아요." 헌터는 잠시 멈춘 뒤 다시 말한다. "나는 영국에 계속 있었어요. 끝나자마자 여기로 돌아오지 않았어요. 레딩에도 가서 며칠간 머물렀어요."

나는 그를 빤히 본다. "레딩에 왔어요?"

"네."

"하지만 어째서……."

"당신을 만나러 가지 않았냐고요? 내가 죽은 줄 아는 사람을 어떻게 만나러 가요. 그런 짓을 하고, 어떻게 만나러 가겠어요."

"그럼 왜 왔어요?"

"당신이 잘 지내는지 보고 싶어서요. 그리고 내가 살아 있다고 말하고 싶었어요. 폴은 그걸 알고 내게 편지를 쓰라고 했어요. 하지만 당신은 괜찮아 보였어요. 장 보러 간 것도 봤는데, 잘 지내는 것 같았어요."

그가 가까이 있다고 느꼈던 때가 떠오른다. 눈물을 참자 목이 멘다.

"난 잘 지내지 못했어요."

"리나와 저스틴의 추모 예배 날 칼에게 한 말, 창문을 합판으로 가리고 매트리스에서 잔다는 이야기요. 정말인가요?"

더 감당할 수 없다. 눈물이 흐른다. 손으로 닦아내도 계속 흐른다.

그는 문을 발로 차서 빛을 막는다. 그러자 불쑥, 나는 헤이븐클리프의 그 집, 창문에 합판을 붙인 방에 돌아와 있다. 납치범이 어둠 속에서 나를 향해 걸어온다. 눈을 감고 그의 손이 어깨에 닿기를 기다린다. 하지만 그의 팔이 나를 감싼다. 그리고 그 순간, 어깨를 짓누르던 아주 무거운 것이 사라진다.

그의 품에 안겨 그가 레딩에 찾아온 것을 생각하며, 그가 용기를 내어 살아 있다고 했으면 어땠을까 궁금해하면서 얼마나 오래 있었는지 모르겠다.

"미안해요." 영원처럼 느껴지는 시간이 흐른 뒤, 헌터가 나직이 말한다. "모두 다."

나는 그의 체취를 들이마신다. 태양과 바다의 냄새가 난다.

"전과 다른 냄새가 나네요." 내가 말한다.

"무슨 말이에요?"

"내게 가까이 오면 루카스에게서 났던 것과 같은 냄새가 났어요. 갓 깎은 잔디 냄새. 그것도 당신이 루카스라고 생각한 한 가지 이유였어요."

헌터가 낮은 소리로 웃는다. "샤워 젤 때문이었을 거예요. 루카스가 열지도 않은 샤워 젤을 두고 갔거든요. 리투아니아에서 가져왔던 것을 그냥 두고 갔어요."

헌터가 루카스의 샤워 젤을 쓰고 있었다.

내가 뒤로 물러나 그의 팔에서 벗어난다.

"가야 해요. 오늘 밤에 떠나요."

"좀 더 있지 않을 건가요?"

"그럴 수 없어요."

헌터가 나를 따라 나온다.

"다시 만날 수 있어요?"

"아뇨."

나는 햇볕 속으로 나와 비포장도로를 향해 비탈을 오른다. 다 오른 뒤 돌아본다. 헌터가 문 앞에서 지켜보는 모습에 몹시 망설여진다. 나는 모두를 잃었고 온갖 일을 겪었지만 헌터마저 잃고 싶지 않다. 내게 남은 것은 그 사람뿐인데 아직 모르는 것이 너무 많다. 이름조차 모른다.

손을 눈 위로 들어 햇빛을 가린다. "어쩌면요." 내가 말한다.

프랑스와 영국의 친구들, LF 모임에 깊은 감사 인사를 전한다. 나를 모임에 받아들여주셔서 고맙다. 온 세상의 독자 여러분. 읽고 리뷰해주시고, 상냥한 감상을 남겨주셔서 앞으로도 더 책을 쓰고 싶어진다.

훌륭한 미국 내 편집자 캐서린 리처즈와 세인트마틴스 프레스의 멋진 팀 여러분. 젠 엔더린, 리사 센즈, 네티 핀, 마리사 산지아코모, 브랜트 제인웨이, 케이티 베슬, 키핀 스투러, 제러미 헤이팅, 리즈 블레이즈, 카피 에디터 나나 스톨즐, 교정을 맡아준 스티브 익스, 수전 맥그래스, 래니 메이어, 스테퍼니 우메다에게 감사드린다.

구글 어스와 구글 맵스 등 기술에 감사한다. 2020년 뉴질랜드로 가서 이 책의 일부 배경이 되는 아카로아에서 시간을 보내고 싶었다. 갈 수 없는 상황이 되어 독도법에 의존해야 했다. 아카로아와 뉴질랜드 전반에 대한 오류가 있다면, 당연히 전부 내 탓이다.

《프리즈너》를 해외 독자 여러분에게 전달해주시는 뛰어난 역자 여러분께.

또한, 백신을 위한 도서 경매에서 이 책의 등장인물이 되기 위해 큰 기부를 해주신 폴 카에게도 특별한 감사를 전한다. 입찰에 감사드려요, 폴!

옮긴이의 말

아멜리, 전형의 감금에서 벗어나다

가정 심리 스릴러의 대가로 호평받는 밀리언셀러 작가 B. A. 패리스는 이번 작품 《프리즈너》에서도 결혼 생활과 감금, 이른바 가스라이팅 등 그간 탐색해 온 주제에 집중합니다. 한밤중에 침실에서 괴한에게 납치된 아멜리는 앞을 가늠할 수 없이 캄캄한 밀실에 갇힙니다. 시간의 흐름조차 알 수 없이 폐쇄된 공간, 최소한의 생명 유지만이 가능한 공간에서 살아남기 위해 홀로 싸워야 하는 긴장된 현재 상황 속에서 아멜리는 또 한 차례 거쳤던 과거 생존의 순간을 떠올립니다.

갈 곳 없는 고아 처지로 커피 한 잔으로 추위와 배고픔을 달래던 어린 아멜리는 순수하고 선량한 마음과 강한 의지로 새로운 삶을 개척해 나갑니다. 곁에 의지할 사람 하나 없던 그녀가 좋은 사람들을 만나서 유사 가족 관계를 형성하고, 선망할 만한 세계로 진입

하는 과정은 오직 인간적 매력과 노력을 통해 성취를 이뤄내는 젊은 여성의 성공 스토리로 보입니다.

이처럼 «프리즈너»는 현재 납치당한 주인공이 탈출을 시도하는 과정을 추적하는 동시에 «신데렐라»나 «소공녀»와 같은 동화를 연상시키는 과거 이야기를 교차 편집합니다. 어두운 밀실에서 희망을 놓지 않고 기회를 잡기 위해 분투하는 아멜리의 현재는 꿈처럼 등장하는 사람들과 그들이 속한 세계에 매료되는 그녀의 과거와 대조되며 호기심과 흥미를 자극합니다. 많은 일을 겪기는 했지만, 여전히 미숙하고 순진한 아멜리의 눈에 보이는 것처럼, 캐럴린과 저스틴, 리나는 선한 인물들일까요? 또한, 과거의 동화가 서서히 장르를 바꾸는 동안, 현재의 감금 스릴러에는 기묘하게도 낭만적인 지점이 생겨납니다. 아멜리는 말 한마디 없는 납치범과 지극히 짧지만 간절한 소통을 경험하고 보호받는 느낌을 받습니다. 그가 건넨 폭신한 담요에 의지하며 퇴행하는 아멜리의 모습은 스릴러의 공간에 침투하는 동화의 순간을 보여줍니다.

그러나 작가 패리스는 아멜리가 그 어떤 전형적인 결말에도 갇히기를 원하지 않는 것 같습니다. 위기에 빠진 아멜리를 구출하는 것은 왕자님은 물론, 요정 대모도, 여성 연대도, 부모의 유산도 아닙니다. 그녀는 그 모든 것이 무의미해지는 새로운 땅으로 건너가, 자신에게 남은 심리적 트라우마의 근원을 찾습니다. 그리고 비로소 소설 전체를 사로잡고 있던 병적인 증상, 이른바 스톡홀름 신드롬까지 입장의 전환과 전복을 통해 해소, 치유된다고 볼 수 있습니다. 그렇기에 소설의 결말은 작가 패리스가 아멜리와 독자들에게 선사하는 자유롭고 새로운 선택이기도 합니다. 더욱 성숙해진 생존자 아멜리가 어떤 선택을 하든지, 확신과 자주성이 함께 할 것입니다. 다섯 딸을 다 키운 뒤 비교적 늦은 나이인 오십 대에 와서야 소설을 쓰기 시작해서 곧바로 밀리언셀러 작가가 된 B. A. 패리스에게는 독특한 작품 구상법이 있다고 합니다. 일상에서 마주치는 한 순간을 소설의 첫 장면으로 삼고, 그 이후 전개를 미리 계획하지 않고서 써 내려가는 것입니다. 영국 서리의 숲속 도로를 지나다가 고장으로 서 있는 차를 발견한다면, 구조하러 차를 멈추고 다가갈 것인지? 휴게소에서 잠시 정차한 사이에 자신이 사라진다면, 남편은 어떻게 할 것인지? 평온한 일상을 문득 치고 들어오는 의문에서 출발하는 패리스의 소설은 그렇기에 치밀한 디테일과 실감 나는 공포를 선사합니다. 그 담담하면서도 긴장감을 늦추지 않는 문장이 번역으로 잘 전달되기를 바랍니다.

프리즈너

초판 1쇄 인쇄   2024년 5월 24일
초판 1쇄 발행   2024년 6월 06일

지은이   B. A. 패리스
옮긴이   이나경

편집인   이기웅
책임편집   김혜영
편집   안희주, 주소림, 한의진, 양수인, 오윤나, 이현지, 이원지
디자인   mykc
책임마케팅   김서연, 김예진, 김지원, 박시온, 류지현, 김찬빈, 김소희,
               배성원, 박상은, 최혜연, 이서윤
마케팅   유인철
경영지원   박혜정, 최성민, 박상박
제작   제이오

펴낸이   유귀선
펴낸곳   ㈜바이포엠
출판등록   제2020-000145호(2020년 6월 10일)
주소   서울시 강남구 테헤란로 332, 에이치제이타워 20층
이메일   odr@studioodr.com

ISBN 979-11-93358-93-1 (03840)
ⓒ B. A. 패리스
모모는 ㈜바이포엠 스튜디오의 출판브랜드입니다.